KB132222

화첩기행 4

화첩기행 4

김병종 지음

황홀과 색채의 덩어리, 라틴아메리카

문학동네

『화첩기행』 다섯 권을 새로 묶으며

대체로 한 달이면 보름쯤은 그림을 그리고 열흘쯤은 책을 읽거나 글을 쓰게 되는 것 같다. 그렇게 화실과 서재를 왕래하며 푹 빠져 살다보면 이 두 가지 일은 둘이 아닌 하나로 섞이고 만나게 된다. 문장은 수채화처럼 빛깔을 띠고 그림은 문기 비슷한 것을 발하는 것을 느끼곤 한다. 예컨대 서로 데면데면 마주보는 것이 아니라 뒤섞이고 풀리며 제3의 그 어떤 모양과 빛깔을 갖게 되는 것이다. 『화첩기행』은 이렇게 해서 나온 책이다. 출발은 우연찮게 시작되었다. 조선일보 김태익 기자가 미술과 인문학 비슷한 것을 섞어 색다른 기획을 하고 싶은데 뭘 좀 만들어 와보지 않겠느냐고 했고, 꾸물대다 한두 해가 간 다음에야 다시 채근을 받고 '예藝'의 이야기를 그림에 버무려 내놓았었는데 재밌다며 한두 달 해보자는 것이 4년 가까이나 연재를 하게 된 것이다.

나름 책으로 묶으니 다섯 권 분량이 되었고 이것을 라틴아메리카 편과 합해 네 권 분량으로 압축했다가 다시 이번에 북아프리카 편을 합쳐 다섯 권의 전집 형태로 내놓게 되었다. 첫 연재로부터 치자면 16년, 구상까지

합하면 거의 20년 가까이가 된다. 당시 신문은 뉴스 전달 기능만으로는 한계를 느낀 것 같았고 이미 르피가로 같은 신문이 그러했듯이 문화, 생활, 과학, 예술 등을 뉴스와 함께 망라한 매거진 경향을 띠기 시작했는데 『화첩기행』은 그러한 흐름과 잘 맞았던 것 같았다.

어찌됐거나 오랜 세월 그림 그리고 글을 써와서 그림이 밥이요 글이 반찬처럼 되었던 나로선 큰 기대 없이 써내려간 글쓰기가 신문지면을 타고 널리 알려지게 되면서 그야말로 뇌성과 벼락같은 반응 앞에 서게 된 것이었다.

가장 어리둥절한 것은 나였다. 예컨대 특수한 문화예술 이야기가 그토록 열띤 반응을 불러일으키리라고는 예상치 못했던 까닭이다. 연재하는 동안 6개월 단위로 스크랩을 해서 보내주는 독자가 있었는가 하면 온갖 영양제나 보약 같은 것이 답지遝至하기도 했다. 컴퓨터가 아닌 원고지에 글을 쓰는 것을 아는 어느 독자는 400자 원고지를 특수 주문해 몇 박스나 보내주기도 했다. 참으로 눈물겨운 사연들도 많았는데 몇 편씩을 골라 답장을 쓰다보면 창밖에서는 어느새 희부윰하게 동이 트기 일쑤였다.

반대의 경우도 있었다. 허균과 매창의 사연을 적다가 괄호 안에 생몰연대를 썼는데 그만 7을 1로 잘못 쓰는 바람에 두 사람의 나이차가 60년 이상 벌어지게 되었고 하루종일 항의전화가 서른 통쯤 이어졌던 것 같다. 어쨌거나 컴퓨터도 그리 많지 않고 스마트폰 같은 것은 아예 없던 시절이어서 책과 관련해 아날로그적이고 훈훈한 이야기들이 많았던 듯하다.

해외 편에 특별히 남미와 북아프리카를 골라 넣었던 것은 두 곳 다 원초적 색채 에너지 같은 것이 들끓고 있었기 때문이다. 온갖 결여와 갈망 그리고 분노마저도 색채의 용광로에 넣고 끓여내듯 하던 지역들이었다. 무엇보다 두 지역 다 '예'의 자원들이 널려 있었으며 수많은 예술가들을 낳은 곳이기도 하다. 이 점에서 한반도와 흡사하다. 열강이 각축을 벌였던 역사적 수난의 과정까지도. 남미는 특히 내가 좋아하는 시인 파블로 네루다, 작가 보르헤스, 작곡가 피아졸라와 화가 디에고 리베라와 프리다 칼로의 땅이었고, 북아프리카는 알베르 카뮈와 파울 클레, 앙드레 지드와 자크 마조렐, 생텍쥐페리의 영혼이 어려 있는 곳이었다. 그 붉은 황혼과 광야의 척박한 땅에서 어떻게 '예'의 꽃이 피고 자라 찬란한 빛을 발하는지 보는 일이야말로 내 붓을 잡아끄는 힘이었다.

살다가 대체로 배터리가 방전돼간다고 느껴질 때마다 나는 가방을 꾸리곤 했다. 여행에서 돌아오면 그때마다 충전이 되었던가. 그건 잘 모르겠지만 『화첩기행』을 위해 낯선 시공간 속으로 걸어들어가 기록하는 순간의 설렘과 흥분은 나를 새롭게 일어서게 했다.

돌아보니 내 사십 대와 오십 대를 이 책과 따로 떼어 생각하기 어려울 정도가 되었다. 우연히 시작된 듯한 이 일은 그러나 필연 비슷한 게 얽혀 있는 것 또한 사실이다. 문학이라는 가지 못한 또하나의 길에 대한 그리움과 회오悔悟 같은 것이 일종의 해원解寃처럼 제3의 형태로 발화했던 것이 아닌가 싶다. 어쨌거나 단어 하나 문장 한 줄을 놓고 밤이 이슥하도록 고치고 또 고치던 시간들은 나를 다시 문학청년 시절로 되돌려놓았고 그 황홀한 기억이야말로 이 일을 계속하게 한 동력이 아니었을까 싶다.

책이 다시 나오기까지 수고한 이들이 한둘이 아니다. 그 이름을 거명하는 대신 내 마음을 드린다.

2014년 1월
관악의 연구실에서
김병종

그곳은 불멸의 정신이었고 영혼의 땅이었다

풍경들은 하얗게 바스러져가는 시간 속으로 멀어진다. 불타는 석양의 가을 강과 선홍빛 와인 잔 너머로 날리는 눈발, 애잔한 색소폰 소리, 보랏빛으로 이동하는 이역의 구름, 햇빛에 반짝이는 카리브, 끝 간 데 없는 연둣빛 풀밭, 조용히 흔들리는 숲, 오래된 바닷가의 오래된 찻집…… 그 흘러가는 풍경 한 귀퉁이, 언젠가 와본 듯한 낯선 거리의 언젠가 만난 듯한 낯선 얼굴들 사이에 나는 서 있다. 그렇다. 문밖으로 나를 불러내는 것은 늘 이렇게 어디선가 본 듯한, 그러나 낯선 거리의 소문과 얼굴 들이다. 나는 부유하는 시간의 기억들, 미망 같은 그 느낌들의 손짓을 따라 일어선다. 가난한 붓 한 자루를 들고.

그렇게 나는 라틴에 다녀왔다. 홀연히. 과연 그곳에 나는 갔던 것일까. 어느새 꿈결의 기억인 양 아스라하다. 그곳의 풍경과 인정 들 또한 멀어지는 기차 소리처럼 희미해간다. 흐려지는 그 소리와 색채와 눈망울의 기억들을 붙잡으려 나는 다시 붓을 든다. 내가 그리운 이들과 마음 나누려는 데는 예나 이제나 이 방법밖에는 없기 때문이다. 남미는 내게 황홀의 덩어리였고 색채의 교사였다. 불멸의 정신이었고 영혼의 땅이었다. 무엇보다 그곳에는 사람이 살고 있었다. 내가 잃어버린 그 옛날의 사람들이. 우리 땅에 들풀처럼 무성한 예藝의 곡진한 사연들을 『화첩기행』으로 쓰고 그리던 일이 어제런 듯하건만 어느새 십 년이 되었다. 연속된 페이지 속에서 그러나 라틴은 내 행려의 붓을 본격적으로 '이곳'이 아닌 '저곳'으로 돌려본 시도의 하나다.

앞으로 빈 화첩마다 아프리카와 중앙아시아와 북유럽과 지중해 연안의 이름 모를 섬과 강과 그 사이의 사람들 이야기로 채워질 것이다. 여백마다 예와 관련된 사연들로 하나하나 채워지게 될 것이다. 말하지 않았는가. 이런 서툰 붓질로밖에는 내 정표情表 삼을 일이 없다고.

화첩을 덮고 일어서는 등뒤로 다시 세월은 간다. 꽃이 지고 낙엽이 흘날리고 눈발이 분분하다. 희미하게 바스러지는 그 풍경 속에 내가 서 있다. 그리고 저만치 떨어져 당신도. 여기까지 이르게 했던 에벤에셀의 내 주인께 감사드린다.

과천의 화실에서 아침의 아이旦兒

남미여! 너는 임자를 만난 것이다

김병종 화백을 알게 된 것은 오래전 어느 가을날이던가, 봄날이었다. 나와 같이 근무했던 여선생들로부터 밥을 먹자며 나오라는 전화가 왔다. 같이 근무할 때 밤을 새워 함께 술을 마셨던 추억이 있는 우리는 이따금씩 만나 밥을 먹곤 했는데, 오랜만에 그 선생들로부터 연락이 온 것이다. 우리는 예전처럼 시내에 있는 밥집에서 밥을 먹었고, 나는 오랜만에 만났는데 그냥 헤어지기가 그러니 그림이나 보러 가자고 제안했다. 그러자 한 여선생이 굉장한 화가의 그림이 있는 곳을 알고 있다며, 그곳을 소개하겠다면서 가자고 했다.

상당히 먼 거리였지만 우리는 서로 반가운 마음에 장난도 치고 웃고 떠들면서 가벼운 마음으로 전시장에 도착했다. 그리고 색 바랜 듯한 한지 위에 그려진, 아니 커다란 붓으로 한 번에 휘갈긴 힘찬 한 폭의 그림 앞에 서는 순간, 나는 한 발도 떼지 못한 채 꼼짝 못하고 말았다. 말馬을 그렇게 간단하게 휘갈기듯 그린 그림을 처음 보았다. 힘찬 붓질로 나타난 형상은 나를 압도했고 마치 내가 그 붓을 따라가는 듯한 착각에 빠졌다. 그게 바로 내가 화가 김병종을 알게 된 계기였다.

그후 나는 여기저기서 김병종 화백의 그림을 보게 되었고, 서울에서 전시회가 열리면 일부러 찾아가기도 했다. 그 역시 내가 전주 환경운동을 하며 돈이 모자라 그림을 부탁하면 서슴없이 그 부탁을 들어주었다. 그는 이런저런 일로 이런저런 부탁을 하면 아무 토도 달지 않고 무엇이든 다 들어주었다. 그후 소설을 쓰는 그의 아내와 함께 만나기도 했고, 과천에 있는 그의 화실에 가보기도 했다. 그때마다 현란하고 자유로운 그림들은 나를 무지 부럽게 했다.

그는 여러 권의 화첩기행집을 냈다. 그의 화첩기행은 그저 화가들이 한 번 글을 써서 글솜씨까지 보여 세인들의 주목을 받아 빼겨보자는 그런 글이 아니다. 그는 대학생 때 이미 두 곳의 신춘문예에 당선된 화가다. 그러나 나를 놀라게 한 것은 그가 신춘문예에 당선되었다는 데에 있지 않고 그의 글솜씨에 있다. 글을 쓰는 사람들이 가지고 있는 문학청년적(?)이거나 문학소녀적인, 약간은 꼭지가 덜 떨어진 설익은 글이 아니라 탄탄한 문학성을 지닌 성숙한 지식인의 글이다. 높은 문학성과 다양한 독서를 통해 터득한 박식한 지식, 세상을 바라보는 지성적인 태도가 함께 어우러진 그의 글은 향기 높은 아주 성숙한 문장가의 풍모를 풍긴다. 아니 그보다도 그의 글에서는 아주 자유로운 시인의 향기가 느껴진다. 그의 글은 문향이 서려 있어 아름답고도 싱그러우며, 거침이 없고도 사려가 깊으며, 끝이 없는 자유를 구가하면서도 품격이 있고, 어디까지 갈 것 같으면서도 절제의 미덕을 발휘하는 문장을 구사하여 나를 매료시킨다.

그의 글을 읽고 있으면 그의 그림이 뒤로 숨고, 그의 그림을 보고 있으면 그의 글이 뒤로 숨는다. 그의 글과 그림은 늘(!) 그렇게 나에게 막상막하다. 그는 화가로서 드물게 볼 수 있는 성공한 문학인이다. 그래서 그의 그림에서는 시의 문기文氣가 진하게 느껴진다. 문기가 없는 그림은 죽은 그림이다. 잘 그린다는 말은 풍요로운 문학적 상상력을 갖고 있다는 말이기도 하다. 그는 시서詩書에 능할 뿐 아니라, 드물게 문사철文史哲을 두루 갖춘 귀와 눈이 밝은 화▦가다.

이번의 『화첩기행 4』를 나는 단숨에 읽었다. 사실 숨이 차서 몇 번이나 심호흡을 해야 했다. 그는 가뭄 끝에 단물을 만난 물고기처럼 글을 숨차게 이끌어간다. 정신은 뛰놀고, 심장은 고동친다. 그가 남미를 만났는가, 남미가 그를 만났는가. 이 세상을 헤매다가 제대로 임자를 만난 듯 그의 글은 참으로 거침이 없다. 역사가 살아 숨쉬고, 우리가 사는 낡고 고루한 사회를 질타한다. 소설처럼, 때로 시처럼, 때로는 뛰어난 사회평론처럼 기운찬 에세이로 읽힌다. 그의 글은 널을 뛴다. 그리고 춤을 추고 파도를 탄다.

아, 남미여! 너는 임자를 만난 것이다. 아직도 원시가 살아 숨쉬는 미지의 땅, 인간의 거친 숨소리가 살아 있는 곳, 세련된 문명을 거부하는 그곳, 남미. 생각만 해도 어지러운 감동을 주는 삶을 살다가 간 체 게바라가 아직도 생생하게 살아 있는 곳, 정열과 열정의 나라 쿠바. 부에나비스타 소셜클럽의 음악과 그들의 인생을 비디오를 통해 보며 우리는 그 얼마나 열광하고 감동했던가. 모든 것들이 살아 있는 그곳에 그가 간 것이다. 카스트로와 헤밍웨이가 어울리는 나라에 그가 간(!) 것이다. 그는 흥분해서 체 게바라에 대해 이렇게 썼다.

"그가 뛰어난 공산주의 이론가였던데다가 직접 총을 들고 일어선 과격한 인물이었다는 사실은 간곳없고 이방인의 눈에 비친 음영 짙은 서늘한 눈매에 시가를 꼬나문 모습은 낭만적 상상력을 불러일으키기에 충분하다. 그가 입은 군복과 부여잡은 총마저 한사코 그 낭만을 부추기는 소도구로만 보일 뿐이니 어찌할꼬. 그러나 진정으로 사람들의 가슴을 후벼파게 만드는 것은 잘생긴 외모 때문만은 아니었다. 약한 곳, 눌린 자를 바라보는 그의 따스한 시선 때문이었다. 의대생에서 게릴라 대장이 된 이 얼음과 불의 사내에 대해서 장폴 사르트르는 '우리 세기의 가장 성숙한 인간'이라고 평했다던가."

글 속에서 그는 자신의 예리하고도 풍부한 문학과 예술과 사회, 그리고 역사적인 상상력과 정치적인 견해까지도 손에 잡힐 듯 그려낸다. 그의 그러한 통합적이고 종합적인 세계관이 강렬하고도 열정적으로 이 책 속에서 황홀하게 불꽃을 튀기고 있는 것이다.

이 책은 '화첩기행'인 동시에 남미의 역사와 사회와 예술 기행이다. 남미를 생각하면 지금도 혁명이라는 말이 우리의 가슴을 뛰게 한다. 혁명이라는 말은 사람들이 가야 할 길이 있고 이루어야 할 아름다운 인간 세상이 있다는 희망을 갖게 한다. 혁명이 사라진 땅은 죽은 땅이다. 우리가 사는 자본은 부패하고 문명은 낡고 지루하다. 그 죽음의 땅에서는 예술은 장식으로 전락한다. 장식은 자본이다. 고흐의 작품이 몇천 억을 한다는 것은 슬픈 일이다. 손가락만 남고 달은 사라진다. 이 얼마나 불쌍한가.

남미는 아직도 우리에게 희망을 갖게 하는 곳이다. 유쾌하고, 강렬한 남미를 선물한 이 기행 기록은 우리에게 또다른 남미의 가능성을 열어 보여준다. 글은 해석이다. 여행에서 얻어지는 특이하고 신기한 이야기는 남자들의 군대 이야기처럼 맥 풀어진다. 사회인문학적인 폭넓은 지식과 시적인 예술적 상상력이 빚어낸 남미는 그의 손에서 더욱 풍요로운 사람의 땅으로 살아난다. 그가 그린 수많은 꽃처럼 만발하고, 물고기들처럼 물을 차고 뛰어오르고, 초원의 말처럼 남미를 치달린다.

김용택(시인)

차 례

1장

쿠바

1939년대 영화 속에서 본 듯한 너무나 낡은 소련제 빨간 택시.
쿠바에서는 시간과 역사가 뒤섞인다.
피카소의 그림처럼 두 개의 얼굴을 보이며 울고 또 웃는다.

그들을 찾아 길을 나서다

도적처럼 아바나행 밤 비행기를 타다

카리브 해의 흑진주 쿠바하고도 아바나. 치명적 중독성을 가진 도시. 불온한 여인처럼 마초 이미지의 사내들을 향해 손짓하는 곳. 살사 리듬과 혁명의 구호가 타악기와 랩처럼 공존하는 땅. 해풍에 삭아내린 페인트조차 표현주의 회화의 화폭으로 전이되는 곳. 하루에 열두 번 바뀌는 카리브의 물빛. 해 저무는 기나긴 방파제 말레콘. 웃통을 벗은 사내아이들이 마른 등을 보이며 푸른 파도 속으로 몸을 날리는 대양의 끝. 원색 패널 집과 나부끼는 색색의 남루한 빨래에서조차 치유할 수 없는 낙천성을 내뿜는 곳. 독한 럼과 시가 냄새와 체 게바라의 흑백사진과 영혼을 움켜쥐는 반도네온 소리가 뒤엉킨 몽환의 도시…… 그리고 무엇보다 부에나비스타소셜클럽.

늑골 사이의 습기마저 말려버릴 듯했던 멕시코 만의 햇살을 뒤로하고 나는 아바나행 MX732편에 오른다. 내게 밤 비행기는 다행이었다. 아바

하루에 열두 번씩 변한다는 카리브의 물빛과 아이들.

나에만은 어쩐지 도적처럼 한밤중을 골라 내리고 싶었던 까닭이다. 햇빛 아래 을씨년스럽게 드러난 담벼락의 혁명구호 같은 것을 맨 처음 맞닥뜨리기 싫었던 까닭이기도 했고, 마치 오래전에 이미 와본 듯한 기시감에 짐짓 딴죽을 걸어보고 싶기도 했던 까닭이다.

트랩을 오르기도 전, 헤어진 연인과의 재회를 앞둔 것처럼 가슴이 두근거린다. 『모터사이클 다이어리』『아바나를 떠나며』『체 게바라 평전』『부에나비스타소셜클럽』…… 책과 영화로 먼저 만났던 탓일까. 아바나는 이상하게도 내게 예술적 영감뿐 아니라 성적 환상 비슷한 것으로 부풀려 있다. 저항할 수 없는 우수의 매력남 체 게바라, 그 원조 마초에서부터 어니스트 헤밍웨이, 말런 브랜도, 피델 카스트로, 가장 가까이는 무라카미 류에 이르기까지 동서의 내로라하는 마초들이 아바나 용광로로 모여들어 흐물흐물 녹아내렸기 때문일까. 아니면 잘록한 허리 아래로 숨막히게 확장되는 엉덩이를 가진 물라토 여인들의 그 비현실적인 육체의 굴곡 때문일까.

밤하늘로 솟아오르는 비행기는 나를 흥분시킨다

출발부터 예사롭지 않다. 비행기 옆자리는 스페인계 혼혈의 쿠바 남자. 몸에 밴 시가 냄새가 향기처럼 퍼져온다. 검은 셔츠의 단추 두 개를 풀어 헤치고 있다. 게다가 이 더위에 기름이 자르르 흐르는 듯 꼭 끼는 가죽바지라니…… 빡빡 밀어버린 머리카락을 길러 뒤로 묶으면 안토니오 반데라스의 동생쯤으로 보이겠다. 카리스마 넘치는 사내 곁에서 문약한 내 남성성은 십분 주눅이 든다. 비행기는 출발시간이 지났는데 꿈쩍도 않고,

무료해진 사내는 내게 말을 붙여보고 싶어하는 눈치다. 하긴 동양인 보기가 쉽지 않았을 터. 그러나 유감스럽게도 그의 말은 한마디도 알아들을 수가 없다. 스페인식 R자가 도드라지는 발음에다 생뚱맞게 '아리가토'라니. 도무지 의사소통이 안 되자 그는 하얀 이를 드러내며 씩 웃고는 신문을 집어든다. 풀어놓은 윗단추 사이로 털이 부스스하다. 사내의 그런 모습이 일순 나를 동하게 한다. 오해 없기를. 먹 찍고 붓 세워 한 호흡에 그리고 싶다는 말이다.

짙은 어둠 속에서 초록과 빨강으로 표범의 눈처럼 깜빡이는 활주로의 불빛을 느리게 감아 돌던 비행기가 돌연 엄청난 힘으로 솟구쳐오른다. 그것이 굉음을 내며 검은 하늘로 치솟아오를 때 나는 문득 "피델! 피델!"을 연호하는 군중의 함성을 들은 듯했고, 음영 짙은 체 게바라의 옆모습 그림자가 일렁이는 것을 본 것 같았다. 부에나의 타악기 봉고의 미칠 듯한 소리와 웃통을 벗은 채 땀을 뻘뻘 흘리며 타자기를 두들기는 헤밍웨이와 한 발의 총성과 하얀 시트 위로 번지는 붉은 피를 본 듯하였다.

오오! 익숙해서 나른한 모든 것들을 몰아내는 아바나행 밤 비행기의 그 굉음과 그 속도여. 음지식물처럼 갇힌 남성성을 사정없이 유린하는 그 단순 무지막지한 힘이여. 전신을 덮치며 퍼져오는 그 쾌감이여.

눈을 감고 그제야 등받이에 나를 내려놓는다.

사랑은 이념보다 사람을 더 허기지게 한다

가방 하나 달랑 들고 낯선 도시에 도착해 형광등 불빛 아래 창백한 안색의 사람들과 입국 절차를 기다리고 있노라면 매번 속이 울렁거린다. 더

원색의 화려한 의상과 시가가 어울리는 쿠바의 여인들.

위와 피로, 낯선 숙식과 스케줄에 대한 불안감에 살짝 체한 듯한 기분이 드는 것이다.

어둑한 호세 마르티 공항은 소도시 버스 대합실처럼 한산하다. 계급장 없는 허름한 군복을 입은 직원은 내 여권을 한참이나 뒤적이더니 무표정한 얼굴로 쾅 스탬프를 찍어준다. 하염없이 기다려 짐을 찾아 나오는데 구석의 흐릿한 불빛 아래 젊은 남녀가 부둥켜안고 거칠게 입맞춤을 하고 있다. 푸르스름하고 인색한 형광등 빛 때문일까. 열기보다는 허기가 느껴진다. 여자가 등을 기댄 벽에는 군복 입은 카스트로의 낡은 액자가 내려다보고 있다. 때로 사랑은 이데올로기보다 사람을 더 허기지게 하는가.

희미하지만 빠르게 흐르는 살사. 음악이 흘러나오는 문 쪽으로 나서니 알전구 불빛 아래서 알도가 손을 들어준다. 훌쩍 큰 키에 선량한 눈빛의 마흔아홉 살 쿠바 남자다. 북한의 김일성대학에 유학하여 조선어를 공부한 바 있는 특이한 이력의 소유자다. 거기서 익힌 한국어를 다섯 살짜리 소년만큼 구사한다.

그래서 그의 한국어는 어순이 잘 안 맞는데다 북한식과 남한식의 표현이 뒤섞여 기묘한 느낌을 준다. 이를테면 이런 식.

"두 개의 한국말을 공부했기 때문에, 그렇기 때문에 한국말이 잘 조직될 것이라고 봅니다. 그렇지만 말 잘 조직되지 못해도 실례합니다. 앞으로 며칠간 잘 소명하겠습니다."

차는 희미한 불빛으로도 확연히 드러나는 가난과 남루의 거리를 지난다. 그 무너져내릴 듯한 집들이 신경쓰였던지 그는 몸을 돌려 나를 쳐다보며 힘주어 말한다.

"쿠바는 안전합니다. 그렇기 때문에 살인이 잘 안 됩니다. 할 일이 많기 때문에 거지도 없습니다. 쿠바 사람들은 그렇기 때문에 모두 행복합니다."

우리나라 텔레비전에서 가끔 본, 독특한 평양 억양과 표정마저 섞여 있다. 나는 조바심을 내며 부에나비스타소셜클럽의 공연에 대해 묻는다. 공연을 볼 수 있느냐고, 꼭 봐야 한다고. 하지만 그의 반응은 뜻밖에 차갑다.

"선생님도 그 영화를 보셨습니까? 그 사람들 지금 아바나에 없습니다. 죽은 사람도 있고, 외국에서 공연하고 있습니다. 일없습니다. 그런 정도는 쿠바에 얼마든지 있습니다……"

차에서 내리니 후텁지근한 무더위와 끈끈한 살사 음악이 살갗으로 스며든다. 아아, 쿠바에 왔다. 이브라힘과 오마라의 목소리에 홀려서.

글라디올러스와 흰 백합……
꽃들에게 내 슬픔을 보여주고 싶지 않아
내 눈물을 보면 꽃들이 울 테니까

부에나비스타소셜클럽   1990년대 후반 월드뮤직 붐이 일어났다. 그 중심에 아프로 쿠반 음악의 진수를 선보였던 부에나비스타소셜클럽Buena Vista Social Club이 있다. 부에나비스타소셜클럽은 '환영받는 사교클럽'이라는 의미로, 주요 멤버로 카리브의 냇 킹 콜이라는 닉네임으로 불리는 이브라힘 페레르, 피아니스트 루벤 곤살레스, 기타와 보컬을 맡은 엘리아데스 오초아, 역시 기타와 보컬을 맡은 당시 아흔 살의 최고령이었던 콤파이 세군도가 있다.

부에나비스타소셜클럽은 쿠바 혁명 이전 쿠바 아바나에 실제로 존재했던 가장 유명한 사교클럽의 이름이다. 쿠바 음악의 전성기였던 1930~1940년, 쿠바 최고의 음악가들이 모두 이 클럽에서 연주했다.

그 뒤 쿠바 혁명으로 사회주의 이념을 담은 노래들이 주류를 이루고 주 고객이던 미국인들이 빠져나가면서 많은 사교클럽이 문을 닫게 되자 덩달아 쿠바 음악마저 침체기에 빠져들어 유명 연주가들이 모두 뿔뿔이 흩어지게 된다.

그로부터 30여 년이 지난 1995년, 미국의 기타리스트이자 음반 프로듀서였던 라이 쿠더가 흩어져 있던 쿠바의 연주가들을 찾아내 6일 만에 라이브 연주로 음반 녹음을 끝낸다. 그리고 라이 쿠더 뒤에는 쿠더와 합심하여 이들의 음악과 삶을 담은 다큐멘터리 영화 〈부에나비스타소셜클럽〉을 만들어낸 빔 벤더스 감독이 있었다.

이 영화의 클라이맥스는 뉴욕 카네기홀 공연 실황이다. 뉴욕에 진출해 카네기홀 공연까지 성공적으로 마치게 된 이들은 영화와 함께 앨범 '부에나비스타소셜클럽'을 발매해 월드뮤직 음반으로 보기 드물게 600만 장의 판매고를 올리며 세계적으로 쿠바 음악 붐을 일으킨다. 오랜 기간 월드뮤직 차트 정상을 지키며 그래미상을 받기도 했다.

지금은 콤파이 세군도, 루벤 곤살레스, 이브라힘 페레르가 차례로 사망해 예전의 모습은 더이상 볼 수 없게 되었다.

■ 호텔 공연장 한쪽에 위치한 콤파이 세군도의 청동조각상.

■ 부에나비스타소셜클럽 공연장에서.

음악이 인생이다

음악이 인생이다

빗줄기가 수묵처럼 번져올 때 차 안에서 홀로 라이 쿠더의 음악을 듣는 것은 위험하다. 빗물에 튀기는 그의 기타 소리는 애써 외면하고 있던 아픈 추억들을 불러다주고 말 것이기에. 그 위에, 삶은 유한한 것이며 모든 놓쳐버린 것들에 대한 후회와 회한으로 가슴이 찢어지는 시간이 곧 올 것이라는 예감까지 얹어줄 것이기에. 그러나 햇살이 명주이불처럼 낭창낭창할 때라면 그의 기타 소리는 마음의 주름까지 펴줄 것이다. 그러기에 라이 쿠더는 천생 사시사철 햇빛 환한 쿠바에서라야 제맛이 난다.

빔 벤더스는 또 누구인가. 하얀 날개가 아니라 우중충한 코트를 입은 음울한 표정의 사내가 온몸으로 읊은 〈베를린 천사의 시〉를 우리에게 들려주었던 사람이 아니던가. 빔 벤더스는 또한 〈부에나비스타소셜클럽〉에서 그의 필모그래피를 관통하는 주제인 '길 위의 인생'을 여과 없이 보여준다. 그러나 다른 것이 하나 있다. '음악이 있는 길 위의 인생'이다. 길

찬찬······ 석양이 되면 골목과 거리에 넘치는 밴드와 음악 소리. 그중에는 부에나비
스타의 콤파이 세군도가 불러 귀에 익은 〈찬찬〉도 있다.

위의 인생들은 너나없이 길이 끝나는 지점에서 정지된 시간 속으로 하얗게 바스러지며 소멸해간다. 그러나 '음악이 있는 길 위의 인생'들은 소멸한 그 지점에 진저리나도록 붉은 꽃송이들을 던져놓고 사라진다. 슬픔을 모르는 글라디올러스 같은.

"최소한 지금은 살아 있고 싶어. 정말이야. 하나님도 마누라도 내 말을 들어줘야 해. 좀더 즐길 시간을 줘야지. 하나님은 가끔 너무 인색하거든."
                                          ─영화 〈부에나비스타소셜클럽〉에서

그랬었다.

라이 쿠더와 빔 벤더스. 애초에 이 두 사람이 아니었다면 부에나비스타는 알지도 못했을 것이며, 언젠가 화면 속의 저곳을 찾아가 저 가수들의 열기와 체온이 느껴지는 바로 그 장소에 앉아 노래를 들어보고야 말겠다고 마음먹지도 않았을 것이다.

"태양을 삼키러 그들이 온다."

흡사 스타 축구선수들의 월드컵 출장 기사 같은 부에나비스타소셜클럽의 이 광고 문구에 실소하던 나도 막상 무대 위의 표범 같고 야생마 같은 노인들의 공연을 보면서는 그 말에 수긍하지 않을 수 없었다. 그 태양처럼 뜨거운 노장들은 온몸으로 이렇게 말한다.

"애들은 가라. 우리가 인생이다. 음악이 인생이다."

음악이 양식이다

쿠바에는 거지가 없다는 알도의 거짓말은 차라리 사랑스러울 정도다. 걷다보면 거리와 광장에서 불쑥 손을 내미는 노인이나 아이들을 무시로 만난다. 어쩌면 알도의 말이 맞는지도 모르겠다. 아는 사람이라도 만난 듯 환히 웃거나 혹은 무슨 말인가를 열심히 재잘거리며 친밀함을 보이는 아이들. 낯선 이에게 빈손을 내밀면서도 온몸으로 낙천성을 발산하는 그 아이들에게 '거지'라는 말은 아무래도 모독이다. 대체 무엇이 저들의 영혼을 무너지지 않게 하는가, 탁함이라곤 없는 맑은 눈빛을 간직하게 하는가, 배꼽에서부터 뿜어져나오는 환한 미소와 기쁨의 기운을 발산하게 하는가.

아무래도 저 리듬이다. 광장이나 골목 할 것 없이 환청처럼 밀려왔다 사라지곤 하는 저 타악기 마라카스의 리듬. 귀와 피부 속으로 스멀스멀 스며들어와 핏줄을 타고 흐르면서 단숨에 아드레날린이라도 주사한 듯 심장박동을 팽팽하게 당겨 일으키는 저 북소리. 아련하면서도 저릿한 그 자장 속으로 들어서면 그 누구라도 '현실의 크고 작은 결핍쯤이야, 존재란 이토록 눈부시게 아름답고 달콤한 것이거늘'이라며 가슴속에서 간지럼처럼 퍼져오는 행복감과 충만감에 푹 잠겨버릴 수밖에 없을 것 같다.

쿠바의 대표적인 음악 장르인 손son, 룸바, 과히라 그리고 쿠반 재즈…… 아프리카 음악의 전통 속에 라틴아메리카의 숨결이 섞인 그 개성적인 음악들이야말로 수많은 이방인들을 취하게 할 뿐 아니라, 그들 자신의 가난과 슬픔을 이겨내게 하는 힘이다.

거리에는 유머처럼 엉뚱한 색깔이 칠해져 있는 담벼락이 허물어질 듯 가까스로 버티고 서 있다. 그 담벼락 아래 희미한 불빛을 따라 걷다보면 그 불빛 아래 모여 앉아 있는 사람들과 파랗게 불을 켠 눈으로 여행자를

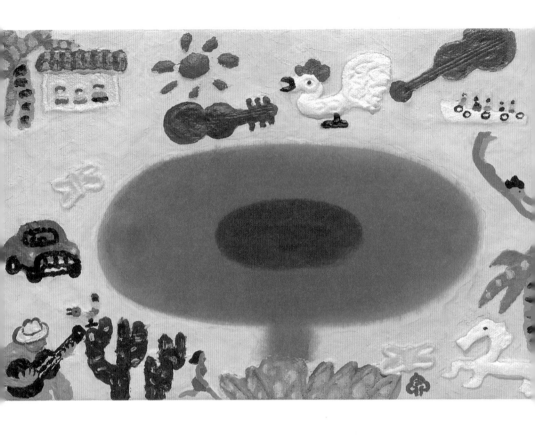

푸른 나무, 밝은 태양, 맑은 하늘 그리고 청옥빛 카리브……
쿠바인의 낙천성은 이런 자연의 영향도 큰 것 같다.

탐색하는 윤기 자르르한 야생고양이의 실루엣, 그리고 나와 풍경 사이로 흘러가는 노래들을 만난다. 〈찬찬〉〈관타나메라〉…… 앤티크 박물관에서 끄집어내온 듯 낡았지만 묘한 매력을 풍기는 자동차와 마호가니빛 피부의 쿠바인들 사이로 걷다보면 레몬을 짜넣은 얼음물 한잔이 환장할 만큼 그리워진다. 그 끈적임과 더위와 갈증 사이로 한줄기 시원한 바람처럼 살갗을 애무하는 노래, 노래들.

쿠바에서는 시간과 역사가 뒤바뀐다

부에나비스타를 말하며 흥분하는 내게 알도는 "그쯤이야" 하며 심드렁한 표정을 지었지만 사실은 그 사람들과 나를 만나게 해줄 자신이 없어서 그랬던 것 같다. 그들보다 훨씬 잘하는 사람들이 많다는 너스레 끝에 알도는 어깨를 으쓱하며, 꼭 그 사람들을 만나고 싶으면 아무래도 다음에 다시 한번 오는 게 좋겠다며 슬쩍 말끝을 흐렸으니.

암스테르담에서의 데뷔 공연으로 꿈같은 환호와 열광의 중심에 서게 된 부에나비스타소셜클럽은 이후 카네기홀의 공연과 끊임없이 이어지는 순회공연으로 오래 아바나를 비우게 된다. 나 역시 그들을 꼭 만날 수 있으리라 기대하지는 않았다. 낮에는 이발사로 일하며 밤에만 클럽에서 노래를 불렀던 콤파이 세군도, 마치 연인의 몸을 어루만지듯 피아노를 다루던 천재적인 피아니스트 루벤 곤살레스, 구두를 닦다 '발견되어' 클럽으로 끌려와 노래를 불렀고 일흔이 넘어서야 그래미상 신인상을 수상한 이브라힘 페레르. 화면 속으로 날 빨아들였던 그들은 이미 이 세상 사람들이 아니지 않은가. 알도의 말처럼 부에나비스타라는 이름만 남았을 뿐 그

라틴아메리카의 숨결이 섞인 쿠바 음악의 강렬한 개성은 수많은 이방인들을 끌어
들이고 취하게 만든다.

들은 쿠바의 많은 뮤지션들 중의 하나일지도 모를 일이다.

그래도 나는 택시를 잡아타고 "호텔 나시오날!"을 외친다. 1930년대 영화 속에서 본 듯한, 너무나 낡은 소련제 빨간 택시. 쿠바에서는 시간과 역사가 뒤섞인다. 피카소의 그림처럼 두 개의 얼굴을 보이며 울고 또 웃는다.

알도. 짐작과는 늘 다른 일이 일어나는 게 여행이고, 그리고 인생이지.

빔 벤더스와 영화 〈부에나비스타소셜클럽〉　　영화감독 빔 벤더
스(Wim Wenders, 1945~)는 독일 뒤셀도르프에서 태어났다. 미국의 라디오 방송
과 록음악, B급 영화 등을 접하며 미국의 대중문화에 매료된 십 대를 보낸 그는,
의학과 철학을 공부한다. 그러다 화가가 되고자 파리로 향하지만 영화에 빠져들
어 오즈 야스지로, 로베르 브레송 같은 감독들의 수많은 영화를 섭렵한다.

　1967년, 뮌헨으로 돌아와 뮌헨 영화학교 1기생으로 입학해 영화비평가로 활동
하며 실험적인 단편영화들을 만들었다. 자신만의 스타일을 선보이는 영화들을 발
표하며 영화제에서 인정받는 한편, 1976년에는 베를린에서 프로덕션을 차려 자
신의 영화뿐 아니라 다른 많은 영화들의 제작에 참여하게 된다. 1983년, 배우 겸
극작가인 샘 셰퍼드와 함께 각본 작업을 시작해 영화 〈파리, 텍사스〉를 완성한다.
이 영화는 칸 영화제 황금종려상을 비롯해 3개 부문을 수상하고 그 밖에 영국 비
평가협회 작품상, 영국 아카데미 감독상 등을 수상하며 당시 영화계에 엄청난 화
제를 불러일으켰다. 1987년에 페터 한트케와 함께 각본을 쓴 〈베를린 천사의 시〉
는 그의 최고 걸작으로 꼽히며 칸 영화제 감독상을 수상하기도 했다.

　그리고 1999년, 쿠바의 노장 뮤지션 이브라힘 페레르, 콤파이 세군도, 루벤 곤

살레스의 음악과 삶, 인터뷰로 구성된 뮤직 다큐멘터리 형식의 영화 〈부에나비스타소셜클럽〉을 연출했다. 그 배경에는 그의 영화 〈파리, 텍사스〉의 음악을 담당했던 라이 쿠더가 있다. 라이 쿠더는 쿠바 음악가들의 합주를 녹음하기 위해 쿠바재즈의 메카인 수도 아바나에서 수소문 끝에 쿠바 음악의 산증인들을 만난다. 이들은 이미 대부분 칠팔십 대의 노인들이었고 아흔을 넘은 멤버도 있었지만 단 6일 만에 음반 녹음을 마치며 노익장을 과시했다. 라이 쿠더를 통해 이들의 음악을 접하게 된 빔 벤더스는 쿠바행 비행기에 오르게 된다.

이렇게 탄생하게 된 영화 〈부에나비스타소셜클럽〉은 세계적인 사랑을 받으며 전미비평가협회 다큐멘터리상, LA비평가협회 다큐멘터리상을 수상했다.

그 밤에 별들은 카리브와 속삭인다

그들의 노랫가락에 춤추듯 흔들리다

호텔 나시오날. 작지만 고풍스러운 호텔의 벽을 밤의 카리브가 부드럽게 어루만진다. 만조일까, 조수는 테라스 발치를 핥아대고 하늘에는 툭툭 떨어져내릴 듯한 별의 무리들. 수면 위에 내려앉은 그 별빛들은 향기롭게 흔들리는 수만 개 치자 꽃송이가 된다. 어둠 속의 침향. 여행자의 고적감은 달콤하면서도 쌉쌀하다.

치자꽃 두 송이를 그대에게 주었네
내 키스를 담아서
꽃들은 당신 곁에서 나 대신 사랑을 말해줄 거요⋯⋯

꿈결엔 듯 어디선가 노랫가락이 묻어오고 있다. 나는 소리가 새어나오는 방향을 따라 걷는다. 끊어질 듯 미약하던 소리는 금방 가슴과 목을 타

아바나의 음악그룹 중에는 장년과 노년의 그룹들이 많다. 부에나비스타소셜클럽도
그중 하나다.

고 올라온다. '그 사람'들은 없을 거라는 알도의 호언장담에도 불구하고 마음은 설레기 시작한다. 그 사이 익숙해진 쿠반 재즈의 리듬에 맞추어 걸음은 춤추듯 흔들린다. 앞서서 호텔 안내 데스크로 갔던 알도가 큰 걸음으로 경중경중 춤을 추듯 달려온다. 마침 그 사람들이 어젯밤 돌아왔단다. 곧 공연이 시작된다며 알도는 마치 제가 스케줄을 조정하기라도 한 듯 의기양양하다.

우리는 음악 소리가 흘러나오는 방 앞에서 걸음을 멈추었다. 리허설룸 문을 열고 불쑥 들어선 나를 사람들은 놀란 얼굴로 바라보았다. 휴, 당신들을 보려고 멀리 한국의 서울에서 온 사람이라고 너스레를 떨었더니 일제히 탄성을 지르며 얼싸안을 듯 다정하게 맞아준다. 아마디토 발데스, 우고 가르송 그리고 바실리오 레피라도. 이들이 보여주는 친밀감이라니. 그렇잖아도 어제 외국에서 돌아와 오늘 공연을 할까 말까 했다며 십년지기처럼 대해준다. 어린아이들처럼 천진한 노인들과 어깨동무를 하고 사진을 찍었다. 일흔 넘은 여가수는 나를 사정없이 끌어안고는 빨간 입술로 키스를 퍼부어댄다.

객석으로 나와 콤파이 세군도의 청동조각상 가까이에 자리를 잡고 앉는데 조명을 받으며 그들이 걸어나온다. 어느새 다시 새빨갛게 칠한 입술로 내게 손을 흔들어 활짝 웃어 보이며.

노래는 새가 되어 날아가고

당신을 사랑하든 말든 상관하지 마세요
이미 당신은 내게서 떠나갔는데 무슨 상관인가요

쿠반 재즈, 삶의 희노애락을 특유의 낙천성으로 여유롭게 버무려 펼쳐놓는다.

한때 당신의 희망은 바로 나였지만 지나간 사랑 기억하지 마세요

먼 훗날 우리 사랑은 과거가 되겠죠

이해할 수가 없어요

모든 것을 내 뜻대로 할 수만 있다면 스무 살 그때처럼 우리의 사랑을 되돌리고 싶어요

―〈스무 살〉, 마리아 테레사 베라의 노래

〈스무 살〉로 시작된 노래는 부드러운 〈볼레로〉로 이어진다. 중얼중얼 이리 뛰고 저리 뛰는 어린 댄스 가수에게서는 결코 느낄 수 없는 질감과 두터움과 여유가 엮인 노랫소리는 둥근 공연장을 뚫고 밤하늘로 퍼져나간다. 알도의 말처럼 이제 아바나에는 주요 멤버가 빠져버린 부에나비스타를 능가하는 기량의 팀들이 많을지도 모르겠다. 그러나 많은 것을 겪고 많은 것들을 끌어안은 채 느리게 흘러가는 도저한 강물의 하구처럼, 저들의 목소리에는 듣는 사람을 위로하는 치유의 힘이 있다. 온통 결핍뿐이었던 지난 삶에서 흘렀던 눈물의 기억, 비밀스러웠던 열정, 아픈 사랑의 추억, 어리석음에의 회한, 돌이킬 수 없다는 사실만으로도 청춘은 아름답다는 뒤늦은 깨달음을 그들의 목소리가 일깨워준다. 아프리카 노예의 노동요 같기도 하고 장엄미사의 성가곡 같기도 하다. 듣는 이의 영혼을 울리는 건 꼭 손바닥으로 두드리는 저 마라카스의 리듬 때문만은 아닌 것이다.

검은 장갑의 여인

밤이 깊어가면서 실내의 공기는 끈적끈적해진다. 노래와 연주는 서로

의 몸속으로 섞여들어가 축축하고 관능적인 기운을 객석으로 뿜어낸다.

> 불이야 불, 난 불타고 있어
> 불길이 날 데려가
> 음악을 계속하고 싶은데

자지러질 듯 빠르게 〈칸델라〉가 이어질 때, 서른이나 되었을까, 여자 하나가 무대 앞으로 나오더니 흐르는 노래에 몸을 슬쩍 올려놓듯 춤을 추기 시작한다. 등을 온통 드러낸 채 팔뚝까지 오는 검은 레이스 장갑을 낀 여자는 몸매도 예사롭지 않았지만 춤솜씨는 가히 프로의 경지였다. 노래가 끝나자 제자리로 가서 앉는데 청년 하나가 다가가더니 무릎을 굽히고 손을 내민다. 여자는 잠시 머뭇거리다 마지못한 듯 다시 나온다.

우레 같은 박수.

다시 달콤해진 노래 속에서 젊은 두 남녀는 카리브 해의 물고기처럼 유영한다. 두 육체는 한순간도 우아함을 잃지 않고 서로 얽히고 풀어지며 만나고 헤어지기를 반복한다. 노래가 끝나자 여자는 스커트 끝을 살짝 들어올려 인사를 하고 다시 환호와 박수. 밤이 깊어갈수록 공연장은 객석과 무대가 따로 없이 한 호흡으로 달아오른다. 클래식한 분위기를 좋아하는 관객이라면 상스럽다고 이마를 찌푸릴지도 모르지만 여행자는 때로 불온함에 더 이끌리는 법이다. 공연이 끝나자 마치 내가 한바탕 춤이라도 춘 듯 나른한 여운이 몸을 휘감는다. 언젠가 내가 다시 여기를 찾아온다면 저들의 음악을 이곳에서 또 만날 수 있을까. 그때까지 우고는 저 무대를 지키고 있을까. 다시 올 수는 있는 것일까.

그러면 안녕, 어둠 속의 거리여

숙소로 돌아오는 길, 어둑한 거리에서 저 혼자 환하게 불을 밝힌 주유소 풍경이 유독 싸늘해 보인다. 유네스코는 삶의 적나라한 신산辛酸이 라틴적인 낙천주의와 버무려진 올드 아바나의 거리를, 세계문화유산으로 지정했다. 언제 무너질지 모르는 벽을 구할 수 있는 각색 페인트로 칠하다보니 설치미술처럼 보이는 그 아슬아슬한 아름다움을, 그러나 이곳에 사는 이 거리의 주민들도 정녕 그대로 보존되길 원하는 걸까.

영화 속에서 페인트로 '우리에겐 꿈이 있다'고 써놓았던 벽은 어디쯤 있을까. 걸음을 멈추고 거리를 천천히 둘러보았다. 다큐멘터리 영화 속의 장면과 실제로 내가 본 풍경들이 머릿속에서 뒤섞인다. 풍경의 이면으로 들어와버린 듯 나는 주위를 둘러보았다. 이 거리의 바깥으로, 삶의 표면으로 걸어나갈 수 있긴 할까. 이제 돌아가면 어떤 것이 영화의 한 장면이었고, 어떤 것이 내가 실제로 걸어본 아바나의 거리인지 구별할 수 없을 것 같다. 눈자위가 뜨뜻해온다. 가슴 밑바닥에 고이는 이 쓸쓸함과 슬픔의 정서는 밤의 아바나 공항에 내릴 때만 해도 예감하지 못했던 것이다.

쿠바의 명물, 방파제 말레콘과 그 말레콘을 치며 오르는 하얀 포말. 이방인에게는
인상적인 풍경이다.

세 계 문 화 유 산   올 드   아 바 나   거 리   '카리브 해의 진주'라고 불리는 항구도시 아바나는 16세기 초반에 세워졌다. 수백 년 전의 모습이 지금도 남아 있는 도시다. 특히 구시가지 올드 아바나는 스페인 식민지 당시의 모습을 그대로 보존하고 있다. 1982년 유네스코는 올드 아바나의 거리를 세계문화유산으로 지정했다.

아바나는 구시가지 올드 아바나와 베다도 끝자락에 위치한 미라마르 구역으로 나뉜다. 아바나의 명물은 영화 〈부에나비스타소셜클럽〉에도 등장하는 말레콘이다. 올드 아바나에서부터 베다도 지역까지 바다를 따라 길게 이어진 방파제 길이다.

수백 년 전에 형성된 유적지 외에도 많은 것이 고스란히 보존되어 있는 올드 아바나에는 옛 건물을 활용한 다양한 박물관, 성당, 기념비 등 수많은 볼거리가 모여 있다. 또한 올드 아바나 카테드랄 광장 입구에는 정해진 시간에 맞춰 노천시장이 열리기도 한다.

올드 아바나에는 세 개의 광장이 있다. 그중 가장 보존이 잘되어 있기로 꼽히는 곳이 카테드랄 광장이다. 광장 전면에는 광장의 중심 역할을 하는 산크리스토발 대성당이 있다. 바로크 양식으로 지은 이 건물은 1748년 건축하기 시작해

1789년 오늘날의 모습을 갖추게 되었다.

그 근처에는 생전의 헤밍웨이가 자주 드나들며 모히토를 즐겨 마셨다는 카페 라보데기타 델 메디오가 있다. 1942년 문을 연 이곳에는 헤밍웨이의 친필 서명을 비롯해 그의 유품과 기념품 들이 전시돼 있다. 카페 인근에 있는 암보스 문도스 호텔에도 헤밍웨이의 흔적이 남아 있다. 헤밍웨이는 1932년부터 1939년까지 이 호텔의 511호에 묵으면서 『누구를 위하여 종은 울리나』 1장을 집필했다. 근처에 예술가들이 많이 모이는 카페들이 있는 아르마스 광장이 있다.

또한 올드 아바나 거리는 여기저기에서 울려퍼지는 쿠바풍 재즈와 강렬한 비트의 흥겨운 음악을 즐길 수 있기로 유명하다.

■ 올드 아바나 거리에 있는 낡고 오래된 호텔 콜리의 벽에 붙은 사진들.
격문과 빛바랜 사진들은 격변기 쿠바 모습을 간직하고 있다.

경건한 식탁

달빛 도시 아바나

차는 서툴게 찍은 목판화 같은 풍경 속으로 들어간다. 어느 방향에서건 시내로 가는 불 꺼진 길의 양옆으로는 도열한 혁명군 같은 검은 나무들이 서 있다. 가끔씩 맞은편에서 오는 차의 불빛이 휙 스치고 지나간다. 그리고 다시 계속되는 어둠. 차가 길의 한 머리를 낚아채자 마침내 멀리 드문드문 박힌 시내의 불빛이 보인다. 그러나 불빛은 가난하고 어둠은 풍성하다. 그리고 하얗게 떠오른 달. 가난한 도시는 달빛으로 부풀어 있다.

내가 생각하기에 자본주의와 공산주의의 극명한 차이 중 하나는 불빛이다. 한쪽은 엄청난 양의 조명을 토해내 밤을 지워버리고, 다른 한쪽은 어둠도 골라 디뎌야 할 판이다. 하지만 오랜 세월 밤다운 시간을 가져보지 못한 나로선 어둠에 잠긴 이 달빛 도시가 정겹고 푸근하기만 하다. 네온의 차갑고 창백한 불빛이 사라진 도시는 교교하고 적막하다. 그러나 나는 모처럼 긴 안식에 들어갈 듯하다. 다니자키 준이치로였던가. 『음예공간 예찬』이라는 책에서 이렇게 쓰지 않았던가.

"밤이…… 너무 밝다"고.

그는 도시가 어둠을 내몰아버리면서 영혼의 휴식도 함께 사라져버렸다고 했다. 그렇다. 에일리언의 눈처럼 푸르스름하게 불 켠 도시는 사람들의 뇌마저 환하게 밝혀버려 잠들지 못하도록 고문한다. 불 꺼진 아바나의 밤이여, 밤을 밤으로 돌려준 네 모습이여, 어둠에 섞이는 해풍이여, 소금기여, 점점이 떠오른 별들이여. 축복 있을지어다.

정, 첫 느낌, 미소, 눈빛의 마주침

어느 여행 책자에서 보았던가. 길들여진 것들과 결별하고, 편하고 익숙하던 것들로부터 돌아섰을 때, 당신은 비로소 쿠바의 풍경 속으로 한 발짝 들어와 있게 되는 것이라는. 그리고 딱딱함과 불편함과 가난이 익숙해질 무렵 당신은 쿠바를 떠나고 있는 자신을 발견하게 될 것이라는…… 아바나의 호텔들, 특히 올드 아바나의 호텔들 중 하나에 들어서는 순간 호텔이라는 이름의 안락함과 달콤함에 대한 기대는 빨리 내려놓을수록 좋다는 사실을 눈치채게 된다. 사실 지나치게 푹신하고 물렁한 베개, 부담스러울 만치 하얀 시트가 진화된 잠자리라는 증거도 없다.

어쨌든 호텔 콜리는 딱딱함과 불편함으로 말하자면 가장 쿠바적인 호텔 가운데 하나다. 가방을 끌고 희미한 불빛의 현관에 들어서면 맨 처음 어두운 안쪽에서 흰옷 입은 사내가 다가와 건네는 것은 웰컴 드링크. 그리고 잔을 비키며 눈인사. 냉큼 열쇠부터 받아 올라가는 방식과는 출발부터 다르다. 이곳에서는 사람과 사람 사이의 정, 첫 느낌, 미소, 눈빛의 마주침이 돈이나 열쇠보다 우선이란다. 심지어 매춘을 하는 여성이라 해도 (알도는 아바나에 결단코 그런 여자는 없다고 펄쩍 뛰지만) 관광객의 손목부터 끌고 어둠 속으로 들어가지는 않는단다. 함께 저녁을 먹고 친밀해진 다음 자신의 집으로 데려가 가족에게 소개시키고 나서야 잠자리를 갖는 것이 그들의 예의(확인할 수는 없지만)라는 것.

그런데 술에 약한 이 동양인 여행자는 웰컴 드링크 한 잔에 금방 얼굴이 붉어지다 못해 천장까지 빙빙 돈다. 눈을 동그랗게 뜨고 손가락으로 술잔을 가리키자 사내는 웃으며 쿠바인들이 갈증 해소용으로 자주 마신다는 사탕수수로 만든 술 아바나클럽에 홍콩 콜라를 섞은 것이라 한다. 이 한 잔의 알코올 음료는 이후 쿠바에서 나의 남성성이 형편없이 구겨져버리게 되는 전조였다. 사내들이 모인 곳이면 어김없이 럼, 다이키리, 테킬라 같은 독한 술에 쿠바 시가의 풍경이 펼쳐지곤 했던 것이다.

혁명, 사랑이라니까

길고 어두운 복도를 걸어 방문을 밀고 들어서면 확 달려드는 눅눅함과 후텁지근함. 그 순간 아바나의 밤은 카리브 해의 소금기 머금은 이 눅눅함과 후텁지근함이 옷처럼 달라붙어 떨어지지 않으리라는 것을 알게 된다. 삼십 년은 됐음직한 창에 매달린 낡은 에어컨은 요란한 발동기 소리만 낼 뿐 냉기를 토하는 기미는 없다. 천장에서 떨어지는 침침한 불빛에 딱딱한 침대, 딱딱한 의자, 다이얼을 돌리는 구식 전화기가 놓인 낡은 탁자 하나. 장식이라고는 낡은 거울 하나가 전부다. 그나마 빈 벽이 미안해 걸어둔 듯한 느낌이다.

바람에 나부끼는 원색의 빨래와 쿠바 여인. 가난한 삶이지만 야성미와 넘치는 생명력이 느껴진다.

대충 짐을 던져놓고 침대에 앉아 벽에 등을 기대고 스케치부터 한다. 낮에 차창으로 스치던 풍경이 사라질까봐 굵은 크레용으로 쓱쓱 그려대다보니 침대 머리맡이 금방 수북해진다. 신기하기도 하지. 가방만 들고 떠나오면 손목도 저절로 움직이니 말이다. 그러나 침대는 더이상 앉아 있는 것을 용납지 않는다. 적당히 짐을 밀쳐두고 설렁설렁 샤워를 한 다음 시내로 나간다. 호텔 콜리의 주소 하나만 단단히 붙잡고 방향을 가늠한 다음 어둠 속으로 조심조심 걷다가 이내 편안해진다.

시내는 내 고향의 읍처럼 한적하다. 걷다가 택시를 잡아타고 바닷가 말레콘까지 나갔다가 호텔로 다시 들어오니 기분 좋은 피로감이 전신을 휘감아온다. 침대는 더이상 딱딱하지 않다. 겨우 신발만 벗고 나무토막처럼 쓰러진다. 얼마쯤 지났을까. 혼곤한 잠에 빠졌다가 서늘한 기운에 설핏 눈을 뜨니 이미 동쪽 하늘이 붉다. 그 보랏빛 기운은 넘실 창틀을 넘고 침대를 적신다. 망연자실, 솟아오르는 붉은 해를 바라본다. 꿈틀거리는 생물처럼 해는 사방으로 그 붉은빛을 튀기며 올라온다. 그 순간에 나는 헤밍웨이처럼 아프리카의 어느 초원에 혼자 있는 사내가 된다. 여행자의 알싸한 행복감. 타고난 역마들은 바로 이 느낌 때문에 매양 집을 나서는 것이리라. 하지만 침대에서의 달콤한 행복감은 욕실로 가면 사정이 달라진다.

들들들, 샤워기는 물 대신 기괴한 소리부터 내고, 크크크 세면기의 수도꼭지 또한 그렇다. 약한 물줄기로 샤워를 끝내고 대충 나갈 채비를 한 후 다시 그 긴 복도를 걸어나와 지루할 만큼 기다리면, 덜커덩 위험하게 엘리베이터의 문이 열린다. 거기 맨 처음 보이는 것은 '혁명'이라는 단어. 식당 입구에 카스트로와 체 게바라의 사진과 함께 다시 '혁명'. 식당 저편의 벽에도 '혁명'. 끝없이 되풀이되고 확대재생산되는 단어 '혁명'. 어떤 이는 쿠바에서의 혁명이란 자본주의에서의 사랑 같은 단어일 뿐이라고 했지만, 아닌 게 아니라 아바나에서 부딪히는 '혁명'이나 '자유'는, "잊지마, 사랑이라니까"라고 말하는 것처럼 보인다. 그만큼 '혁명'과 쿠바인의 '일상'은 각자를 상관하지 않은 채 자유롭게 돌아가는 느낌이다.

'혁명'과 '비바 쿠바'의 글을 뒤로하고 흉기 같은 긴 칼을 꺼내 혼혈의 흑인 청년이 마른 빵 몇 조각을 썰어준다. 턱으로 가리키는 곳에 삶은 계란 몇 개와 커피. '그래도 호텔인데 이럴 수가' 하다가 얼른 마음을 바꾼다. 한약처럼 쓴 커피에 딱딱한 빵을 적셔 먹는 이 금욕적 식탁 앞에서 나는 문득 사제처럼 나의 식탐을 회개하게 된다. '그래, 너무 혀만 섬기며 살았어. 빈약한 식탁이 축복일 수 있어. 영혼이 맑아 보이잖아.' 아닌 게 아니라 눈여겨본 바로는 쿠바 사람들의 식사는 부실하기 짝이 없었다. 워낙 먹을거리가 빈약해서이기도 하지만 뭐랄까 먹는 것에 집착하지 않는다는 느낌을 받았다. 오랜 물자 부족의 고통을 겪으며 단련된 습관인지도 모른다.

사실 쿠바는 미국으로부터의 경제봉쇄와 옛 소련의 붕괴 후 고르바초프의 대對 쿠바 특혜무역 중단을 겪으면서 상상하기 어려운 극심한 경제난에 시달려왔다. 원래 인구 1천여만 정도의 이 카리브 해 섬나라는 사탕수수와 담배를 재배하는 전형적인 일차산업 국가일 뿐이다. 모든 무역로가 차단되고 경제봉쇄 조치를 받으면서도 굳건히 살아남기란 말처럼 쉬운 일이 아니었을 터. 계란도 우유도 고기도 빵도 태부족인 상태에서 하루 한 끼로 버틴 고행의 날들을 겪고 난 그들이기에 적게 먹는 것이 습관이 된 것은 아닌지. 알도만 하더라도 이렇게 먹고 저 큰 허우대를 어떻게 지탱하나 싶을 정도로 소식을 한다. 이후 아바나의 빈약한 식탁 앞에 앉을 때마다 나는 경건해지는 느낌을 받곤 했다.

호텔 콜리. 여행을 마친 지 얼마 되지 않았건만 벌써 그 딱딱한 침대며

의자, 삐걱대는 현관문, 덜컹거리는 창문, 들들들 돌아가는 샤워기며 크크크 기괴한 소리를 내는 수도꼭지가 그립다. 쓰디쓴 커피에 차고 딱딱한 빵, 무엇보다 끈적끈적하고 후끈한 그 방의 열기가 그리워지기 시작한다. 돌아보니 아바나의 낡은 호텔 콜리는 내게 삶의 한 페이지를 가르쳐준 산 사나 수도원 같은 곳이었다.

쿠바 혁명　　　스페인의 통치를 받아오던 쿠바는 1898년 미국과 스페인 간의 전쟁에서 스페인이 패하자 3년간의 미군정기를 거쳐 1902년 해방되었다. 그러나 그것은 자주적인 독립과는 거리가 멀었다. 19세기에 이미 세계 최대의 설탕 생산국으로 부상했던 쿠바는 미국 자본이 대거 유입됨에 따라 설탕 산업에 대한 의존도가 더욱더 심화됐다. 그것은 곧 미국에의 종속을 의미했다. 동시에 좌파 이데올로기의 유입을 두려워한 미국은 우파 독재정부를 지지했고 이런 상황은 1933년 바티스타가 하사관의 신분으로 쿠데타에 성공한 뒤 더 심해졌다. 바티스타는 1959년 피델 카스트로의 혁명군에 의해 축출될 때까지 미국을 등에 업고 쿠바를 철권통치했다. 국민들의 불만이 커지자 바티스타 독재정부는 암살과 처형 같은 극한 수단까지 동원해 불만의 목소리를 억누르려 했다.

　1953년 7월 26일, 쿠바 혁명의 지도자 피델 카스트로는 몬카다 병영을 습격하지만 곧 잡히고 만다. 이내 풀려나 멕시코로 망명을 떠난 그는 그곳에서 체 게바라와 만난다. 그리고 그와 함께 전투를 승리로 이끌어 마침내 쿠바 혁명에 성공한다.

　피델 카스트로의 혁명정부는 대대적인 개혁을 시작한다. 그 일환으로 쿠바 내의 미국인 소유 재산을 몰수하기 시작하자 미국은 쿠바에 경제제재를 가한다. 이후 양국의 관계는 극도로 악화되어 국교를 단절하기까지 이른다. 이후 쿠바는 소련과 연대함으로써 혁명의 수출을 위해 제3세계 민족해방운동에 적극적으로 개입한다. 쿠바 혁명은 이렇듯 1950년대 이래 인도와 인도네시아가 주도한 제3세계 운동을 활성화시켜 국제정치에 커다란 변화를 가져다준 사건이기도 하다.

그가 걸어나온다

시간을 태우는 시가

쿠바 지도는 악어 모양이다. 그 악어는 거대 제국 미국과 싸우느라고 기진맥진한 상태다. 차는 악어의 등뼈에 해당되는 해안도로를 따라 달린다. 빨간 꽃이 핀 가로수 프랑데로 나무들 사이로 청옥빛 바다는 수줍은 듯 햇빛 아래 잔잔한 그 몸을 드러낸다. 그리고 강 같은 그 바다에서 수영을 하는 아이들. 세상의 모든 농촌은 도시를 꿈꾼다. 그러나 아바나는 농촌을 꿈꾼다. 이 농업도시는 도시와 농촌의 경계 위에 있다. 하늘은 맑고 공기는 깨끗하다. '조선어'를 익힌 쿠바인 알도의 말.

"우리나라에서는 일곱 살까지 우유 줍니다. 그리고 육십 세 노인에게도 우유 줍니다."

자랑스럽게 얘기하던 그의 목소리는 어느 지점에서 그 힘이 꺾인다.

"하지만 쌀, 주로 호텔에서만 먹습니다. 일반 집에서 먹기 어렵습니다. 그래도 소, 말, 국가 재산 있으니까 일없습니다."

바다에서 불어오는 미풍은 얼굴을 간질이는데 알도의 말은 그 미풍 속으로 섞여든다. 이번에는 술과 여자 이야기. 여전히 다섯 살배기 정도의 한국어.

"아바나클럽 술은 노란색, 붉은색, 검은색이 있습니다. 십 년 된 것은 그 색깔이 제일 캄캄합니다. 돈 많은 외국 사람들이 마구 마십니다. 나는 쿠바 사람인데 오 년 된 아바나클럽도 못 마셨습니다. 죽을 때까지 못 마실지도 모릅니다. 그런데 아바나클럽 마시면서 시가 하나 있어야 합니다. 그렇지 않으면 쓸데없습니다."

문득 시가를 물고 있는 체 게바라, 그 혁명가의 모습이 떠오른다. 그에게서 시가를 빼버린다면 그 멋과 여유의 품새는 훨씬 줄어들지 않을까. 금방 타버리는 담배와 달리 시가는 멋과 여유의 기호품이다. 시간을 태우는 것이다. 시가에 대해 설명하던 알도는 갑자기 귀에 대고 낮은 목소리로 말한다.

"우리나라 와이프 외에 비밀로 두 명 세 명 애인 둘 수 있습니다. 하지만 와이프 알면 (그는 손바닥을 펴서 목에 댄다) 머리를 자를 수 있습니다."

한바탕 웃는 사이 차는 시내로 접어든다. 파란 하늘에 뭉게구름이 둥실 떠가고 있다. 멀리 암보스 문도스 호텔과 가까운 무기광장이 보인다. 그는 무슨 큰 비밀이라도 들려주듯 머리를 기울여오며 속삭인다.

"헤밍웨이, 정력 센 남자지만 아무리 세도 여기 쿠바 여자들 이기지 못합니다. 헤밍웨이 사냥은 잘해도 쿠바 여자 못 넘어뜨립니다. 절대로."

호텔 암보스 문도스.

관광산업이 되어버린 호텔 암보스 문도스

어느 날 로스앤젤레스에 사는 한 지인이 전화를 걸어왔다. "아바나에 가거든 꼭 호텔 암보스 문도스 511호를 보고 오세요." 바로 거기가 헤밍웨이가 『누구를 위하여 종은 울리나』를 쓴 곳이며 그가 쓰던 타이프라이터와 안경이 그대로 보존되어 있다고 알려주었다. 사람들은 너나없이 기념의 장소에 가고 싶어한다. 먼길 마다않고 달려와 낡은 책상 하나, 스탠드 하나, 책 몇 권을 보고 떠날지언정 그런 것들에서나마 떠나간 사람의 체취를 맡고 싶어한다. 그러나 유감스럽게도 뒷골목 허름한 옛 모습으로 남아 있기를 기대했던 호텔 암보스 문도스는 '삐까번쩍' 광을 내버렸다. 미당 서정주가 「선운사 동백꽃」을 쓴 동백장 여관이 그러했듯이.

호텔에서는 허리에 폐타이어 같은 뱃살을 두르고 있는 중년의 백인 남녀가 나온다. 그들의 어깨 너머로, 미소 지으며 그들을 배웅하는 군살 하나 없는 몸매의 쿠바 종업원이 보인다. 쿠바에서 심심치 않게 보이는 풍경이다. 작은 호텔 암보스는 화보들에서 가끔 보던 묵직하고 중후한 톤의 분위기가 아니었다. 새로 칠한 원색 페인트들은 주변의 오래되고 낡은 건물들과도 조화를 이루지 못하고 있었다. 호텔은 들어서자마자 역시나 온통 헤밍웨이 사진으로 도배되다시피 꾸며놓았다. 이 미국 작가는 어느새 반미국가 쿠바의 관광산업이 되어 있었다.

나는 나의 길을 가려네

헤밍웨이는 처음 아바나에 와서 이 호텔 2층에 투숙하며 글을 쓰고 사

햇빛, 일상, 카리브 그리고 음악. 쿠바에서 음악은 삶 그 자체다.

노래하는 주점 카페에서. 아바나의 밴드들은 미모의 십 대나 이십 대가 아닌, 삶의 애환과 연륜이 그 음악 속에 녹아 있는 장년과 노년층으로 구성돼 있다는 점이 이채롭다.

람들을 만났다 한다. 그가 다이키리를 마시던 '카페 엘 프로리디타'나 '라보데기타 델 메디오'도 이 호텔에서 멀지 않은데다. 가까운 무기광장 주변에도 노천카페들이 있어 글 쓰고 술 마시기에 더없이 좋은 위치였던 것 같다. 그러나 창밖으로 달카닥거리며 지나가는 마차나 사람들의 떠드는 소리를 차츰 못 견뎌하던 그는 결국 한적한 외곽의 별장 '하얀 집'으로 옮겨갔다고 한다.

헤밍웨이가 머물며 글 쓰던 방을 보고 싶다고 했더니 종업원은 뜻밖에 당분간 공개하지 못한다며 보여주기 곤란하다고 말한다. 더구나 이렇게 한 사람씩 올 때마다 문을 열어주지는 못한다는 것. 그 공간만은 옛 모습 그대로 두었다고는 하나 눈으로 보지 못한 탓에 확증할 수는 없었다. 그 방 앞에까지 갔지만 돌아나올 수밖에. 아닌 게 아니라 바깥으로부터 음악 소리, 사람 떠드는 소리들이 휴지 뭉치들처럼 날아온다.

타이프라이터를 두들겨대다가 시내로 나가 다이키리 같은 독한 럼주에 흠뻑 취해 들어와 짐승처럼 억억 소리를 내며 찬물로 샤워를 하고 단숨에 다시 테킬라의 병을 비웠을 저 마초, 남근 문학의 상징 헤밍웨이. 문득 커다란 타월을 둘둘 감고 욕실에서 나온 그가 벌컥 문을 열 것만 같다. 껄껄 웃으며 '어이 동양 친구, 나에 대해 너무 샅샅이 알려 하지 말게'라고 말할 것 같다. 헤밍웨이, 소설보다도 훨씬 소설적인 삶을 살았던 사람. 자신이 쓴 작품의 주인공과 자기 자신을 동일시했던 작가. 그가 이곳에 오지 않았던들 『무기여 잘 있거라』『노인과 바다』 같은 하드보일드 문장들이 나올 수 있었을까. 흡사 제2차세계대전 때의 병기고 같은 무쇠 엘리베이터를 타고 내려오며 나는 다시 한번 막 현관문을 들어서는 그와 부딪칠 것만 같은 상념에 잠긴다.

'잘 가게 동양 친구, 자네는 자네 삶을 살게. 나는 나의 길을 갔을 뿐이라네……'

헤밍웨이와 소설 「누구를 위하여 종은 울리나」   어니스트 헤밍웨이(Ernest Hemingway, 1899~1961)는 1899년 7월 21일 미국 일리노이 주 오크파크에서 외과의사인 아버지 클래런스 헤밍웨이와 성악가를 꿈꾸던 어머니 그레이스 홀 사이에서 2남 4녀 중 장남으로 태어났다. 남성적인 외모와 야외생활을 좋아하는 성격은 아버지에게서, 예민한 감수성과 예술가적 기질은 어머니에게서 물려받았다. 고등학교를 졸업하자마자 신문 캔자스시티 스타의 수습기자가 되는데, 이때 작가가 되는 데 필요한 많은 훈련을 쌓게 된다.

그는 1918년 미국 적십자 앰뷸런스 부대원의 일원으로 이탈리아 전선으로 떠난다. 부상을 입고 돌아와 종군기자로 일하게 된 그는 파리로 거처를 옮겨 창작활동을 시작한다. 파리에 머무는 동안 F. 스콧 피츠제럴드, 거트루드 스타인, 파블로 피카소 등을 비롯한 수많은 예술가들과 교류하며 문학수업을 받는다.

그후 전쟁의 허무함을 테마로 한 『무기여 잘 있거라』를 완성해 전쟁문학의 걸작이라는 평가를 받게 된다. 쿠바에 정착한 뒤 1940년에는 스페인 내란을 배경으로 한 『누구를 위하여 종은 울리나』를 발표, 『무기여 잘 있거라』 이상의 반향을 불러일으킨다. 그리고 1952년에 발표한 『노인과 바다』로 1953년 퓰리처상을 받고,

1954년 노벨문학상을 받았다.

1960년 쿠바를 떠나 아이다호 주의 케첨에 자리를 잡는다. 그러나 고혈압, 당뇨병, 불면증, 신경쇠약, 망상증 등으로 심신이 허약해진 나머지 메이요 병원에 입원한다. 그리고 퇴원한 지 얼마 지나지 않아 스스로 머리에 총을 쏘아 자살했다. 그는 현재 아이다호 선밸리 공동묘지에 잠들어 있다.

■ 헤밍웨이 집필실이 있는 호텔 암보스 문도스.

■ 카페 엘 프로리디타. 한쪽에 헤밍웨이의 청동조각상이 보인다.

■ 헤밍웨이가 생전에 자주 드나들었던 라보데기타 델 메디오의 위아래층 벽을 가득 메운 낙서들. 이중에는 세계적 문인과 예술가 들의 것도 있다.

헤밍웨이를 따라 걷다

그 카페의 구석에 앉은 남자

희미한 가로등의 꾸불꾸불한 골목길을 걸어 작은 광장으로 들어가자 오래된 카페 엘 프로리디타가 보인다. 그리고 그곳 창틈으로 타악기 팀발레와 작은 북 봉고 소리가 들려온다. 폐허 같은 어두운 건물 안쪽에서 눈을 빛내고 있는 고양이며 아랫도리를 벗고 다니는 아이들. 키 큰 나무 아래 희미한 불빛, 웃통을 벗고 두런두런 둘러앉아 있는 사람들이 보인다. 어둠은 화선지에 스미는 먹물처럼 쿠바 음악의 모태인 '손'의 가락에 자연스럽게 젖어든다.

카페로 들어서려는데 어디선가 불쑥 나타난 물라토 할머니가 손을 내민다. 검고 작은 얼굴이 주름으로 자글자글하다. 일 달러를 주었지만 불빛 아래 비춰보더니 고개를 젓는다. 적다는 소린가 싶어 다시 일 달러를 주었는데 이제는 숫제 뭐라고 소리를 지른다. 쿠바 페소가 아니고 따라서 돈이 아니라는 얘기였다. 카페 입구에서 보고 있던 한 남자가 다가와 한

아바나에서는 술집이건 광장이건 할 것 없이 3인조, 5인조, 8인조로 모였다 하면
연주고 춤이다.

참 설명을 해주자 비로소 주름투성이의 얼굴 가득 웃더니 돈에 키스를 하고는 인사도 없이 사라져간다.

다이키리의 요람La Cu Ha DEL DAIQUIRI. 카페에는 이런 별호가 붙어 있다. 들어서자 5인조 밴드가 연주중이다. 이 도시에서는 술집이건 광장이건 할 것 없이 3인조, 5인조, 8인조로 모였다 하면 연주고 춤이다. 입구의 왼쪽 구석진 곳에 실물 크기의 헤밍웨이 청동조각이 있다. 그가 늘 앉아 있었다는 구석자리였다. 그 전후좌우 벽마다 온통 그의 사진이다. 청동조각상 옆에서 뚱뚱한 백인 남자 하나가 혼자 다이키리를 마시고 있다가 자리를 찾고 있는 날 보더니 와서 앉으라고 의자를 권한다. 내 다이키리 잔을 보더니 좋은 술이라며 다이키리 예찬을 시작한다. 하지만 사내의 장황한 설명에도 불구하고 알코올에 설탕과 레몬을 섞고 잘게 간 얼음조각을 곁들여 나오는 그 하얀 술의 맛은 너무 단조로웠다.

헤밍웨이는 근처 암보스 문도스 호텔에 묵으면서 글을 쓰다가 석양이 질 무렵 이 집까지 걸어와 저 조각상이 놓인 구석자리에 앉아 혼자 다이키리를 마시다 밤늦어서야 돌아가곤 했다고 한다. 이 집에 매일 출근하다시피 했으니 그를 만나려는 사람은 자연스럽게 이곳에 와서 먼저 술을 마시고 있곤 했다는 것이다.

그를 위해 건배

벽의 사진들은 온통 쿠바 친구들에 둘러싸여 있는 행복한 시절의 헤밍웨이 얼굴을 담고 있다. 헤밍웨이와 삼십 년 우정을 나누었다는 『노인과 바다』의 주인공인 그레고리오 노인도 보인다. 1930년경부터 헤밍웨이의

아바나의 카페 안은 어디라도 열기와 떠들썩함과 음악으로 가득차 있다. 한 조각 우울도 자리할 틈이 없이 밝고 생명력에 차 있다.

보트 '필라'의 선장이자 생애의 친구로서 1960년 헤밍웨이가 미국으로 돌아갈 때까지 그 우정이 이어졌다고 하지만 이제는 그도 떠나고 말았다.

사진 중에는 카스트로와 찍은 것도 보인다. 미국의 바로 앞마당이었던 쿠바. 한때 카리브의 라스베이거스로 일컬어졌던 그 검은 진주 쿠바를 온통 반미의 덩어리로 바꿔버린 장본인 카스트로. 그리고 그 곁에 가장 미국적인 작가라는 헤밍웨이가 서 있다. 그러나 서로의 입장과 형편에는 아랑곳없이 두 사람의 우정은 견고해 보이기만 하다. 두 텁석부리의 흰 수염과 검은 수염이 달랐을 뿐.

사내와 몇 번 다이키리 잔을 부딪치는 사이 달콤한 레몬주스 같기만 했던 술에 취기가 오른다. 도도한 주흥, 왁자한 열기. 밴드의 음악은 어느새 〈찬찬〉에서 원초적 살사 음악으로 바뀐다. 그 속에는 아프리카 맹수들의 포효, 불타는 석양, 그리고 카리브의 물빛이 녹아 있다. 쿵쾅거리는 음악 속에서 사내가 거의 고함을 지르다시피 내게 건배를 제의한다. 이 왁자함 속에서는 조용한 말은 금방 묻혀버린다. 어쩌면 헤밍웨이는 술보다 이 왁자함과 떠들썩함을 찾아 이곳에 왔는지도 모른다. 전기작가가 전하는 바에 따르면 그는 유난히 외로움을 타는데다 힘센 모습과는 달리 허약한 내면의 풍경을 지니고 있었으니까. 어쩌면 사냥이나 투우, 바다낚시 같은 험한 일에 탐닉한 것도 그 내면의 허약한 풍경을 감추기 위한 것은 아니었는지 모를 일이다. 문학 없이는 살 수 있어도 술과 여자 없이는 살 수 없다던 남자. 우리는 살강 잔을 부딪쳤고 사내는 스페인어로 말한다.

헤밍웨이를 위해!
쿠바를 위해!
당신과 나를 위해!

모여드는 사내들

카페 엘 프로리디타를 나온 헤밍웨이가 저만치 걸어간다고 상상하며 그의 동선을 따라 걷는다. 그는 익숙한 걸음걸이로 골목의 카페 라보데기타 델 메디오의 문을 민다. 긴 이름의 카페, 카페라기보다는 뒷골목 선술집인 이곳은 아바나 성당 근처에 있다. 유서 깊은 성당의 바로 턱밑에 그 유명한 풍류남아들의 주점이 자리하고 있었던 것이다. 어둡고 좁은 그 뒷골목 집이 도대체 어떻게 세계적인 명소가 되었을까. 역시 헤밍웨이가 자주 왔던 곳이라는 것이 가장 큰 이유이리라. 그러나 이곳을 드나들던 사람은 비단 헤밍웨이뿐이 아니다. 위아래층 벽마다 조금의 틈도 없이 빼곡한 낙서며 서명들이 이 집의 '족보'다. 칠레의 문인 대통령 살바도르 아옌데, 금세기의 가장 위대한 작가로 꼽히며 『백년 동안의 고독』을 쓴 콜롬비아의 가브리엘 가르시아 마르케스의 서명도 있다. 이중 '나의 두 가지 술 모히토와 다이키리……'라고 헤밍웨이가 휘갈겨 쓴 글은 액자 속에 고이 모셔져 있다.

모히토는 아바나클럽 럼주에 소다와 박하, 레몬즙과 얼음을 넣은 칵테일. 헤밍웨이의 술 모히토를 마시는 사람들로 가뜩이나 비좁은 실내는 위아래층에 입추의 여지가 없다. 술을 마시는 틈틈이 비좁은 통로의 벽을 가득 메운 이름과 사연 들을 찾아 읽는 것도 이곳에 오는 사람들의 즐거움 중 하나라고 한다. 이 골목 안 선술집은 미국인들에게 특히 인기라고 했는데 그래서인지 백인이 압도적으로 많다. 특이한 것은 내가 들렀을 때 이 거칠고 왁자한 분위기 속에 여성은 단 한 명도 보이지 않았다는 점. 그러고 보니 서부극에 나오는 주점 같은 이 집에는 위아래층 할 것 없이 마초의 열기로 가득하다.

Cuba old 아바나 보데기타 델 메디오

2006ㅍㄹ욘

선술집 라보데기타 델 메디오. 헤밍웨이는 이곳의 왁자지껄함 속에서 모히토와 다
이키리를 마셨다.

낙서와 서명 들로 도배되다시피 한 벽을 보면서 새삼 인간은 기록의 동물임을 느끼게 된다. 역시 이 집에서도 군데군데 걸린 헤밍웨이의 사진은 최고의 광고물. 문득 프리드리히 바이센슈타이너가 쓴 『역사의 거울에 비친 세기의 자살자들』이라는 책에 묘사된 헤밍웨이의 모습이 떠오른다.

그는 다분히 다중인격적인 측면이 있는 듯했다. 일부러 자신을 죽음의 벼랑 끝으로까지 몰고 가는 극단적 모험주의자였는가 하면 종종 수줍음을 타는 면이 있었고 삶의 쾌락을 추구하다가 우울증에 시달리기도 했다. 슈퍼맨 같은 측면이 있는가 하면 나약하고 침울한 기질이 있었다. 섹스의 거장인 동시에 음주 중독으로 육체적 힘을 소진시켜 '죽은 것처럼 공허하고 무가치한 느낌' 속에서 보내기도 했다. 삶에 대한 치열한 열정의 이면에는 자살에 대한 집요한 의지 또한 함께 고개를 들이밀고 있었다. 어쩌면 그가 이 뒷골목의 비좁고 왁자지껄한 선술집을 찾은 것도 거기서 비로소 분열된 자아를 잊고 소멸돼가는 열정을 붙잡을 수 있었기 때문은 아니었을까.

왁자지껄함으로 말하자면 카페 엘 프로리디타는 따라오지도 못할 정도다. 유난히 육체적 힘에 대한 과신과 애착을 가진 그였기에 건장한 사내들의 웃음소리와 술잔이 부딪치는 소란함 속에서 삶의 빛나는 그 어느 순간을 보았을 수도 있었으리라. 열정이 없는 헤밍웨이는 더이상 헤밍웨이가 아니다. 그가 투우와 사냥 같은 위험한 놀이에 열광했던 것도 위험지수가 높아질수록 열정의 발화점도 높아진다는 것을 알았기 때문이 아닐까.

스물두 살의 첫 결혼을 포함해 그는 모두 네 번 결혼했다. 한 여성과의 열정이 식을 때 그는 주저 없이 다른 여성과의 사랑을 시작했다. '투우의 가장 큰 매력은 불멸의 느낌'이라고 했던 헤밍웨이. 선술집 라보데기타 델 메디오의 거칠고 떠들썩한 분위기야말로 소멸돼가는 그의 마초 이미

지에 불을 당긴 발화처는 아니었을까.

거나하게 취한 사내들의 목소리만 난무하는 이곳이야말로 아바나에서도 가장 헤밍웨이적인 곳이라고 할 수 있을 것 같다. 그 취한 사내들은 모히토나 다이키리를 마시러 온 게 아니라, 거침없이 아내를 갈아치우고 여자를 종종 하찮은 존재로 여겼던 헤밍웨이의 남근주의에 숭배를 바치러 온 헤밍웨이의 교도들처럼 보인다.

외로워서 사람이다

비좁은 공간을 나오는데 뚱뚱한 남자 하나가 취해서 '헤이, 아리가토' 한다. 이 정도 주정도 쿠바에서는 보기 어려운 장면이다. 늦은 밤 스페인 식민시대 때 만든 것으로 보이는 돌로 된 포장도로를 걸어나오는데 적막 속에 내 구두 소리만 들려서였을까 외로움이 사무쳐온다. 문득 사람이란 저희들끼리의 냄새를 맡고 모여드는 광야의 짐승들처럼 사람의 냄새를 찾아 모여드는 동물이라는 생각이 든다. 그렇다. 사람은 사람의 냄새를 찾아 모여든다. 그리워서 저마다 사방으로부터 어두운 밤길들을 걸어 저 비좁은 공간들에 모여드는 것이다. 서로의 어깨를 부딪치고 목소리와 눈빛을 확인하면서 안심하는 유약한 동물들의 모습. 선술집 라보데기타 델 메디오가 내게 가르쳐준 비밀이다.

피 델 카 스 트 로　　　피델 카스트로(Fidel Castro, 1926~)는 쿠바의 오리엔테
주(현재의 올긴 주) 비란 근처에서 태어났다. 부유한 사탕수수 농부의 아들로 태어
난 그는 1945년 아바나 대학에 입학해 법학을 공부한다. 대학에서 부패한 쿠바 정부
를 공격한 그의 연설을 신문들이 1면에 중요 뉴스로 다루었을 정도로 연설에 뛰어
난 능력을 보였다.

그는 독재국가였던 도미니카 공화국에서 쿠바로 망명한 사람들로 구성된 그룹
에 가담해 혁명전사로 훈련받고, 1947년 도미니카 공화국 침공에 가담하지만 실
패로 끝난다. 1950년에는 법률사무소를 개업하고 변호사로 활동하다가 1951~1952
년 국회의원선거에 출마해 선거운동을 하지만 선거를 두 달 앞둔 1952년 3월 10일,
바티스타가 군사 쿠데타를 일으킨다. 그후 카스트로는 바티스타를 몰아내기 위해
지하 혁명운동을 조직한다.

1953년 군사기지를 공격하는 데 실패해 투옥되지만 1955년 감옥에서 석방된
다. 그후 멕시코로 피신해 체 게바라를 만나게 된다. 두 사람은 게바라가 죽기 직
전까지 절친한 사이로 남게 되고 서로 다른 성격은 완벽하게 조화를 이룬다. 게바
라는 뛰어난 기획자이자 사상가였지만 표면에 나서기를 좋아하지 않았던 반면,

카스트로는 카리스마를 타고난 지도자이자 뛰어난 연설가였다. 그들은 쿠바의 산맥에 숨어서 게릴라 부대를 재건한다. 그리고 1959년 1월, 바티스타 정권을 무너뜨리고 카스트로가 쿠바의 지도자가 된다.

카스트로가 아바나에서 권력을 잡자마자 미국은 그를 제지할 방법을 논의하기 시작한다. 그가 쿠바를 공산국가로 변모시키려 할수록, 주변 국가에 공산주의를 확산시키려 노력할수록 그 논의는 더욱더 다급해진다. 미국의 CIA는 카스트로 암살을 꾸준히 시도해, 그가 집권하는 동안 무려 638건의 암살을 시도했지만 모두 실패했다. 후에 카스트로는 "내 생애 최고의 업적은 수많은 암살 시도에도 살아남은 것이다"라고 회고하기도 했다.

1959년 총리로 취임한 카스트로는 그해 5월 농지개혁법을 발표하고 대지주의 토지와 미국계 기업의 농원을 몰수했다. 또한 대기업 국유화법으로 미국계 사탕회사, 석유회사를 국유화하는 등 일련의 조치를 취하며 미국과 대립하다가 1961년 1월 미국과 국교를 단절했다. 카스트로 정권은 1961년 이후 자국민의 문맹퇴치와 교육에 힘을 기울여 고등학교까지 의무교육을 실시하고 대학교육도 무료로 받을 수 있게 했다. 아울러 쿠바 국민은 무료로 진료를 받을 수 있다. 반면 언론매체는 정부에 의해 통제되었다.

1990년 우방국 소련의 원조가 줄어드는 바람에 쿠바 국민의 생활수준은 더욱 낮아진다. 설상가상으로 1991년 소련이 붕괴하면서 쿠바에 경제위기가 닥친다. 이후 카스트로는 가장 극단적인 공산주의 정책 가운데 일부를 포기하고, 시장원리에 근거한 부분적인 경제개혁을 추진한다.

카스트로는 국가평의회 의장을 지내다가 2008년 2월, 동생 라울 카스트로에게 의장직을 넘겨주고 물러났다. 그는 세계에서 가장 오래 집권한 지도자(52년 2개월 혹은 49년 5일)로 기네스북에 오르기도 했다.

불타는 석양의 바다

코히마르 가는 길

자동차는 지금 『노인과 바다』의 코히마르 마을을 찾아가고 있다. 전신주들이 소실점 안으로 사라진다. 스치는 풍경마다 아쉽게 뒤돌아보게 되는 건 다시 보지 못하리라는 예감 때문일 것이다. 초록 이파리 사이에 점점이 찍힌 붉은 꽃 프람보얌이 사라졌다가 나타나곤 한다. 혁명, 자유, 비바 쿠바 따위의 슬로건이 적힌 입간판이 빠르게 지나간다. 흔들리는 들꽃 사이에서는 격문마저 낭만적이다.

슬며시 산허리를 돌아선 차가 내리막길로 접어들자 눈앞에 거짓말처럼 바다가 열린다. 액자 속 풍경화 같은 작은 바닷가 마을, 코히마르. 카스트로가 꿈꾼 낙원이 어떤 것인지는 잘 모르지만, 펼쳐진 풍경을 보자 문득 이곳이 낙원인가 하는 생각이 든다. 토머스 모어가 『유토피아』를 쓸 때 염두에 두었던 곳이 쿠바였다는 얘기를 어디서 들었던가. 경계를 나눌 수 없을 아스라한 하늘빛과 바다색. 그 푸른빛 구도 속에서 생동하는 아이

불굴의 투지로 상어떼와 싸우며 거대한 물고기를 낚아올린 노인에게는 헤밍웨이의
모습이 투영되어 있다.

들. 그러나 가난한 낙원이다. 손대면 그대로 스르르 무너져내리고 말 듯 오래되고 낡은 집들이 바닷가에 엎드려 있다. 윗도리를 벗은 소년들이 달려와 차에서 내리는 나를 바라본다. 내게서 이방인의 냄새를 맡았을까, 강아지 한 마리도 서 있다. 소년과 강아지의 눈빛이 꼭 닮아 있다.

마을을 지나 바다로 난 길을 따라 걷는다. 사방이 평화투성이다. 거칠 것 없는 햇빛 아래 고요히 흔들리는 물결, 기묘한 치유력이 느껴지는 달콤한 바람, 여행자의 허파를 간질이는 바다 내음…… 영화 〈노인과 바다〉에서 노인 산티아고와 소년 마놀린이 걸어오던 그 해변이다. 영화 속에서 이미 낡아 있던 방파제 끝의 스페인식 성채는 여전히 세월을 머리에 인 채 서 있고, 산티아고를 닮은 노인들은 집 앞에 낡은 나무의자를 내놓고 하염없이 바다를 바라보며 앉아 있다. 『노인과 바다』의 살아 있는 박물관이라고나 할까. 풍경은 정지된 화면처럼 고요하다. 그 소설을 집필하는 동안 헤밍웨이는 이곳에 와 자주 머물렀다는데 이 코히마르의 물빛과 불타는 석양이 그를 잡아끌었을 것이다.

사람은 가고 풍경만이 남아 있다

카페 라테라사. 이처럼 아름다운 바닷가 집을 본 적이 없다. 지는 해에 금빛으로 물든 바닷물이 테라스를 쓰다듬는 이 집은 코히마르의 전경을 가장 잘 펼쳐 보이는 장소. 언어란 풍경을 따라잡지 못하는가. 나는 그저 "너무나 아름답다" 그렇게밖에 중얼거리지 못한다.

영화를 촬영할 당시 헤밍웨이는 여기에 머물면서 여러 가지 조언을 해주었다고 한다. 벽에는 소설 속 산티아고의 실제 모델이었던 그레고리오 푸엔테스와 헤밍웨이의 사진들이 걸려 있다. 그 사진 위로 자막처럼 떠가는 『노인과 바다』의 대사 한 줄.

"늙은이야, 지금은 가져오지 않은 것을 생각하고 있을 때가 아니야.
지금 있는 것으로 무엇을 할 수 있는지를 생각해봐야 돼."

활짝 웃고 있는 사진 속 헤밍웨이는 흡사 부두의 일용노동자나 어부처럼 보인다. 오히려 작가처럼 보이는 건 푸엔테스다. 소설에 보면 매양 텅 빈 배로 돌아올 뿐이지만 바다 색깔을 한 노인의 눈빛만은 늘 불굴의 광휘를 띠고 있었다. 오두막집에서 소년에게 야구선수 조 디마지오의 얘기를 들려줄 때의 그 형형한 눈빛을 나는 푸엔테스의 사진 속에서 찾아낸다.

이곳에서 알게 된 후 헤밍웨이와 푸엔테스 두 사람은 오랫동안 친구로 지내게 된다. 두 사람은 목선을 타고 자주 낚시를 나가곤 했다. 어떤 날은 커다란 놈을 잡아 득의양양했을 것이고 어떤 날은 텅 빈 배로 돌아왔을 것이다. 그리고 그것이 인생이라고, 두 사람은 별이 성성한 돌아오는 뱃길에서 생각했을 것이다.

둘의 우정은 각별했다. 글을 읽지 못했던 푸엔테스를 위해 헤밍웨이는 자신의 소설을 큰 소리로 읽어주곤 했다고 한다. 국적을 초월하여 깊은 우정을 나누었던 두 사람이었지만 헤밍웨이가 쿠바를 떠난 후 얼마 안 되어 푸엔테스는 그의 자살 소식을 듣게 된다. 슬픔과 회한 속에서 그는 마을사람들과 힘을 모아 헤밍웨이의 흉상 하나를 세운다. 물가에 세워진 헤밍웨이의 그 흉상은 지금도 그가 떠나간 바다 쪽을 향해 서 있다.

헤밍웨이가 자살한 후에도 사십여 년을 더 산 푸엔테스는 2002년 백사

바다로 둘러싸여 있지만 고기 잡는 모습을 보기 어려운 쿠바. 물고기를 잘 먹지 않기 때문이라는 것. 어촌의 소년들을 보며 물고기를 둘러멘 모습으로 그려본다.

세를 일기로 세상을 떠난다. 럼주를 사들고 자신을 찾아와 헤밍웨이에 대해 물어보는 사람들에게 그와의 추억을 끊임없이 되풀이해서 들려주어야만 했던 푸엔테스의 심정은 어떠했을까. 이제는 그 푸엔테스도 떠나가고 없다.

사람은 가고 풍경만이 남아 있다.

노인과 바다, 인생과 바다

"인간은 패배하지 않는다. 멸망하는 한이 있더라도 패배하지 않는다."

무려 팔십사 일 동안 고기다운 고기를 하나도 잡지 못한 산티아고는 팔십오 일째 되는 날 이전에 본 적이 없는 거대하고 멋진 청새치를 만난다……

읽지 않아도 구전처럼 전해져와 우리가 알고 있는 그 『노인과 바다』는 한 우직한 어부의 일지 같은 소설이었다. 중학교 때였던가. 소설을 다 읽고 나서 나는 허탈했다. 이것이 전부인가. 이렇게 단순하고 쉬운데 노벨상을 받았단 말인가. 그때 나는 몰랐다. 그러나 이제는 안다. 너나없이 인생들이 떠 있는 곳이 망망대해라는 것을. 그리고 앙상한 뼈만 남을지라도 끝내 삶의 항구로 끌어오고 싶은 '바로 그것'에 전부를 걸어야 하는 순간이 그 어떤 인생에나 있다는 것을.

『노인과 바다』의 화면 속을 걸어나오며, 나는 또 뒤를 돌아보고야 만다. 잔잔한 물결을 스치며 검은 새 한 마리가 비상한다. 검은 쿠바 독수리 아우라디노사다. 우리의 삶이 망망대해에 떠 있는 것이라면, 나는 지금 어디쯤 지나고 있는 것일까.

소설 「노인과 바다」   『노인과 바다』는 1961년 7월 어니스트 헤밍웨이가 미국 아이다호 케첨에서 자살하기 전 출간한 마지막 작품이다. 그가 사망한 뒤에도 몇몇 유작들이 출간되기는 했지만『노인과 바다』는 생전의 그가 가장 마지막으로 발표한 작품이다. 이 소설은 헤밍웨이가 즐겨 다루던 전쟁이나 사냥 등의 소재가 아니라 바다낚시를 핵심적인 소재로 삼아 인간의 연대의식이나 협동정신이 얼마나 중요한지 말하고 있다.

헤밍웨이가『노인과 바다』를 집필하기 시작한 건 1951년 초엽으로 아바나 근처에 살고 있을 때였다. 당시 아바나에서 지내며 낚시를 즐겼던 헤밍웨이는 이때의 경험을 바탕으로 산문 「푸른 파도 위에서」를 썼고, 이 작품이『노인과 바다』의 모태가 되었다.

「푸른 파도 위에서」는 한 쿠바 어부의 이야기다. 그는 멕시코 만 멀리 고기잡이를 나갔다가 사투를 벌인 끝에 수백 킬로그램이나 나가는 청새치를 잡는다. 그러나 항구로 돌아오는 도중 청새치를 상어떼에 빼앗기고 어부는 거의 정신착란 상태가 되어 항구 근처 다른 어부에게 발견된다. 「푸른 파도 위에서」가 헤밍웨이의 낚시 친구이자 보트 '필라'호의 어부였던 그레고리오 푸엔테스의 실제 경험을 그린 논픽션이라면, 『노인과 바다』는 산티아고라는 허구의 인물이 등장하는 소설이다. 그는 이 소설로 1954년 노벨문학상을 수상했다. 스웨덴 한림원의 노벨문학상 선정위원회는 이 소설을 "폭력과 죽음의 그림자가 짙게 드리워진 현실세계에서 선한 싸움을 벌이는 모든 개인에 대한 자연스러운 존경심"이 드러난 작품이라고 평했다.

이 소설은 1958년 존 스터지스 감독이 영화로 제작하기도 했다. 당시에 주연을 맡았던 배우 스펜서 트레이시는 이 영화로 오스카 최우수 남우주연상 후보에 오르기도 했다.

높고 쓸쓸한, 외롭고 적막한

해수를 앓는 듯 낡고 늙은 집

올드 아바나를 벗어난 차는 한적한 시골길로 들어선다. 나무그늘 아래서 놀던 아이들이 손을 흔들며 먼지 자욱한 길을 따라온다. 휘발유 냄새가 좋아 차가 지나가면 무작정 따라 달리곤 했던 어린 시절의 내 모습이 떠오른다. 문명은 늘 자연을 유혹한다. 그러나 그 유혹 속에는 언제나 얼마쯤의 치명적인 독의 기운이 들어 있다. 폭 좁고 울퉁불퉁한 비포장길을 한동안 달리자 곰삭은 것처럼 오래된 마을이 나타난다. 산프란시스코데파울로 마을.

마을 끝자락 오르막에 성채 같은 숲속의 집이 올려다보인다. 『원탁의 기사』 속의 기네비어 공주라도 살 것 같은 그 집은 그러나 다가가서 보니 해수를 앓고 있는 짐승처럼 누워 있다. 낡고 늙은 집은 성한 데가 없는데 망루(비히아, vigía)라는 이름답게 저 멀리 아바나 시내가 내려다보이는 전망만은 일품이다. 아바나 시내의 암보스 문도스 호텔 등을 옮겨다니며 글

신문 읽는 노인. 쿠바에서는 노인이 멋있다. 한결같이 선이 굵고 강인하면서도 따뜻함과 훈훈함이 느껴진다.

을 쓰던 헤밍웨이는 이곳에 거처를 마련하여 정착한다.

이 집은 그러나 노벨상을 받고 세속적인 명성과 돈을 거머쥔 헤밍웨이가 살았던 곳이라기에는 이제 너무 초라하다. 파삭 주저앉을 듯 노후된 집은 창문이 깨지고 회벽이 군데군데 떨어져나갔다. 비가 오면 지붕과 벽에 물이 샌다니 주인 떠난 집의 쓸쓸함은 쳐다보기가 민망할 정도다. 그가 읽던 책과 전장을 누비던 종군기자복, 놓친 고기에 대한 허풍과 호탕한 웃음소리를 기억하고 있을 낚시도구며 사진자료 등은 다른 곳으로 옮겨져 있다고 한다. 남아 있는 흔적이라곤 그가 사랑했던 고양이들의 무덤(개의 무덤이라는 설도 있다) 몇 개뿐. 헤밍웨이가 떠난 후 방치되다시피 한 이 집은 허리케인에 시달려 붕괴 위험에까지 처한 상태란다.

쇠락한 집의 뜰에 서서 오래전, 불빛이 은성하고 음악 소리와 웃음소리가 왁자했을 이곳을 상상해본다. 에바 가드너, 게리 쿠퍼 같은 스타들과 세계적인 명사들을 초청해서 파티를 벌이고, 문맹인 어부 친구들을 불러 앉혀놓고 그들을 모델로 쓴 소설을 낭독하곤 했다. 그 밤의 풍경들. 풍성한 음식과 불빛이 어룽거리는 풀pool 사이드에 앉은 그는 핑카 비히아의 황제였을 것이다.

헤밍웨이가 아바나 시내를 내려다보며 글을 썼다는 별채 삼 층의 작은 방에 올라가본다. 원목 책상과, 자신이 사냥했다는 바닥의 호랑이 가죽, 그리고 안락의자 하나가 전부다. 내가 보았던 세상의 서재 중 가장 소박한 서재다. 군더더기 하나 없는 그의 하드보일드 문장처럼.

1939년부터 이십여 년 동안 이 집에 살면서 문학사에 남을 작품들을 생산했고, 또 퓰리처상과 노벨문학상을 받았으니 생애의 가장 화려하고 빛나는 나날들을 여기서 보낸 셈이다. 그날의 불빛들은 모두 어디로 가버렸나.

푸른 숲, 붉은 꽃 속의 헤밍웨이 별장. 한때 축음기에서 흘러나오는 음악 속에서 명
사들의 파티가 이어졌을 '전망 좋은 집' 핑카 비히아.

필라는 기억하고 있을까

후원의 수영장 곁에는 그가 사랑했던 목선 '필라'가 옛 모습 그대로 복원되어 있다. 이 배를 타고 청새치 낚시를 즐겼을 뿐만 아니라 제2차세계대전 중에는 쿠바 근처에 접근한 독일 잠수함을 추적하기 위해 일인 군대가 되어 기관포에 바주카포까지 싣고 출정했다는 전설적인 이야기가 남아 있다.

그는 네 번 결혼했다. 열정의 시간이 지나고 나면 아내들은 그의 음주벽과 거친 매너와 무질서한 일상에 진저리를 치며 떠나갔다. 이런 그의 곁을 변함없이 지킨 존재가 보트 필라였고 그 배에 동승했던 쿠바인 어부 그레고리오 푸엔테스였다. 그러나 마음으로 후원했던 카스트로의 사회주의 혁명이 성공하자 아이러니하게도 헤밍웨이는 소개령에 따라 이곳을 떠나게 된다. 이미 정신적 쿠바인이 되어 있었던 그에게 이 디아스포라는 커다란 충격으로 다가왔을 것이다. 그때 아바나를 떠나며 그는 이 정든 집 핑카 비히아에 다시는 돌아오지 못하리라는 것을 예감이나 했을까.

패배를 향해 쏘다

미국으로 돌아와 아이다호 근처에 자리를 잡은 헤밍웨이는 일생 동안 무수히 자신을 스쳐지나갔던 검은 그림자의 사내와 다시 조우한다. 쾌활하고 호탕하고 지독히 쾌락지향적인 그의 내면에 웅크리고 있던 우울한 모습의 또다른 헤밍웨이였다. 사냥과 투우, 이탈리아 북부전선에 스페인내전까지, 무모할 정도로 자신을 내몰아 육체의 극단을 실험하던 그였다. 그뿐인가. 자동차 사고에다 아프리카에서의 비행기 추락사고까지 그는 자신의 육체를 놓고 무수하게 생사의 거래를 벌이곤 했다. 그리고 그런 모험 뒤에는 곧 "죽은 것처럼 공허하고 무가치한 느낌"에 빠져들곤 했다. 종종 수줍음을 타기도 했던 그에게는 다중인격적인 측면이 있었다. 그가 남에게 보여주고자 했던 강인한 남근주의자의 모습 뒤로 감추고 싶었던 모습은 무엇이었을까. 나는 그가 어쩌면 아주 연약한 내면을 가졌던, 소년 같은 남자였을지도 모른다고 생각해본다.

"인간은, 파괴될지언정 패배하지는 않는다……" 자신의 작품 속에서 파괴를 두려워하지 않는 인간 군상을 끊임없이 창조해냈던 헤밍웨이. 그가 정녕 두려워했던 건 기실 패배와 죽음의 그림자가 아니었을까. 육체적으로도 이미 쇠잔해 있었던데다, 더이상 글을 쓸 수 없다는 슬픈 깨달음에 도달한 그는, 패배를 인정하기 전에 스스로를 파괴해버리겠다고 작정했던 것은 아니었을까.

아이다호로 돌아온 다음해 1961년 7월 2일 아침, 고요한 숲을 뒤흔드는 총성에 그의 네번째 아내 메리는 잠에서 깨어난다. 그 두 발의 총소리를 마지막으로 그는 생을 마감한다. 정박한 배의 밧줄을 끊듯 그렇게 육체의 줄을 끊어버린다. 육체의 줄을 풀어 그는 다시 카리브의 푸른 물을 건너 이 핑카 비히아로 돌아왔을까. 그의 혼령인 듯, 초록나무 속에 점점이 박힌 프람보얌이 내뿜는 유난히 붉은빛이 눈에 시리다.

춤과 노래가 있는 아바나 성당 부근 거리.

헤밍웨이의 아바나 집필실 '핑카 비히아'　헤밍웨이가 쿠바를
방문한 1928년부터 1960년 미국으로 거처를 옮기기 전까지 살았던 집이다. 현재
헤밍웨이 박물관으로 사용되는 이 저택에는 그의 저서들을 비롯해 그가 사용하던
타이프라이터, 진공관 오디오, 9천여 권의 장서가 전시되어 있다.

　이 저택은 19세기 중엽 카탈루냐 출신 건축가가 지은 것으로 아바나에서 24킬
로미터쯤 떨어진 언덕 위에 자리잡고 있다.

　헤밍웨이는 마사 겔혼과 이곳에서 함께 생활하다가 1940년 결혼하자마자 그녀
의 제안으로 이 집을 사들였다. 그리고 '전망 좋은 집'이라는 뜻으로 '핑카 비히아
Finca Vigía'라고 이름을 붙였다. 집값은 『누구를 위하여 종은 울리나』를 출간하고
받은 초판 인세로 치렀다. 그는 1939년 중반부터 1960년까지 이십여 년 동안 이
집에 살면서 기념비적인 작품들을 썼다.

　커다란 대지에 테니스코트와 수영장, 그리고 농가가 딸린 아주 큰 저택이었다.
이 저택에서 그는 한때 57마리의 고양이를 키우기도 했다. 각각의 특징에 따라 딜
링지, 프렌드리스, 팻, 빅보이 등의 이름을 지어주고 말을 걸거나 노래를 불러주
기도 했던 그 고양이들의 묘는 지금도 헤밍웨이 박물관에 남아 있다.

작업실 아래 널찍한 수영장 옆에는 헤밍웨이의 보트 '필라'가 놓여 있다. 헤밍웨이가 청새치 낚시를 하기 위해 이용했던 보트로, 노벨문학상을 안겨준 그의 소설 『노인과 바다』가 탄생하는 데 큰 역할을 했다.

쿠바의 '핑카 비히아'는 그에게 창작의 산실과 같았다. 그는 스페인 내전을 소재로 삼은 『누구를 위하여 종은 울리나』를 암보스 문도스 호텔에서 처음 집필하기 시작했다. 이후 '핑카 비히아'로 이주한 뒤로는 이 작품의 대부분을 카리브 해와 로키 산맥에서 집필했다. 『누구를 위하여 종은 울리나』는 헤밍웨이의 작품 중에서 가장 충만하고 가장 심오하고 가장 진실한 작품으로 일컬어지고 있다.

헤밍웨이는 피델 카스트로가 쿠바에서 권력을 잡게 되자 쿠바를 떠나 아이다 호 주 선밸리 근처 시골마을 케첨으로 거처를 옮기게 된다.

■ 헤밍웨이의 별장이자 집필실이었던 핑카 비히아에서.

멈출 수 없는 낭만적 상상력

거리에서

고물차조차 아름다워 보이는 올드 아바나의 거리. 오래된 오비스토 거리를 달리는 빨간색, 초록색, 노란색의 고물차와 함부로 떼어다 붙인 것 같은 원색 패널 집들을 보며 걷다보면 흡사 설치미술 전시장에라도 와 있는 느낌이다.

색색의 차들 가운데는 영화 〈대부〉에서나 봄직한 1960년대의 낡은 모델 소련제 차와 미국제 차도 있다. 그런데 가난도 남루함이 아닌 당당함으로 되받아칠 수 있는 까닭은 아무래도 청옥빛 바다와 태양빛 때문이 아닐까 싶다. 구식의 원색 고물 자동차들에도 카메라만 들이대면 금방 '그림'이 되는 것은 눈부신 카리브와 거침없이 작열하는 태양 때문일 것이다. 그것들이 사진 속에서는 금방 색칠한 그림처럼 빛을 발하기 때문이다.

그런데 더 놀라운 것이 있다. 쭈그러진 자동차보다 더한 경제난과 생활고 속에서도 얼핏 스치는 거리의 얼굴들에는 여유가 있고 미소가 있다는 점이다. 불가사의다. 그리고 보면 아바나의 불가사의는 한두 가지가 아니다. 광장과 골목마다 넘쳐나는 음악들. 그것도 우울하고 느린 것들은 거의 없다. 어쩌면 혁명도 정치구호도 그리고 가난마저도 음악과 춤의 용광로 속에서 녹아버린 듯하다. 춤은 배고픔을 잊게 하고 음악은 이르지 못한 혁명의 구호마저 망각게 하는 것인가.

광장에서

혁명광장. 혁명기념일 때 많게는 백오십만 명이 모였다는 광장 앞 이십차선 도로는 그러나 거의 텅 비어 있다. 그 텅 빈 광장에 햇빛만 무지막지하게 쏟아지고 있다. 광장 앞 내무성의 거대한 벽에 먹으로 한 붓에 내리그은 것 같은 체 게바라의 그 유명한 베레모 쓴 초상 조각이 철 부조 형태로 붙어 있다. 쿠바 하면 으레 등장하는 바로 그 초상 조각이다. 사회주의 조각이라고 믿기 어려울 만치 뛰어나게 생략과 추상성을 발휘한 작품이다. 하긴 몇 년 전 광주비엔날레에 와서 대상을 받고 간 작가도 쿠바 작가였던 점을 상기하고 보면 그 저력을 짐작하게 된다.

건물 입구에는 어린 군인이 몸에 잘 맞지 않는 헐렁한 군복을 입고 보초를 서고 있다. 그리고 그 앞으로는 인력거의 페달을 힘차게 밟으며 러닝셔츠 차림을 한 또래의 검은 피부 청년 하나가 지나간다. 한가함투성이. 도심이지만 파리 소리마저 들릴 만큼 적막하다.

이 센트로 아바나의 광장 일대는 내무성 말고도 혁명무력성 등 주요 건물이 포진해 있어서 말하자면 오늘의 쿠바를 움직이는 권부인 셈이다. 그

늙은 악사. 그 굵은 주름 사이에서 배어나오는 듯 음악은 중후하면서도 애잔하다.

건물들을 바라보고 있는 체 게바라의 초상 조각을 올려다보며 문득 살아 있는 카스트로가 죽은 체 게바라를 이기지 못한다는 생각이 스친다. 물론 혁명동지인 두 사람은 이기고 지는 관계가 아닌 오늘의 쿠바의 뼈대를 세운 우애 깊은 사이로 알려져 있다. 표면적으로 두 사람 사이에는 어떤 불화와 알력의 흔적도 보이지 않는다. 그러나 혁명 성공 후 이인자 자리에 있던 체 게바라는 돌연 다시 군복을 챙겨입고 밀림으로 간다. 아프리카와 볼리비아의 야전 게릴라로 돌아선 것이다. 어떻게 설명해야 할까. 혹 하늘에 태양이 둘일 수 없듯 쿠바의 별도 둘일 수 없었기 때문은 아니었을까. 그래서 스스로 비켜서준 것은 아닐까.

스스로 몸을 감추었든 아니었든 간에 밀림으로 돌아간 체 게바라는 삼십 대에 총살을 당해 생을 마감한다. 어찌 보면 스스로 죽음의 길로 걸어간 듯한 느낌이다. 혼자 남은 카스트로는 그의 사후 몇 십년간 쿠바를 통치해왔다. 그러나 미국의 코밑에서 맞장을 뜨자고 덤볐던 그도 이제는 꾸부정한 노인으로 얼굴에는 검버섯이 피어 있다. 가끔은 연단에서 넘어지는 민망한 노추의 모습을 보이기도 했다. 그러나 체 게바라는 그 육체가 가장 아름다울 때 홀연히 지상에서 사라져버렸다. 삶의 절정에서 죽었기에 남겨진 사진마다 빛나는 육체의 순간들만을 보여준다. 사진작가 알베르토 코르다가 남긴 이 우수의 혁명가는 그래서 오늘도 수많은 여인들의 가슴을 뒤흔들어놓는다. 쿠바의 거의 전역, 도로 여기저기에서 기업의 광고탑보다도 더 자주 눈에 띄는 것이 체 게바라의 얼굴이지만 어느 각도에서 찍은 것이든 그 잘생긴 모습에는 부실함이 없다. 한 프랑스 장군의 딸은 사진가 코르다와 함께 그를 만난 밤을 이렇게 회상한다.

"보는 순간 얼마나 가슴이 뛰었던지 정신이 없었어요. 음악이 귀에 들어오지 않았죠."

원색의 빨래들처럼이나 강렬한 인상의 아바나 여인.

그가 뛰어난 공산주의 이론가였던데다가 직접 총을 들고 일어선 과격한 인물이었다는 사실은 간곳없고 이방인의 눈에 비친 음영 짙은 서늘한 눈매에 시가를 꼬나문 모습은 낭만적 상상력을 불러일으키기에 충분하다. 그가 입은 군복과 부여잡은 총마저 한사코 그 낭만을 부추기는 소도구로만 보일 뿐이니 어찌할꼬. 그러나 진정으로 사람들의 가슴을 후벼파게 만드는 것은 잘생긴 외모 때문만은 아니었다. 약한 곳, 눌린 자를 바라보는 그의 따스한 시선 때문이었다. 의대생에서 게릴라 대장이 된 이 얼음과 불의 사내에 대해서 장폴 사르트르는 "우리 세기에 가장 성숙한 인간"이라고 평했다던가.

길 위에서

여행은 때로 한 인격의 전 존재를 뒤흔들어놓는다. 의대생 루쉰이 혁명가가 된 것도 일본 여행(정확히는 유학이지만) 때문이었고 김산이 혁명가가 된 것 또한 중국 체류 때문이었다. 몽테뉴의 유럽 여행, 괴테의 이탈리아 여행 또한 마찬가지였다. 사실 체 게바라의 시야가 넓어진 것도 전기적 영화 〈모터사이클 다이어리〉를 통해 드러난 것처럼, 그 출발은 여행에 있었다.

1952년 그는 대학 선배이자 친구인 알베르토 그라나도스와 함께 십 개월에 걸친 남미 오토바이 여행을 떠난다. 칠레, 브라질, 페루를 지나 콜롬비아까지 종단하는 여행이었다. 세상 물정 모르던 꿈 많은 의과대학생 게바라는 이 여행을 통해 삶의 코페르니쿠스적 전환을 겪는다. 한 뿌리의 민족인데도 남미 각 나라가 겪고 있는 불신과 대립 그리고 가난과 핍박을 응시하게 된다. 그리하여 이국의 풍광을 즐기려 졸업을 앞두고 부담없이 떠난 여행에서 그는 어깨가 휘도록 부담을 안고 돌아오게 된다.

다른 사람이라면 느낌으로 끝났을 일에 그는 '왜'와 '어떻게'라는 의문부호를 붙인다. 지주로부터 부당하게 쫓겨난 원주민 일가족과 밤을 새우고 죽음에 방치된 아마존 유역의 나환자를 치료하면서 그의 '어떻게'는 급기야 사람의 육체를 고치는 의사를 넘어 사회를 고치는 혁명가가 되는 것에서 답을 찾는다. 여행이 끝나고 헤어지면서 친구가 졸업하면 취직자리를 알선해줄 테니 연락하라고 했을 때 악수를 나누고 돌아서기 전 그는 독백처럼 저 유명한 말을 한다.

"길 위에서 지내는 동안 내게 무슨 일인가가 일어났다."

그로부터 삼 년 후인 1955년 체 게바라는 멕시코로 추방당한 피델 카스트로를 만나게 되고 자신이 아르헨티나인임에도 불구하고 쿠바 혁명에 동참하게 된다. 그리고 1959년 1월 이 열혈청년들은 계란으로 바위를 쳐서 막강하던 독재정권 바티스타 정부를 무너뜨린다. 아바나의 흑진주 쿠바의 운명이 바뀌는 순간이었다.

체 게 바 라   1928년 6월 14일 아르헨티나의 유복한 가정에서 태어난 체 게
바라(Che Guevara, 1928~1967)의 본명은 에르네스토 게바라 데 라 세르나Ernesto
Guevara de la Serna다. 체che는 스페인어로 사람을 부를 때 쓰는 '어이' '이봐' 정도의
의미를 지닌 말로 체 게바라가 혁명에 뛰어들면서 스스로 이름을 이렇게 고쳤다
고 한다.

체 게바라는 아르헨티나의 의과대학생이던 시절 오토바이 여행에서 비참한 라
틴아메리카의 현실을 알게 된 뒤 사회의식을 갖게 된다. 이때의 여행을 토대로 쓴
여행일기는 책으로 출판됐으며 2004년 〈모터사이클 다이어리〉라는 영화로도 제
작됐다.

의사가 되고 나서도 멕시코에서 망명중이던 피델 카스트로를 만나 자신과는
상관없는 쿠바 혁명에 앞장선다.

82명의 혁명군과 함께 배를 타고 쿠바의 산악지대에 상륙한 뒤 3만 5천 명의
바티스타 정부군에 대항해 게릴라전을 이끌었다. 더불어 산타클라라 전투를 승리
로 이끌어 쿠바 혁명 성공에 결정적인 역할을 한다. 혁명이 성공한 뒤에는 산업부
장관, 중앙은행장 등의 정부 요직을 맡으며 모든 분야에 개입한다. 쿠바의 이인자

로 통했던 체 게바라는 쿠바의 두뇌로 일컬어졌다.

그 뒤 모든 요직을 뒤로하고 세계혁명을 위해 쿠바 국적을 반납한다. 아프리카 콩고의 게릴라전을 도왔는가 하면 볼리비아에서 라틴아메리카 전체의 해방을 위해 게릴라전을 벌이기도 한다. 결국 그 전투에서 생포돼 죽음을 맞는다.

1967년 10월 18일, 피델 카스트로는 텔레비전 연설에서 체 게바라의 죽음을 이렇게 애도했다. "우리는 체의 신념과 가치, 인간행위의 가치, 사고의 가치, 도덕적 덕성의 가치, 정서의 가치를 의심해본 적이 없으며, 그것들은 보편적 가치를 이룬다."

체 게바라는 사후에도 전 세계적으로 '체 게바라 열풍'을 일으킬 정도로 영향력이 켜져갔다. 그리고 서거 30주년을 맞아 산타마리아에 있는 쿠바땅에 유골이 안치되었다. 그의 묘는 세계인의 새로운 순례지로 떠올랐다. 그는 이념과 국가를 떠나 지금도 전설의 혁명가로 살아남아 있다.

■ 관광상품이 된 체 게바라. 그만큼 쿠바인의 사랑을 받고 있다는 증거이기도 하다.

혁명 혹은 오래된 연가

쿠바의 연인

쿠바, 돈이 없어도 행복한 이 가난한 유토피아를 어떻게 설명해야 할까. 달걀 서른 개가 두 달치 월급, 백이십 그램짜리 비누 하나 사고 나면 그 월급의 반이 줄어든다는 열악한 경제상황에서도 사람들은 어떻게 비명 대신 미소를 지을 수 있는 것일까. 심지어 노래하고 춤출 수 있는 것일까.

도시의 빈 땅들마다 채소가 무성하고 자전거와 인력거가 한가한 아바나. 미국의 경제봉쇄와, 의지했던 소련의 붕괴를 겪으면서도 그들은 살아 있다. 그것도 굳건하게 살아 있다. 인도쯤에서라면 나는 종교의 힘이라고 간단하게 생각했을 것이다. 그러나 이곳에서는 종교도 아니었다. 기질 탓? 혹은 카스트로이즘? 그건 모르겠다. 단지 내일 일은 모르겠다, 그러나 오늘은 행복해야겠다고 생각하는 것만큼은 확실해 보였다. 그 쿠바의 행복 목록 중 하나가 체 게바라가 아닐까. 바라만 보아도 가슴이 환해지는 이 쿠바의 연인은 오늘도 도시의 군데군데 거리와 광장에서 그윽한 눈길로 사람들을 바라보고 있다. 그래서 아바나에 오면 그가 늙지 않는 연인, 임기 없는 대통령이라는 것을 단박에 눈치채게 된다.

몽상, 두 남자

정말이지 쿠바와 체 게바라의 애정행각은 오십 년이 되어도 식을 줄 모른다. 지독한 불륜처럼 이 둘은 세월이 갈수록 더욱 얽혀든다. 사진작가 코르다가 찍어 유명해진 그의 시가를 문 길거리 사진을 바라보다가, 왜 그랬을까. 문득 똑같이 삼십 대에 지상의 삶을 마감한 유대 청년 예수가 떠올랐다.

너무도 짧았던 생애에도 불구하고 "다 이루었다"고 선언했던 예수. 체 게바라 역시 두려움에 떨고 있는 저격병을 향해 "어서, 두려워 말고"라고 사격을 독려한다. 생에 여한이 없다는 듯. 비록 세상의 거악을 바라보는 눈길은 달라서 한 사람은 끝없는 용서와 화해를, 한 사람은 주저 없이 칼과 총을 드는 길을 택하지만 자신을 불살라 세상을 구원하고픈 열망만은 같았다. 그리고 하루를 전 생애인 듯 집중해 살았던 점도 닮아 있다. 그러나 하늘의 사람 예수는 하늘을 우러러 "아버지여 내 영혼을 받으소서"라고 말하며 하늘로 갔고, 땅의 사람 체 게바라는 "인간은 꿈의 하늘에서 내려온다"는 말을 남기고 오욕의 땅에 떨어진다. 한 송이 꽃잎처럼.

노래하는 카페. 인생과 사랑과 젊은 날의 추억이 흘러나온다.

서른아홉의 생애에 담긴 족적들

체 게바라. 처음은 사람 냄새 물씬 풍기는 휴머니스트 의사였다(그것도 스물다섯에 박사가 된). 한 가난한 나병 환자를 치료하다가 사랑에 빠질 뻔하기도 한 수줍음 많고 잘생긴 의사였다. 그 다음에는 밀림에서까지 흐린 불빛에 의지해 글과 사상을 전파한 교사였다. 글자를 모르면 왜 총을 잡는지도 이해하지 못한다며 이 밀림의 군사학교 교사는 그의 군대로 하여금 총과 펜을 번갈아 잡게 한다. 맹렬한 독서가에 작가이고 시인이었으며 사상가이자 화가였다. 끊임없이 읽고 끊임없이 썼다. "가자! 새벽을 여는 뜨거운 가슴의 선지자들이여"라는 격문 같은 시를 썼을 뿐 아니라 별이 총총한 밤 어린 딸에게 우유 대신 시를 지어 속삭여주기도 할 만큼 다감했다. 그뿐인가. 능숙한 데생 실력으로 여행일지에 일상을 스케치했으며 글로 쓸 시간 없이 빠르게 지나가는 것마다 그림으로 남겼다. 게다가 비록 짧은 기간이었지만 외교관이었고 장관이었다. 그러나 그 모든 것보다 그는 철저한 게릴라 대장이었고 급진적 혁명가였다. 그리고 이 모든 족적을 서른아홉의 생애 속에 다 담아내었다.

그는 죽었다. 그러나 그는 살아 있다. 쿠바의 민족시인 니콜라스 기옌이 1967년 그를 위해 쓴 헌시는 이런 불멸의 체 게바라를 노래한다.

당신은 쓰러졌어도 / 당신의 빛은 꺼진 적이 없습니다. / (…) / 불타는 말을 타고 / 산과 바람, 구름을 헤치고 달려가는 사람 / (…) / 저들이 당신의 몸을 태워도 / 묘지에, 숲에, 차가운 고지에 / 저들이 당신을 감춰버려도 / 저들은 우리를 당신에게서 떼어놓을 수 없습니다. / 체 사령관 / 친구이며 형제인 당신에게서

바이올렛색 혁명

피 없이 이루어진 혁명이 있었던가. 쿠바 혁명 역시 그 색은 연두색이 거나 핑크색이 아니었다. 짙은 붉은색이었다. 그럼에도 불구하고 유독 쿠 바 혁명만은 음영 짙은 한 미남 청년에 의해 핏빛 아닌 기껏해야 바이올 렛색쯤으로 다가온다. 혁명 성공 후 체 게바라는 잠시 쿠바의 중앙은행 총재 등을 역임하는데 이때도 낡은 셔츠를 입고 혼자 늦은 밤까지 일하곤 했다. 성숙하고 성실한 인간 체 게바라의 모습을 다시 보게 하는 대목이 다. 그는 타고난 지성과 직관력으로 이론적 뼈대가 부실하기 그지없는 혁 명정부의 사상적 지주가 되었다. 마크 크레머가 인용한 『타임』의 평.

피델 카스트로는 혁명을 위해 뽑은 단검이다. 게바라는 두뇌에 해당한다. 그는 삼두정치의 거두 가운데 가장 매혹적이고 가장 위험한 인물이다. 그는 많은 여성들이 넋을 잃고 바라보게 하는 달콤하면서도 우수에 젖은 미소를 지니고 있다. 체는 냉정할 정도로 빈틈없는 정신과 비범한 능력, 높은 지성, 뛰어난 유머감각으로 쿠바를 뒤흔들고 있다.

그러던 그는 곧 아바나를 떠나 아프리카 콩고에서 게릴라 훈련을 받은 후 볼리비아로 향한다. 그가 생각하는 남미는 하나의 공동체였고 그 점에 서 미완의 혁명지 볼리비아 역시 또하나의 조국이라고 생각했던 듯하다. 어쩌면 불가능할 것만 같았던 쿠바에서의 성공이 그에게 환상을 심었던 것은 아닐까 싶다. 그러나 볼리비아 민중의 무관심과 미국의 조직적 방해 로 볼리비아의 투쟁은 실패로 끝난다. 그리고 1967년 10월 볼리비아군에 게 붙잡혀 처형된다. 이때 그의 나이 푸르고 싱싱한 삼십구 세. 도달하지 못한 이상에 대한 한이었을까. 처형되었을 때 그의 눈은 반쯤 뜬 상태였다고 한다.

대화

아바나 사람들은 걷는다. 어디론가 걷는다. 밤이고 낮이고 걷는다. 빠르게는 아니지만 걷는다. 손에는 아무것도 들지 않은 채로. 짐이 없어서일까, 그 걸음들은 가볍다. 나도 그들을 흉내내어 그들처럼 따라 걷는다. 도시를 이렇게 길게 걸어본 지 얼마 만이던가. 걸음이 끝나는 곳에 둥글고 작은 광장이 있다. 플라사 데 아르마스. 이름은 살벌한 무기광장. 그러나 늙은 나무들의 배치 아래 그보다 더 늙어 보이는 사람들이 나와 앉아 있는 아주 작은 공원일 뿐이다.

헌책을 파는 노상의 간이서점들이 몇 있고 여러 개의 노천카페들이 늘어서 있다. 그중 한곳에 자리를 잡고 앉는데 옆에서 책을 보던 중년 사내가 미소 띤 얼굴로 "저패니스?" 하고 묻는다. 보니 이마에 '나 공부 좀 했는데'라고 씌어 있다. 어머니가 프랑스계로 파리에도 살았고 도쿄에도 일 년 있었다고 한다. 그가 들고 있는 책의 표지가 체 게바라의 베레모 사진이다. 하긴 쿠바의 모든 볼거리와 읽을거리의 반은 그가 차지한 게 아닐까 싶을 만큼 사십 년 전 떠난 그는 아직도 이곳에서는 왕성한 현존이었다. 공원의 거리 헌책방에서도 물론 마찬가지였다. 나는 눈짓으로 그의 책을 가리키며 묻는다.

체 게바라, 왜 그렇게 인기인가(말해놓고 보니 바보 같은 질문이라는 생각이

든다).

인기라고 했나? 그 어휘는 부적절하다(사내는 미소를 띠며 정정해준다).

그냥 공기 같은 것이다. 쿠바인에게 그는 사랑의 공기다.

(오오! 이편이 훨씬 훌륭하다. 나는 이번에는 머릿속으로 어휘를 가다듬으며 천천히 묻는다.) 사랑의 공기? 도대체 왜 그토록이나 사랑하는가. 그가 죽은 지 이미 사십 년이 지났는데.

(사내가 묻는다) 혁명광장에 다녀왔나?

지금 거기서 오는 길이다.

당신도 그를 좋아해서 거기 가지 않았는가? 하물며 우리는 그에게 빚진 사람들이다. 외국인이었지만 그는 우리를 위해 죽었다. 우리의 보다 나은 삶을 위해. 어렵고 불가능한 일 아닌가? 우리가 그를 사랑하고 존경하는 이유다.

그렇다 해도 세월이 가고 세대가 바뀌어도 그 열기가 식지 않는 것은 이상하다.

우리가 오늘도 그에게 열광하는 것은 그가 꿈꿨던 이상사회에 아직 도달하지 못했다는 이야기이기도 하다. 따라서 그는 과거가 아닌 현재다. 아바나에서는.

혁명은 성공하지 않았는가. 미국도 물러갔고.

혁명의 대상은 독재나 미국만이 아니다. 일체의 차별과 억압이 사라져야 한다.

지금 쿠바에 그런 것이 있는가.

(그가 컵을 탁 소리나게 놓는다.) 당신은 휴양도시 바라데로에 가보았는가.

가보았다. 오늘 아침 바로 거기서 올라왔다.

거기 솔 시레나스 코랄(Sol Sirenas Coral, 일체의 내국인 투숙이 금지된 휴양

리조트. 쿠바 창녀들의 접근을 막기 위한 조치였다는 소리도 들리는데 백인 천하의 특급 리조트로 풍요가 넘치는 그곳만은 쿠바 속의 별천지다)에 가보라. 단지 우리가 미국의 종속을 벗어났다고 해서 혁명의 완성이라고 할 수 없는 이유가 거기에 있다. 여전히 쿠바인에 대한 백인의 지배는 계속되고 있다. 그들은 우리를 노예 취급한다. 그들의 손에 채찍 대신 달러가 쥐여 있는 것이 다를 뿐. 그리고…… (사내의 얼굴이 어두워졌다.) 달러는 게바라가 백 명 나와도 못 막는다.

황혼 때문인가. 그의 얼굴이 붉어지고 있었다. 이야기가 너무 깊이 들어가는구나 싶었다. 스쳐지나가는 여행자인 나는 어느 나라 어느 사회에나 있는 어둠에 대해 깊이 들여다보고 싶은 생각은 없었다. '문제들'이라면 지상의 어느 곳인들 없겠는가 하는 생각이기도 했고, 내게는 서울의 문제만으로도 충분했기 때문이다.

그러나 그런 내게도 가슴 아프게 목도된 것들이 있다. 바라데로에 있는 호텔에 묵을 때 검은 마호가니빛으로 찬란하도록 잘 빚어진 몸매의 쿠바 청년들과 처녀들이 영양과잉으로 배가 나와 볼품없이 뒤뚱거리는 제 또래 백인 아이들을 그야말로 주인집 도련님 모시듯 시중을 들고 있는 풍경들이었다. 선조들이 그러했듯 젊은 그들에게까지 굴종이 숙명처럼 젖어든 모습들이었다. 부잣집 철부지들 뒤치다꺼리하듯이 쿠바의 젊은이들은 언제나 밝고 절도 있는 모습으로 그들의 안락을 위해 봉사하고 있었던 것이다.

밖에는 어둠이 내리고 있었다. 기회가 되면 언제 서울에 한번 오라는 말로 얼버무리고 나는 도망치듯 카페를 나왔다. 맑고 순수한 영혼의 소유자 체 게바라가 이십 대에 남미 횡단여행을 하면서 본 것도 바로 이 종속과 차별이었으리라. 그가 생각한 혁명의 출발도 그것이었을 것이다. 모르

배를 타고 아바나를 떠날 때…… 음악과 사랑의 도시 아바나는 많은 사람들에게 그
리움의 도시이기도 하다.

긴 해도 조금 전 카페의 남자가 혼잣말처럼 되뇌었던 "도대체 피부색으로 이토록 극명하게 삶을 나누어버리는 것은 누가 만든 것인가"라는 본질적 질문을 그도 허공에 대고 수도 없이 했을 것이다. 그제야 비로소 나는 쿠바 혁명의 작은 실타래의 한끝을 잡고 있는 느낌이었다. 아바나로 떠나오기 전 대충 훑어보았던 쿠바 혁명사나 체 게바라 이야기들이 볼록 판화처럼 드러나고 있었다.

배를 타고 아바나를 떠날 때

광장을 걸어나오는데 군데군데 등이 켜진 한쪽에서 어느새 5인조 밴드의 음악이 시작되고 있다. 어느 모퉁이에 있다가 튀어나온 건지 그들은 그야말로 순식간에 음악을 만들어내고 있었다. 그러나 오늘의 음악은 어쩐지 슬픔으로 다가온다. "배를 타고 아바나를 떠날 때……" 그 귀에 익은 선율이 들려온다. 까닭 없이 눈물이 핑 돈다. 나야말로 이제 아바나를 떠난다. 그리운 것들을 등뒤로 남겨둔 채. 고개를 드니 바로 머리 앞에 펄럭이는 커다란 얼굴 하나. 베레모의 체 게바라다. 조명은 아끼듯 그의 얼굴 위로만 떨어진다. 그 아래쪽으로 휘갈겨 쓴 그의 글씨.

'혁명은 계속된다. 우리는 승리하리라!'

혁명광장　　쿠바의 수도 아바나의 베나도에 있는 광장으로, 7만 2천 제곱미터에 이르는 넓은 공간이다. 쿠바 혁명과 함께 역사적으로 유명해졌으며 혁명 이후 혁명광장으로 불리게 되었다. 수많은 혁명 시위와 퍼레이드, 투쟁의 장소였던 이곳은 피델 카스트로가 매년 5월 1일과 7월 26일에 백만 명이 넘는 관중 앞에서 2~4시간을 연설한 곳으로도 유명하다.

　광장을 사이에 두고 혁명탑 맞은편에 내무성 건물이 있다. 내무성 건물 전면에는 체 게바라의 얼굴과 그의 대표 어록인 "Hasta la Victoria Siempre(영원한 승리의 그날까지)"라는 표어가 철골 부조로 장식되어 있다.

　광장 한가운데 솟아 있는 호세 마르티 기념탑은 110미터 높이로 아바나에서 가장 높은 건축물이다. 이 기념탑 전망대에서 아바나 전체의 모습을 조망할 수 있다. 기념탑 1층에는 시인이자 독립투사였던 호세 마르티의 탄생 백 주년을 기념해 1959년 완공한 호세 마르티 기념관이 있고, 기념관 앞에는 18미터 높이의 호세 마르티 대형 석상이 자리하고 있다.

　기념관 안에는 호세 마르티의 저서들을 비롯, 자필 그림, 유명인사에게 보냈던 편지들, 그가 받은 훈장들, 공부했던 학교와 도서관과 살던 집을 찍은 사진, 가족

사진과 각종 캐리커처 같은 역사적 기록물이 전시돼 있으며, 호세 마르티 기념 동전과 지폐도 볼 수 있다.

그가 남긴 작품 중 가장 유명한 것은 시 「관타나메라」다. 그가 죽은 뒤 민요처럼 사람들의 입에서 입으로 전해지고 있는 시다. 이후 정식으로 만들어진 노래 〈관타나메라〉는 라틴아메리카를 대표하는 10대 명곡의 하나로 꼽힐 만큼 사랑을 받았다. '관타나메라'는 쿠바 동부의 주 이름이다.

■ 혁명광장의 체 게바라.

나의 칼은 나의 붓

허공에 걸린 이름

이른바 '쿠바 유머' 중 하나. 미국 스파이가 쿠바에 들어갔다. 그리고 이렇게 보고서를 올린다.

이곳에는 가솔린이 없지만 차는 굴러다닌다. 식료품 가게에 먹을거리는 없지만 모두 저녁식사를 차려낸다. 그들은 돈이 없고 가진 게 없다. 하지만 럼주를 마시거나 춤을 추러 간다. 난 이해할 수 없다. 도무지 이해할 수 없다.

그런데 여행자의 눈에는 이것이 유머라는 것이 오히려 어리둥절하다. 토씨 하나 바꾸지 못할 만큼 현실의 단면을 그대로 드러내고 있기 때문이다. 아바나 거리를 십 분만 걷는다면 누구나 곤궁의 기미를 읽게 된다. 아무리 원색의 패널로 붙여놓아도 어둡고 눅눅한 안쪽으로부터 스며나오는 가난의 냄새만은 가릴 수 없기 때문이다. 그럼에도 불구하고 거리는 활기에 차 있고 사람들의 표정은 밝다. 그뿐인가, 춤추고 노래한다. 스파이는 아니지만 나도 이해할 수 없다. 도무지 이해할 수 없다.

식민과 가난의 땅 쿠바. 그 쿠바에서 헤밍웨이는 중요한 관광자원이다. 그리고 체 게바라가 있다. 이미 굴뚝 없는 산업이 되어버린 지 오래인 두 사람은 그러나 외국인이다. 특히 헤밍웨이는 가장 쿠바적인 미국인으로 알려져 있지만 어쨌든 외국인이다. 쿠바와 그가 내연의 관계였음에는 의심의 여지가 없다. 두 나라가 적대적 입장으로 바뀌고 나서도 둘의 관계는 공고했다.

그러나 헤밍웨이는 쿠바를 그 소설의 '현장'으로만 차용했을 뿐이다. 쿠바의 태양과 카리브와 순후한 사람들을 사랑하긴 했지만 그 땅의 아픈 역사적 기억으로부터 자유로웠다. 쿠바의 혼, 쿠바의 세계관을 부둥켜안고 고민할 이유가 없었다. 오랜 세월 아바나에 살았고 아바나에서 그의 출세작들을 썼지만 쿠바의 이종교배된 혼혈문화와 그 아픔을 응시해본 적이 없었다. 물론 그 고뇌에 깊이 동참한 적도 없었을 것이다. 아바나가 한눈에 보이는 그의 집 핑카 비히아에서 여배우와 미국 친구들을 불러 밤새도록 럼을 마시며 보냈을지언정 쿠바의 뿌리와 쿠바의 슬픔에는 무심했다.

피 터진 살로 쿠바의 문제를 부둥켜안고 울었던 작가들은 말할 것도 없이 여행자 헤밍웨이가 아닌 쿠바인들이었다. 물라토 시인 니콜라스 기엔 같은 사람들이었다. 그러나 아바나에서는 발길에 차이는 것이 헤밍웨이였을 뿐 정작 이 쿠바 작가에 대해서는 어떤 자료도 만나기 어려웠다. 아바나에 와서 시시콜콜한 것들까지 헤밍웨이의 흔적들만 뒤지고 다니다 허리를 펴고 일어섰을 때 텅 빈 허공에 걸린 또하나의 이름이 있었다.

쿠바의 호치민

　열혈청년 체 게바라와 카스트로의 정신적 사부인 호세 마르티가 바로 그다. 그의 이름을 모르는 사람도 〈관타나메라〉의 노랫말을 쓴 시인 하면 금방, 아, 하게 된다. 그만큼 〈관타나메라〉는 쿠바뿐 아니라 남미에서 가장 널리 불리는 애창곡의 하나다.

　자각 없이 숙명과 굴종으로 받아들여지던 외세와 식민상태에 대한 가장 최초의 그리고 가장 본격적인 저항이 문인이자 교육자였던 호세 마르티로부터 시작된다. 그러나 사진이나 초상 조각으로 보면 그의 외모는 천생 문약한 시인이다. 그는 생전에 동시를 많이 썼을 만큼 맑은 심성의 소유자였다. 그런 그가 반식민, 반외세를 부르짖으며 펜 대신 총을 잡는다. 하지만 글 쓰던 손이 어찌 방아쇠에 익숙할 수 있겠는가. 그는 제대로 몇 번 지휘해보지도 못하고 전투중에 사망하고 만다.

　쿠바의 진정한 국부로 추앙받고 있는 이 시인은 쿠바가 어느 한 강대국의 종속국이 되는 것에 대해 격렬히 저항했을 뿐 아니라 계급과 소유 그리고 인종 간 차별에 대해서도 단호히 거부한다. 그의 사상의 편린을 들여다보고 나면 쿠바 혁명의 정체성을 알 듯하다.

　'한 사람이라도 불행한 사람을 둔 채 누구도 편히 잘 권리가 없다'는 게 그의 생각이었다. 그만큼 가난한 사람에 대한 그의 사랑과 관심은 컸다. 물론 카스트로 혁명은 그 이론이 마르크스·레닌주의 선상에 있지만 보다 정확히 말하자면 카스트로이즘은 호세 마르티즘의 연장에 서 있다고도 할 수 있다. 국수적일 정도의 쿠바 국민주의와 이상사회 건설의 단초를 연 것이 바로 그였기 때문이다. 꼬장꼬장한 교장선생님 같은 호세 마르티는 실제로 반외세 반식민과 함께 쿠바 국민의 정직성과 자존성까지도 강조한다. 그의 혁명은 제도와 정치를 넘어서 품성과 태도의 문제까지를 포괄한 것이었다. 이 점에서 베트남의 호치민과 비슷한 점이 있다. 이 문무 겸장의 인물이 스페인에서 어린 시절을 보내고 조국 쿠바로 와서 처음 목도했던 것은 흑인 노예의 비참한 현실이었다. 책상에 앉아 시만 쓸 수는 없게 몰아간 조국의 현실 앞에서 갈등했을 지식인 호세.

1492년 처음 쿠바를 발견했던 콜럼버스는 쿠바에 대해 '지상 최고의 아름다운 낙원'이라고 예찬한 바 있다. 그 뒤로부터 가난한 집의 예쁜 외동딸을 탐내는 음흉한 부자 노인처럼 쿠바, 그 카리브의 흑진주를 열강은 늘 군침을 흘리며 욕심내곤 했다. 그는 굴종을 숙명으로 알고 살아가는 민중들의 의식을 깨우는 작업부터 시작한다. 문인답게 글로써 무기를 삼는다. '조국La Patria'이라는 신문을 발행했고 그 결과 반反 스페인 정치활동가로 지목되어 연거푸 투옥과 추방을 당한다. 스페인으로 돌아가 법학을 공부한 그는 다시 쿠바로 귀국하지만 요주의 인물로 감시를 받다가 1879년 체포된다. 풀려난 뒤 뉴욕으로 간 청년 호세는 그곳에서 흑인계 쿠바인들을 위한 교육기관을 세우고 한동안 교육에 전념한다. 우리로 치면 도산 안창호와 비슷한 궤적을 그린다. 1895년 독립전쟁을 일으켰고 결국 조국의 해방을 보지 못한 채 전투중에 사망하게 된다. 그리고 그가 부르짖던 혁명의 이념은 1959년 젊은 변호사 카스트로에 의해 그 열매를 맺게 된다. 과연 카스트로가 도달한 지점이 호세 마르티가 꿈꾸던 바로 그곳이었는지는 알 수 없지만, 그리고 소련이라는 또다른 외세의 품에 안긴 형국이 되긴 했지만, 어쨌든 호세의 혁명 기치가 사후에야 결실을 보게 된 것만은 사실이다.

혁명광장의 국부國父

혁명광장의 중앙에는 호세 마르티의 하얀 대리석 조각 옆에 쿠바 국기가 펄럭이고 있다. 조각상은 흔히 볼 수 있는 패기만만하고 불굴의 의지에 불타는 역동적 형태가 아니다. 사유하는 문인상의 모습이다. 우수와 고뇌가 어려 있고 어딘지 초라하고 왜소해 보이기까지 한다. 확대나 과장이 없는 이 초상 조각은 그러나 결정적인 순간을 포착한 스냅사진처럼 주인공의 내면을 진솔하게 드러내주고 있다. 비록 차디찬 대리석이지만 온후함과 사려 깊음, 그러면서도 단호함 같은 것이 서려 있다. 그의 건너편에는 바로 체 게바라의 검은 철조 얼굴 조각상이 있다. 베레모에 두려움 없는 눈빛을 한 채 허공을 응시하는 청년 체 게바라에 비해 호세가 앉아 있는 모습에서는 어딘지 부성父性의 자애로움 같은 것이 느껴진다.

〈관타나메라〉

호세의 조각상 위에서 아우라디노사, 검은 쿠바 독수리들이 둥글게 하늘을 맴돈다. 천천히 그러나 쉬는 법 없이. 호세와 혁명탑을 호위하는 군사들처럼 새들은 원무를 그리며 광장의 하늘을 떠나지 않는다. 그때 어디선가 한줄기 소나기처럼 휙 노랫소리가 지나간다. 아마 차문을 열어놓고 달리는 버스 안에서 나는 소리였으리라. 〈관타나메라〉. 1929년 호세이토 페르난데스가 작곡한, 쿠바인이 가장 사랑한다는 노래였다. 사람들은 호세의 시로 노랫말을 붙여서 언제 어디서나 이 노래를 즐겨 부른다.

〈관타나메라〉는 그러고 보면 호세 마르티의 추모곡이기도 한 셈이다.

나는 종려나무의 땅에서 자라난
성실하고 순박한 사내

나 죽기 전에 내 영혼의 노래를
여기 사랑하는 이들에게 바치고 싶네
내 시의 구절들은 연둣빛
그러나 늘 정열에 활활 타오르는 진홍색이려 하네
나의 시는
상처 입고 산에서 은신처를 찾는 새끼 사슴과
7월이라도 1월처럼 흰 장미를 키우리
내게 손을 내민 성실한 친구를 위해

이 땅 위의 가난한 사람들
그들과 내 행운을 나누고 싶네
산속의 냇물이 바다보다 더 큰 기쁨을 준다네

관타나메라 과히라 관타나메라
관타나메라 관타와모의 농사짓는 아낙네여

옥빛 바다와 바닷가의 아이들.

호세 마르티   근대 중남미문학의 효시로 불리는 호세 마르티(Jose Marti, 1853~1895)는 쿠바 아바나 출신의 시인이자 언론인이며 혁명가다. 열일곱 살 때부터 독립운동을 하다 스페인으로 추방당한 후, 사라고사 대학에서 법률과 문학을 공부했다. 그후에도 몇 차례 귀국과 추방이 반복되었고 뉴욕에서 망명생활을 하며 신문 조국을 간행하는 등 일생을 쿠바 독립을 위해 헌신했다. 그러다가 자신이 조직한 제2차 쿠바 독립전쟁에 참전하기 위해 귀국한 뒤 1895년 첫 전투에서 사망했다.

호세 마르티는 쿠바 독립의 아버지이자 쿠바의 정신적 지주로, 아바나 국제공항의 정식 이름도 호세 마르티 국제공항이다. 나아가 혁명광장에는 호세 마르티 기념관이 있고 그 앞에 18미터 높이의 호세 마르티 석상이 있다.

호세 마르티가 추구했던 궁극의 평등 이념은 쿠바 혁명의 진수였으며 피델 카스트로를 비롯해 많은 쿠바 국민의 사상적 근원이 되었다.

카스트로는 대학 시절 바티스타 독재를 무너뜨리려고 군부대를 습격했다가 체포되어 정치범 수용소에서 지낸 적이 있다. 혁명 뒤 자신이 갇혀 있던 섬에 대리석이 많았다는 것을 기억하고 그 섬의 대리석을 가져다가 호세 마르티 기념탑을 만들었다.

카스트로는 몬카다 병영 습격 당시 체포되었을 때 지도자가 누구냐는 심문에 "나의 사상적 지도자는 호세 마르티"라고 대답했을 정도로 호세 마르티에 대한 존경심이 컸다고 한다.

쿠바에서는 초등학교에 입학해서 대학을 졸업할 때까지 교육과정에서 호세 마르티의 사상을 배우면서 성장한다. 이렇듯 호세 마르티는 현재에도 쿠바인의 혼이 담긴 사상의 근원이며 쿠바 공화국 건국의 아버지다.

문예평론, 전기, 설화집 등을 남겼으며 특히 소박한 인간 감정이 넘치면서도 근대적 감각을 발휘한 시로 근대주의의 선구자로 일컬어지기도 한다. 『이스마에리요』 등의 시집은 독립 후 아바나에서 발간된 『호세 마르티 전집』(전27권)에 수록되어 있다.

■ 쿠바 혁명의 정신적 지주 호세 마르티.　■ 호세 마르티 기념비 앞에서.

밤의 트로피카나와 석양의 말레콘

인생은 트로피카나처럼 흘러간다

"아바나에 가거든 꼭 트로피카나와 말레콘을 보고 오세요"라며 옷소매라도 잡아끌듯 당부한 이가 있었다. 전에 나는 아바나의 이 두 명물을 영화를 통해 본 적이 있다. 그래서 이번에도 영화 속의 현장을 찾아가노라면 늘 갖게 되는 오래된 벗의 집을 찾는 듯한 설렘을 갖고 두 명물을 찾아갔다.

영화 〈대부 2〉. 어느 날 마피아 두목들이 속속 아바나로 모인다. 음모와 살인과 배신의 그림자도 손에 든 가방처럼 그들을 따라온다. 햇빛 쏟아지는 아바나 시내를 바라보며 고급 시가를 물고 술강 잔을 부딪친다. 케이크를 함께 자르고 트로피카나를 보러 간다. 평화는 여기까지다.

"낯선 이가 미소짓는다면 거기에는 분명 실용적인 동기를 숨기고 있는 무정함이 있다."

20세기 쿠바의 위대한 문인 중 하나인 알레호 카르펜티에르의 글이다.

미소가 무정한 총질로 이어지기까지는 그리 오랜 시간이 걸리지 않는다. 화려한 쇼를 보는 동안 이미 지축을 울리며 군화 소리가 가까워온다. 이어지는 총성과 낭자한 핏자국. 환락도시 아바나는 순식간에 암흑 속의 아수라장이 된다. 내게 트로피카나의 인상은 이처럼 현란한 무희들의 춤 너머로 떠오른 총성과 핏빛에 얼룩진 붉은색들의 덩어리였다.

너희가 몸의 노래를 아느냐

그 영화 속의 쇼 트로피카나는 역사가 1939년으로 거슬러올라간다. 어느새 칠십 년 가까운 연륜을 쌓았다. 〈대부〉에서 보여주듯 카스트로 혁명 이전까지만 해도 카리브 최고의 관광지이자 환락도시였던 아바나. 이 카리브의 몬테카를로에서도 꽃 중의 꽃은 트로피카나였다. 부에나비스타소셜클럽 같은 공연이 담담한 수묵화라면 트로피카나 쇼는 극채색화. 그것도 아주 거대한 극채색화였다.

텅 빈 밤의 거리를 지나 한적한 시골읍 같은 거리를 얼마쯤 달렸을까. 숲속에 트로피카나의 네온이 보인다. 녹음 우거진 야외무대는 어느 대부호의 정원처럼 꾸며져 있다. 트로피카나는 세계 5대 쇼의 하나지만 단순히 쇼라고만 못박긴 억울하다. 그 속에는 바그너의 악극 〈니벨룽겐의 반지〉 같은 서사가 있고 베르디의 오페라 〈리골레토〉가 울고 갈 오페라급 가수들이 줄줄이 나온다. 그러나 무엇보다도 트로피카나의 꽃은 무희들. 허리는 잘록하고 가슴과 둔부는 비현실적으로 큰 팔등신 무희들이다. 그 아찔한 무대에 홀려 있다보면 쿠바가 사회주의 국가라는 사실은 아득히 멀어진다. 여성 무희들뿐이 아니다. 군살 하나 없는 남성 무용수들의 견고한 몸의 아름다움도 뒤지지 않는다. 그 조각 같은 몸매의 청년들은 새처럼 날고 말처럼 달린다. 트로피카나의 무용수들은 객석을 향해 말하는 것 같다.

"너희가 정녕 몸의 예술을 아느냐. 온몸에서 흘러나오는 노래를 아느냐."

무대는 웅장함이나 화려함에서 장이머우의 〈투란도트〉에 약간 못 미친다. 그러나 거기에는 자본 대신 자연이 있다. 바람과 별과 하늘과 어둠이 스며들어 하나되는 어울림이 있다. 무대를 바라보는 눈의 각도를 조금만 높이면 거기에 별이 총총한 하늘이 있다. 그리고 놓치지 말아야 할 것. 무용수들의 현란한 춤 속에는 쿠바의 슬픈 역사가 담겨 있다는 사실이다. 여행자야 춤사위의 화려함에만 눈길을 빼앗기지만 거기에는 흑인 노예의 절규와 눈물이 녹아 있다. 억압의 역사에서 춤과 노래만이 그들의 해방구였을 터이다. 그들의 몸은 말한다.

"우리에게 춤과 노래는 일용할 양식이니라. 생수이니라. 산을 내려와 옥수수밭 사이로 불어와 카리브로 가는 바람이니라. 그리고 눈물이니라. 우리 몸속에서 나와 강같이 흘러가는 속 깊은 울음이니라. 너희가 정녕 이것을 아느냐."

트로피카나와 카스트로

마침 그날의 공연은 카스트로 팔순을 기념하는 특별공연이었다. 이곳에서 카스트로는 언제나 인민들에게 자애로운 아버지나 조부의 모습으로 나타난다. 군복 차림이지만 강권적 카리스마 이미지 같은 것은 없다. 때

싱싱한 생명력을 발산하는 트로피카나의 무희들.

로는 연단에서 고꾸라지기까지 하는, 그래서 연민을 불러일으킬 정도로 허한 노인의 모습도 보인다. 고립을 자초한 이 고집불통의 군주가 의외로 상당히 폭넓은 사랑을 받고 있다는 느낌을 받을 때는 혼란스러웠다.

트로피카나에 와서도 예외가 없었다. 모든 게 특별했다. 공연시간도 길었을 뿐 아니라 그 규모도 평소보다 특별한 것이라는 해설이 있었다. 특별하기를 거부한 남자를 위한 공연은 그러나 한사코 특별했다. 원형경기장 계단 같은 객석은 입추의 여지 없이 차고 넘쳤다. 그날 공연은 세 시간. 보통 때보다 삼사십 분 길었다고 한다. 라틴, 살사에서부터 손, 룸바에 이르기까지 숨가쁘게 이어지는 음악과 춤으로 언제 시간이 갔나 싶을 정도였다. 공연의 말미에 카스트로의 만수무강을 비는 인사말만 없었던들 정말이지 사회주의 국가에 와 있다는 것을 공연 내내 잊고 있을 뻔했다. 그 인사말과 환호로 인해 돌연 공연의 흥이 깨져버린 느낌이었고 이곳이 새삼 신흥종교 교주 같은 카스트로이즘의 땅이라는 사실을 씁쓸하게 되새겨야 했다.

밤 9시 30분에 시작된 공연은 자정을 훨씬 넘기고야 끝이 났다. 남미의 거의 모든 공연이 그렇지만 트로피카나도 에필로그에서는 객석과 무대가 따로 없다. 머리에 화려한 장식을 하고 거의 온몸을 드러내다시피 한 차림으로 객석 사이를 걸어다니는 발광체 같은 무희들의 몸에서는 싱싱한 생명력이 발산되고 있었다. 땀에 젖은 얼굴과 온몸으로 사람들을 향해 손을 젓는 그녀들을 뒤로하고 별밤 속의 환상 무대를 떠나온다. 돌아보니 그녀들은 아직도 손을 흔들고 있다. 그 손 위로 별이 총총하다.

그 밤의 말레콘

화려함의 극치인 트로피카나 쇼에 비해 말레콘은 그냥 도시와 바다를 경계짓는 시멘트 방파제일 뿐이었다. 나지막해서 때로는 높다란 파도가 벽을 치며 넘어오기도 하는 긴 방파제. 그러나 언제부턴가 말레콘은 쿠바의 명물이 되었다. 이제는 유네스코가 지정한 세계문화유산으로까지 등재될 정도. 하지만 누구라도 실제 본다면 사진의 농간이 좀 심했구나 하고 생각할 듯싶다. 여행 잡지에 소개된 말레콘의 풍경은 거의 늘 낭만과 환상으로만 덧칠해져 있었다. 얼싸안고 황혼의 카리브를 바라보거나 그 신비한 바다를 배경으로 앉아 있는 젊은 남녀의 사진들은 그것이 세상 밖의 머나먼 파라다이스의 한 풍경인 듯한 착각마저 들게 한다.

호텔 콜리의 딱딱한 침대에서 고행하듯 누웠다 앉았다를 반복하다가 자정이 넘어 택시 타고 간 말레콘. 그런데 벌어진 입을 다물 수 없었다. 그 늦은 밤 화기애애 왁자지껄 한창 물이 오르고 있었던 것이다. 그 기나긴 시멘트 방파제에 남녀노소, 아바나 사람과 관광객 할 것 없이 몰려나와 이야기꽃을 피우고 있었다. 숫제 마을로 치면 당산나무 아래나 공회당, 도시로 치면 성당이나 시청 앞 광장, 아니면 공원과 같다고 할까. 바다 쪽을 바라보고 있는 내게 한 여인이 다가와 뭐라고 말을 건다. 화들짝 놀라 한 발짝 물러서니 그런 내 모습에 어이없다는 듯 깔깔대고 웃는다. 그리고 다시 무슨 말인가를 한다.

'이 바보야 왜 그렇게 놀라니?'라고 했던 것이 아닐까. 가만 보니 여인은 어린아이와 남편인 듯싶은 남자 그리고 또 한 사람의 늙은 여인과 함께였다. 모두들 내 쪽을 향해 환하게 웃고 있었다.

남편이 서툰 영어로 말했다. 내가 목에 밧줄처럼 노란색 볼펜을 걸고 있는 것이 재미있다는 것이었다. 아이에게 한번 구경시킬 수 있겠느냐고 물었다. 목에 걸었던 그것을 주니 이리저리 만져보다가 이내 고맙다며 돌려준다. 그리고 금방 자기들끼리의 대화로 돌아가 있었다. 어둠 속에서 얼굴이 붉어진 나는 그저 바다를 바라볼 수밖에. 만인의 만인에 대한 투쟁의 도시에서 온 나. 낯선 타인은, 특히 여행지에서의 타인은 모두 경계 대상이라고 학습받은 쪼잔한 남자. 입술을 달싹였다. 바보 같으니……

인생의 교실, 자연의 학습장

여행 잡지도 여행 잡지려니와 아무래도 빔 벤더스의 영화 〈부에나비스타소셜클럽〉에서 하얀 파도가 말레콘을 때리는 영상 때문에 말레콘은 더 인상적으로 사람들 머릿속에 남게 되었을 것이다. 그러나 이 기나긴 시멘트 방파제를 파도가 때리거나 넘치는 모습을 나는 본 적이 없다. 물은 잔잔하고 평화롭게 빛나고 있었으니까. 어쨌든 이 방파제 말레콘에 앉아 있는 사람들(그중에는 한낮에도 부둥켜안고 사랑을 속삭이는 젊은이들도 있기는 했다)이 이방인에게는 더욱 낭만적 풍경으로 각인되는 것은 사실일 터이다.

바쁘게 돌아가는 시장경제와 자본주의체제 속에서 본다면 일해야 하는 한낮에도 이 말레콘에 나와 있는 사람들을 이해하기 어려울 것이다. 그러나 쿠바는 대체로 큰살림은 국가에서 해주는 셈이고 거의 모든 사람들이 뉴욕이나 서울처럼 바쁘게 일터에 매달리는 것도 아니란다. 그리고 한낮 말레콘에 나와 있는 사람들 중에는 노인들이나 아이들이 월등히 많다. 어쨌든 아바나뿐 아니라 쿠바의 명물이 된 이 말레콘은 일종의 카페이자 사랑방 같은 존재가 되었다.

억압의 역사에서 춤과 노래만이 그들의 해방구였을 터다.

내게 성큼 다가와 말을 붙였던 여인처럼 이곳에서 사람들은 서로 격의 없고 스스럼없이 얘기를 나눈다. 저녁식사 후에는 더운 집 안에서 지내기보다 시원한 바닷바람을 쐬러 하나둘씩 말레콘에 모여들기 시작해 밤 열 시경이면 사람들로 붐빈다. 젊은이들은 자정 무렵 피크를 이루고 숫제 동터오는 새벽녘까지 말레콘을 떠날 줄 모른단다. 이곳에서 바다를 붉게 물들이며 떠오르는 그 장엄한 태양빛에 시시각각 변하는 청옥빛 바다를 바라보며 황혼과 낙조를 맞는 것이다. 기나긴 밤바다 저편에서 불어와 땀을 식혀주는 부드러운 해풍 속에 누워 별이 떠오르는 밤을 맞는 것이다.

쿠바의 아이들은 말레콘 너머 바다에서 수영을 하며 자라고, 말레콘에서 사랑의 언어를 속삭이며 청년기를 보내고, 손자 손녀의 손을 잡고 말레콘에서 노년을 맞을 것이다. 싯다르타의 뱃사공 바스데바가 자신은 강에서 모든 것을 배웠다고 한 것처럼, 그들은 말레콘에서 인생을 터득하고 그 방파제 앞에서 자족적인 삶의 지혜를 배우는 것이리라. 그러고 보면 나무도 풀도 없어 삭막하기 그지없는 그 시멘트 방파제야말로 아바나 사람들에게는 인생의 학교이자 삶의 교실인 셈이다.

말레콘 해안   바다에 접한 쿠바의 수도 아바나 시내를 감싸며 8킬로미터 가량 뻗어 있는 방파제 길이다. 1902년 미국에 의해 지어졌다. 대서양과 바로 마주하는 도시를 바다로부터 보호하기 위해 만들어진 이 도로의 정식 이름은 안토니오 마케오 애버뉴^Av. Antonio Maceo^지만 방파제라는 뜻의 '말레콘'으로 더 잘 알려져 있다.

방파제 옆에는 6차선 도로가 있으며 도로 건너편에는 낡은 건물들이 길게 늘어서 있다. 이 건물들은 여러 건축양식이 혼합된 아르데코 양식으로 20세기 초에 지어졌다.

1902년 건설된 이후 1919년과 1921년에 새로운 도로가 개통되면서 접근이 쉬워졌다. 그후 아바나 시민들이 즐겨 찾는 시민의 명소가 되었다. 그뿐인가. 쿠바를 배경으로 하는 영화나 사진에서 빠지지 않는 쿠바의 명소이자 아바나의 얼굴과도 같은 곳이다. 바람이 많이 부는 날에는 방파제 위로 넘어온 파도가 도로 위의 자동차를 덮치는 장면도 볼 수 있다. 영화 〈부에나비스타소셜클럽〉에도 남미 특유의 리듬을 타고 끊임없이 넘나드는 파도를 맞으며 올드카가 달리는 장면이 있다.

지금도 관광객뿐 아니라 현지인들에게도 인기가 많아 언제나 사람들로 붐비는 장소다. 폭이 1미터가량 되는 방파제 곳곳엔 항상 사람들이 앉아 있다. 파도가 잔잔할 때는 다이빙이나 수영을 하는 아이들을 볼 수 있으며, 방파제와 바위 사이에서 놀기도 한다. 특히 해가 질 때의 광경이 장관이라고 알려져 있다.

2장

멕시코

대지를 하얗게 표백시키는 햇빛, 사람 키의 몇 배나 되는 멕시코 선인장,
검고 윤기 흐르는 머리카락을 땋아내린 인디오 여인들……
그리고 치렁치렁한 테후아나 자락을 늘어뜨린 색채의 여사제 프리다 칼로.

벽으로 말하게 하라

회색 성채 속의 벽화가

벽은 단절이다. 너와 나 사이에 가로놓인 금이다. 미안하지만 이 앞에서 이만 돌아서라는 표지다. 인생에는 시멘트와 벽돌로 된 벽만 있는 건 아니다. 사람과 사람 사이에도 보이지 않는, 그래서 더 견고한 벽이 있다. 내가 세운 벽 앞에선 오만해지고 누군가가 세워놓은 벽 앞에선 막막하다. 벽 앞에 서면 우리는 돌아설 준비를 한다.

벽에 대한 이러한 고정관념을 뒤집어버린 사람이 있다. 회색의 콘크리트 벽에 색채의 마술을 건 남자. 벽으로 하여금 살아 꿈틀거리며 생을 긍정하게 만든 한 남자가 있다.

디에고 리베라.

멕시코시티에서 디에고 리베라는 고유명사가 아니라 보통명사란다. 과연 그럴까. 초록색 택시에 올라 디에고 리베라를 외치자 기사는 걱정 말라는 듯 활짝 웃으며 속도를 높인다. 초행의 여행자에게는 흡사 미로처럼

고통스러운 삶을 그리지만 독특한 생명력과 낙천성을 잃지 않는 디에고의 벽화는
강렬한 생기를 발산한다.

보이는 골목길을 돌고 돌더니 거대한 성채처럼 보이는 기념관 앞에 차를 세운다. 멕시코의 여류화가 프리다 칼로의 기념관과는 지척이라 했는데 가까운 길을 놔두고 멀리 빙 돈 건 아닌가 싶었지만 침묵할 수밖에. 천하 태평인 얼굴로 무어라 빠르게 떠들어대는 그에게 한마디라도 했다가는 쏟아지는 땡볕 아래 서서 스페인어의 폭포를 고스란히 맞을 일밖에 뭐가 있겠는가. 바벨탑 이후로 모든 여행자는 언어 앞에서 절망한다.

기념관은 그 외양만으로도 자신을 드러내는 법인가. 프리다의 집이 온통 카리브 해의 푸르른 물빛을 뒤집어쓰고 있는 데 반해 디에고의 기념관은 짙은 회색 현무암으로 지어져 무뚝뚝하고 억센 그의 모습을 대변해주고 있는 듯하다. 산사같이 적막한 공간을 가로질러 걸어가는데 드넓은 마당엔 쨍한 햇빛 속에 귀가 먹먹할 정도의 정적과 고요만이 고여 있다.

위용을 자랑하는 이 미적 탐식가의 집을 찾은 이가 나 혼자뿐이었던 것이다. 하긴 기념비적인 그의 벽화들은 대부분 공공건물에 남아 있으니 멕시코시티 전체가 그의 미술관이라 할 수 있다.

순박한 농민에 대한 한없는 애정

육중한 문을 밀고 들어서자 두터운 살집에 풍채 좋은 디에고의 커다란 사진이 시야를 압도한다. 누구라도 카리스마 넘치는 형형한 그의 눈빛과 부딪히면 그 빛의 그물에 갇혀버리고 말 것 같은 인상이다. 결코 잘생겼다고 할 수 없는 저 남자의 어떤 면이 그토록 많은 사람들과 뭇 여인들을 사로잡았을까.

카리브 해안을 끼고 자리잡은 멕시코의 세계적인 휴양지 칸쿤의 풍경.

이젤화를 애들 장난 같은 것이라고 여겼던 디에고였지만, 실내에는 그의 작업들이 다양하게 펼쳐져 있다. 색채는 사뭇 다르지만 멕시코의 박수근이라고나 할까. 작은 키에 검은 머리와 흑갈색 피부를 가진, 대지를 닮은 토착 인디오의 모습이다. 부당한 일도 숙명으로 받아들이고 뼈가 부서지게 일했던 순박한 농민들에 대해 한없는 애정을 지녔던 디에고는 그들을 불러들여 자기 화면의 주인공으로 삼았다.

일찍이 유럽으로 유학을 떠나 다양한 미술사조를 접했던 디에고는 특별히 르네상스 시대의 벽화에 깊은 감명을 받았다. 멕시코 내란이 막 끝났을 무렵 귀국한 그는 벽화운동에 뛰어든다. 작품을 소장한 자만이 감상할 수 있는 그런 미술이 아니라 누구나 쉽게 볼 수 있도록 벽에 그림을 그리기 시작한 것이다. 미켈란젤로의 화면처럼 세속이 범접할 수 없는 성스러운 세계가 아니라 마야 문명을 아우라로 삼아 인디오의 삶을 멕시코적인 색채로 표현한 그림들이었다. 그의 벽화는 온 국민의 열광적인 지지와 애정을 받게 된다.

문맹률이 높은 멕시코에서 그의 그림은 국민헌장 같은 것이었다. 국가적 슬로건을 그림으로 형상화해서 그것을 보는 순간 벼락같이 애국과 민족적 자긍심 같은 감정을 불러일으켰으니까. 대표적인 것이 대통령궁 안의 벽화다. 그 벽화는 역대 대통령을 여럿 갈아치운 멕시코의 역사에서 그들을 한갓 스쳐가는 손님으로 만들어버렸다. 그 궁의 주인은 대통령이 아니라 디에고의 벽화였다. 실로 얼마나 많은 나라 안팎의 사람들이 찾아와 그 그림 앞에서 모자를 벗었던가.

전시장의 한 벽을 남녀노소의 인디오들이 가득 채우고 있다. 바라보고 있는 사이 들풀 같은 그들이 스멀스멀 움직이며 일어선다. 바벨탑 이전의 언어로 그들이 토해내는 말들이 내 귓속으로 수런수런 들어온다. '그래도

춤추는 선인장, 노래하는 마리아치. 일상의 고통을 춤과 노래 속에 녹여내는 멕시
코인의 낙천성.

삶이란 얼마나 즐거운 것인가. 힘든 노동 끝에 아내가 구워준 토르티야와 테킬라를 마실 수 있다면 이 생도 견딜 만하지 않은가. 이파리를 가시로 바꾸며 저 선인장들이 뜨거운 태양을 견뎌내듯, 산다는 건 어차피 무언가를 견뎌내는 것이 아니던가……'

벽 위에 남겨진 사람들

마지막으로 뒤돌아본 어둑한 실내. 대형 사진 속의 그가 우리에 갇힌 맹수처럼 느껴진다. 자기 안의 정열과 태양이 가리키는 대로 거침없이 생을 살다 간 남자. 그 얼굴을 보고 있자니 문득 프리다 칼로가 친구에게 보냈다는 편지의 한 구절이 떠오른다.

"배가 고프면 매우 화를 내고, 예쁜 여자라면 아무에게나 칭찬을 해. 그리고 가끔은, 찾아온 여자들과 함께 사라져버려. 그녀들에게 자신의 벽화를 보여준다는 구실로 말이야."

리비도를 주체할 수 없었던 그 사내는 이제 한 장의 흑백사진으로만 남아 있다. 그를 따르던 수많은 민초들을 벽 위에 고스란히 남겨놓은 채로.

디 에 고   리 베 라   디에고 리베라(Diego Rivera, 1886~1957)는 멕시코의
광산도시 과나후아토에서 쌍둥이로 태어났다. 아버지는 교사였고 어머니는 에스
파냐의 인디오 혼혈이었다. 1892년 가족이 모두 멕시코시티로 이주한다. 이때부
터 디에고는 미술에 남다른 재능을 보여, 열 살이라는 어린 나이에 산카를로스 미
술학교에 정식으로 등록해 미술교육을 받기 시작한다.

그후 파리에 머무는 동안 피카소, 브라크를 비롯한 큐비즘을 이끄는 미술가들
과 교류하며 큐비즘 스타일 그림에 몰두한다. 그리고 1923년 국립예비학교의 벽
화를 작업하던 중 그곳 학생이던 프리다 칼로를 처음 만난 뒤 그녀와 1929년 결
혼한다.

그는 화가로서 프리다 칼로의 재능을 높이 평가했고 프리다가 화가의 길을 걷
도록 격려했지만 두 사람의 결혼생활은 평탄하지 못했다. 그들은 1939년 이혼했
다가 일 년 후 재결합한다.

디에고는 미국으로 건너가 샌프란시스코 증권거래소와 미술학교에 벽화를 제
작하기도 하고 포드 사의 후원을 받아 디트로이트 벽화 작업을 하기도 한다. 1940
년에는 멕시코시티에서 개최한 국제초현실주의 축제에 프리다와 함께 참여한다.

디에고는 프리다와 함께 과테말라의 자코보 아르벤스 정부와 과테말라 공산주의자들을 지지하는 회합에 참여하고 멕시코 공산당 당원이 된다. 그후 공산주의 이상을 주제로 하는 강연이나 토론에 활발하게 참여한다.

디에고는 예술이나 사회참여 등의 행보 외에 여성편력으로도 유명했다. 1911년 결혼한 러시아의 미술가 안젤리나 벨로프와 십일 년간의 결혼생활을 유지하는 동안에도 수없이 바람을 피웠다. 그후 프리다 칼로와 결혼하지만 여배우 마리아 펠릭스와 떠들썩한 연애를 하기도 하고 프리다 칼로의 여동생인 크리스티나와도 바람을 피운다. 디에고는 종종 자신의 연인들을 벽화 모델로 삼았는데, 예배당 벽화에 자신의 부인이었던 루페 마린과 나란히 프리다를 등장시키기도 했다. 〈멕시코, 오늘과 내일〉에는 프리다의 동생 크리스티나가 맨 앞에 그려져 있다.

1957년 11월 24일, 디에고는 산앙헬의 아틀리에에서 심장마비로 세상을 떠난다. 현재 돌로레스 시립묘지 유명인사 구역에 안장되어 있다.

■ 디에고 리베라 자화상.

절규하는 색

멕시코 풍경화

대지를 하얗게 표백시키는 햇빛, 사람 키의 몇 배나 되는 멕시코 선인
장, 검고 윤기 흐르는 머리카락을 땋아내린 인디오 여인들의 마야 유적지
테오티우아칸을 벗어나 차는 뭉게구름처럼 피어오른 뿌연 매연 속의 멕
시코시티로 들어간다.

앞뒤로 꽉꽉 막혀 가다 서다를 반복하던 택시는 둥근 광장 소칼로까지
들어와서는 아예 서버린다. 기사는 플래카드와 확성기 소리로 어지러운
길 건너편을 가리키며 저 데모 속을 뚫고 내가 가려는 코요아칸까지 다녀
오려면 해가 지고 말 것이란다.

피켓과 현수막을 든 사내들이 도로를 메우며 느릿느릿 지나가고 있었
다. 얼마 전에 치러진 선거가 부정이라고 항의하는 시위가 연일 계속되고
있는 것. 서울과 다른 점이라면 시위대 틈틈이 특이한 모양의 가면과 색
색깔의 알사탕을 파는 거리 상인들의 모습이다. 커피나 음료수라면 몰라

거리의 악사 마리아치. 챙 넓은 모자 솜브레로를 쓴 그들은 멕시코 주요 관광자원
의 하나다.

도 격렬한 구호의 거리에 원색 가면과 알사탕은 도무지 어울리지 않을뿐더러 시위 자체를 축제 비슷한 퍼포먼스로 보이게 했다.

차에서 내리는 나를 보고 멀찍이 서 있던 그 유명한 마리아치 밴드들이 슬금슬금 다가온다. 챙 넓은 모자 솜브레로를 쓴 땅딸막한 사내들은 기타와 바이올린을 느슨하게 둘러멘 채 순식간에 나를 둘러싸고는 〈베사메무초〉한 가락을 뜯는다. 하지만 갈 길 바쁜 나그네는 그 음악 일용노동자들의 노랫가락을 뒤로하고 늘어선 택시 쪽을 향해 연신 코요아칸을 외친다.

힘들게 바꾸어 탄 택시기사는 엄청난 떠버리 청년. 창문을 열고 쿵작쿵작 라디오의 볼륨에 맞추어 흥얼대는 그는 자동차야 막히건 말건 삶이 즐거워 못 견디겠다는 태도다. 무엇이 그리 즐거운가라고 묻자 엄청난 빠르기로 토해내는 멕시코 말 속에 '선샤인' '해피' '카리브' '걸' 같은 영어단어들이 툭툭 튀어오른다. 대충 이런 뜻이 아닐까.

'태양이 빛나는 카리브가 있고 애인이 있으니 나는 행복하다.'

정체는 풀릴 기미가 안 보이고 에어컨 없이 열어놓은 차창 밖으로는 더운 김이 훅훅 끼쳐오는데, 노점상들은 차창으로 연신 색색깔의 해골 가면이나 모형 자동차들을 들어 보이며 지나간다. 멕시코의 작열하는 태양 속에는 삶과 죽음이 행복하게 공존하는 것일까. 해골 가면이야말로 유한한 삶을 유별나게 사랑하는 멕시코식 사랑법인가보다. 입에 넣는 순간 혀와 입술을 물들일 듯한 불량식품 같은 사탕을 들이밀며 권하는 소년에게 사탕 한 봉지를 사고 재빨리 스케치북과 볼펜을 꺼내어 제 모습을 그려 보이자 '우와' 하며 놀란다.

MEXICOUty의소녀

주렁주렁 매달린 원색 사탕들을 둘러메고 정체된 자동차 사이를 누비는 멕시코시티 행상 소년.

프리다 칼로의 기념관이 있는 멕시코시티 외곽 코요아칸의 동네 인상.

푸른 집으로 가는 길

마야의 마법에 걸린 것일까. 멕시코시티를 벗어난 차가 코요아칸으로 접어들면서 조금 전까지와는 전혀 낯선 대기 속으로 빨려들어가는 듯하다. 옛 인디오 마을이었다는 곳답게 간간이 작은 키에 목이 굵고 다부진 몸매의 사내들과 여인들이 지나간다. 햇빛은 투명한 기름처럼 자글자글 끓어오른다. 크레파스를 함부로 문질러놓은 듯한 색색의 단층집들. 푸른 대문, 분홍 지붕, 노란 벽…… 다시 초록 대문, 하늘색 담장, 붉은 지붕. 그 색채의 덩어리들이 말을 걸어오다 못해 무어라 외치며 쫓아온다. 금욕적인 수묵화 동네에서 온 나에게 사방에서 달려드는 이 원색의 생생한 야만은 속수무책이다. 여기가 어디인가. 온갖 색을 종처럼 부리며 살았던 프리다 칼로와 디에고 리베라, 그들이 태어나고 살았던 곳이 아니던가. 그들의 영지답게 코요아칸은 색채들로 소란하다.

프리다 칼로의 색은 무엇일까. 나는 바깥을 스치는 색깔들을 하나씩 살핀다. 마침내 맞닥뜨린 푸른 집. 지붕도 푸르고 벽도 푸르다. 문도 푸르고 창도 푸르다. "생의 이면이 아무리 잿빛으로 사그라져내린다 해도 내 인생의 팔레트만은 푸른색으로 채우겠어." 그 집에 한때 살았던 여주인이 그렇게 말하는 것 같아 나는 푸른색들의 미세한 차이와 농도를 가늠해보았다. 눈을 가늘게 뜨고.

블루, 우리는 막연히 푸른색에서 희망의 기미를 읽어내지만 본디 푸른색 깊숙한 곳에는 우울이 출렁이고 있다. 그렇다면 프리다의 푸른 집은 그녀의 생을 직역한 것이 된다. 이 광기와 몽환의 집은 동시에 우울의 우물인 것이다. 짙은 일자눈썹 아래 쏘는 듯한 눈빛의 프리다 칼로. 사진가였던 독일인 아버지와 인디오 여인을 어머니로 둔 그녀, 막달레나 카르멘

코요아칸 프리다 칼로의 기념관. 그녀의 작품이 상설되어 있는 이 푸른 집에서 그
녀는 생전에 많은 작품을 제작했다.

프리다 칼로. 사람의 이름은 운명을 지배하는 것일까. 그녀의 아버지는 '평화'를 뜻하는 프리다라는 이름을 주었지만 그녀는 자신의 풀네임 중 자기애 강하고 자유분방하며 타고난 유혹자인, 그리고 그 성격 때문에 결국 파괴되고 마는 카르멘이라는 운명의 패를 집어든다. 그녀의 생은 한사코 프리다라는 이름을 배신한다.

고통의 여사제

고통, 그렇다. 프리다를 얘기할 때 빼놓을 수 없는 것이 고통이다. 고통은 그녀 그림의 화두였고 동력이었다. 어린 시절 소아마비를 앓아 한쪽 다리가 불편했던 그녀는 열여덟 살에 다시 치명적인 교통사고를 당한다. 타고 가던 버스와 전차가 충돌하면서 밀려들어온 철골이 골반과 자궁을 관통한다.

오래 침대에 누워 있어야만 했던 그녀는 천장에 거울을 붙여두고 제 모습을 그리기 시작한다. 고통에 찬 자화상 시리즈의 시작이었다.

그녀는 자신이 평생 두 번의 대형사고를 당했다고 회고한다. 교통사고가 그녀의 일생을 관통한 육체적 고통이었다면 멕시코의 국민화가 디에고 리베라와의 결혼은 그녀를 괴롭힌 정신적 고통의 원인이었다. 고통의 격렬함으로 따지자면 두번째가 더했을지 모르겠다. 그러나 그 디에고와의 결혼이 여성으로서는 재앙이었지만 예술가로서는 축복이었다고 말한다면 너무 잔인한 것일까. 순탄한 결혼이었다면 고통의 여사제로서의 프리다도, 그녀의 그림도 없었을 것이기에.

나는 깊이를 알 수 없는 물속으로 맨발을 디밀듯 푸른 대문으로 들어선다.

프 리 다 칼 로　　프리다 칼로(Frida Kahlo, 1907~1954)는 멕시코시티 교외 코요아칸에서 태어났다. 독일 출신의 사진사였던 아버지와 멕시코 출신이었던 어머니 사이에서 네 딸 중 셋째 딸로 태어났다. 프리다는 어릴 때 소아마비로 왼쪽 다리가 불구가 되었고 1925년 교통사고를 당해 척추, 골반, 한쪽 발이 으깨지는 참상을 당하기까지 한다. 그후 평생 삼십여 차례나 수술을 받으며 끊임없이 육체적 고통과 싸워야 했다. 프리다는 병상에서 그림을 그리기 시작했다.

1929년 8월 21일, 스물한 살 연상인 42살의 미술가 디에고 리베라와 결혼해 그의 세번째 부인이 된다. 초기에는 멕시코시티 중심가의 한 주택에서 살다가 곧 디에고가 작품활동을 할 쿠에르나바카로 이주한다.

프리다는 디에고와의 결혼생활 동안 세 번의 유산을 경험한다. 장소를 옮겨가며 벽화 작업을 하는 디에고를 따라 여러 나라를 전전하며 이국땅에서 외로움과 유산의 고통을 겪으며 우울증에 빠지는 한편, 쉬지 않고 데생을 하고 그림을 그렸다.

디에고가 록펠러센터 벽화 작업을 하는 동안 프리다는 완성도 높은 자화상을 내놓는다. 세번째 유산을 경험한 후 디에고가 여동생과 깊은 관계를 맺었다는 사실을 알게 되고, 큰 충격에 휩싸인다. 프리다는 이때의 내적인 고통을 화폭에 강

럴하게 담아냈다.

이후 프리다는 앙드레 브르통의 후원으로 파리에서 전시회를 열고 칸딘스키, 피카소 등에게 격찬을 받는가 하면, 20세기의 멕시코 화가로서는 최초로 루브르 박물관에 그림이 소장된다. 1939년 디에고와 이혼하지만 일 년 뒤 재결합한다.

프리다는 아버지가 돌아가신 뒤부터 자신이 태어난 '푸른 집'에서 생애를 마칠 때까지 머문다. 건강 상태가 점점 나빠진데다 오른발에 괴저가 생겨 발가락 절단 수술을 받았고 영국에서 일곱 번의 척추수술을 받는 등 한동안 병원 신세를 지기도 한다. 프리다는 그렇게 거의 대부분의 시간을 진통제를 맞으며 버틴다. 이후 급격하게 건강이 악화되어 오른쪽 다리를 무릎까지 절단하게 된다. 1954년, 폐렴이 재발해 7월 13일 세상을 떠난다. 국립미술관에서 추모식이 거행되고 돌로레스 시립묘지 화장터에서 화장된다.

프리다는 자신의 일기장 마지막 페이지에 이런 말을 남겼다. "행복한 외출이 되길, 그리고 다시는 돌아오지 않기를 희망한다."

■ 프리다 칼로 자화상.

고통의 축제

열두 개의 자아를 가진 여자

이 푸른 집이야말로 그녀 삶의 상징적 기호다. 마당을 들어서는 순간부터 어둡고 불안한 기운이 뿜어나온다. 어디서일까. 정원 한구석에는 마야의 신전 같은 피라미드 제단이 만들어져 있다. 그녀는 화려하기 그지없는 멕시코 전통의상 테후아나를 차려입고 여사제 같은 모습으로 제를 올리기라도 한 걸까.

어디선가 꿈틀거리는 기운이 느껴진다. 나는 비어 있는 정원을 둘러보았다. 정원의 나무 아래, 계단의 구석, 모퉁이 그늘, 집의 어두운 안쪽마다 어김없이 온몸이 검은 고양이들이 자리를 잡고 있다. 화려한 옷차림 속에 감추어져 있던 그녀의 어두운 내면처럼 온통 검은 그것들은 독한 인광을 내뿜으며 나를 노려보았다. 하나, 둘, 셋…… 열두 마리나. 내 어깨 너머 어디쯤에서 프리다가 이렇게 속삭이는 듯했다.

'나는 열두 개의 자아를 가졌답니다.'

치첸이트사나 테오티우아칸 같은 유적지에서 만나게 되는 거리 행상들.
채색접시나 목각인형, 전통의상과 탈 등 현란한 색채의 민속품들을 팔고 있다.

그래, 오고 말았다.

프리다의 집에.

고통의 축제

누군들 고통과 절망으로 자기 생의 주제를 삼고 싶어하랴. 프리다 역시 레몬의 물에 발을 담그고 햇빛 쏟아지는 카리브의 물결과 아즈텍의 신비로운 풍경을 자신의 캔버스에 초대하고 싶었을 것이다. 한가로이 사랑하는 그 사람과 평화로운 여생을 보내고 싶었을 것이다. 그러나 고통의 신은 이 병약한 여인을 유독 편애했다. '이래도, 이래도 견딜 수 있느냐'라고 말하듯 그녀의 영혼과 육체를 죄어왔다.

실내로 들어와 전시된 그녀의 그림들을 하나씩 바라보았다. 미술관에 걸린 그림을 보면서 이토록 생생한 고통의 느낌을 전달받은 적은 없었다. 그림들은 한결같이 서늘하고 위험한 기운과 어떤 강렬한 메시지를 외치고 있다. 그 메시지는 무얼까. '나를 구해줘, 이 목에 걸린 밧줄을 풀어줘, 내 몸 안에 박힌 철심을 빼내줘'라고 말하는 것 같다. 불편한 심정으로 그림들을 보고 있는데, 얼굴을 빛내며 그것들을 바라보는 다른 관람객이 있었다. 열너덧 살이나 되었을까. 휠체어를 탄 앳된 얼굴의 소녀였다. 그녀의 어머니는 프리다 전문가처럼 그림 하나하나를 조근조근 설명해준다. 소녀는 구원의 빛이라도 발견한 듯 그림들을 오래도록 쳐다보았다.

나는 어린 소녀와 프리다의 그림 사이에 생겨난 자장 밖으로 밀려나온다. 고통은 다만 그것을 지금 겪고 있는 사람만의 것이다.

그 남자 디에고

고통의 여사제 프리다. 그 프리다에 대해서 말하려면 디에고 리베라를
빼고는 한 줄도 나갈 수가 없다. 여학교 시절, 우연히 멕시코 국민화가였
던 디에고 리베라의 벽화 작업 현장을 구경하러 갔던 프리다는 그 자리에
서 그에게 사로잡힌 영혼이 되고 만다. 그녀 나이 스물둘에 디에고와 결
혼한다. 디에고는 스물한 살이나 연상인데다 이미 두 번의 결혼 경력이
있었고 세 아이의 아버지였다. 게다가 셀 수 없이 많은 여인들과 염문을
뿌리던 와중이었다. 프리다에게 디에고는 한 남자였지만 디에고에게 프
리다는 그녀들 중의 하나였다.

디에고는 당대 최고의 문화권력이었다. 자신의 그림 속에는 즐겨 민중
을 그려넣었지만 실제로는 정치 거물들과 교류를 했고 방탕과 사치가 일
상으로 이어졌다. 급기야는 프리다의 여동생과 사랑에 빠지게 되는데 이
치명적 불륜을 바라보면서 프리다는 자신의 머리를 싹둑 자른다. 자화상
에는 난데없이 수염을 그려넣기까지 한다. 이번에는 그녀가 보란듯이 요
란한 연애에 나선다. 상처받은 자기애가 관능으로 표출되면서 팜파탈의
면모가 서서히 드러나기 시작한 것이다. 그러면서도 프리다는 자화상을
그리며 그 이마에 디에고를 새겨넣는다. 내 생명보다 디에고를 사랑한다
는 말과 그를 죽이고 싶다는 말이 동의어라는 것은, 누군가를 자신의 존
재보다 더 사랑해본 적이 있는 사람만이 알 것이다.

서로의 가슴에 끊임없는 상처내기와 두 마리 새끼 원숭이처럼 그 상처
를 핥아주기의 연속이었던 이들의 결혼생활은 배신과 분노와 고통이 일
용할 양식이었다.

작품을 제작할 때면 멕시코 전통의상 테후아나를 즐겨 입었다는 프리다 칼로.
멕시코 신화와 전통 속에 자신의 삶을 접목시키는 작품을 많이 남겼다.

이토록 사랑하는데도 내 사랑이 부족한가요

오후가 되면서 좁은 전시장 입구에는 어느새 사람들의 줄이 길어졌다. 고통의 여사제의 집을 참배함으로써 스스로의 고통으로부터 벗어나길 원하는 행렬일까.

자신의 삶을 토막토막 잘라내어 만들어낸 이 작품들에 대해 죽기 전 그녀는 독백처럼 이렇게 쓴 적이 있다.

"내 그림이 내 삶을 완성했다. 나는 세 명의 아이를 잃었고 내 끔찍한 삶을 채워줄 다른 것들도 많이 잃었다. 내 그림이 이 모든 것을 대신해주었다."

그녀의 전기 영화 〈프리다 칼로〉에는 디에고와 헤어진 그녀가 어느 술집에서 듣는 노래 〈요로나〉(울고 있는 여자)가 나온다. 노래는 전설적인 가수 차벨라 바르가스가 불렀다.

이토록 사랑하는데도, 요로나
내 사랑이 부족한가요?
내 모든 삶을 다 주었건만 무엇을 더 원하나요?

이혼과 재결합을 거듭했던 디에고와 프리다. 뒤늦게야 디에고는 귀환하는 배처럼 프리다의 항구로 돌아온다. 이 코요아칸의 푸른 집에서 두 사람은 함께 음악을 듣고 차를 마신다. 그러다가 이제 그만 가야겠다고 일어선다. 차갑고 단호하게. 이번엔 리베라가 아닌 프리다 쪽이었다. '이 마지막 외출이 행복하기를, 그리고 다시 돌아오지 않게 되기를……' 언젠가 남겼던 그 메모처럼 프리다는 고통 없는 먼 세상으로의 여행을 떠난다.

프리다 칼로의 '푸른 집'   프리다 칼로는 아버지 기예르모 칼로가 세상을 뜨자 코요아칸으로 거처를 옮겨 생애를 마칠 때까지 그곳에서 산다. 프리다가 태어나서 생애 대부분을 지낸 곳, 프리다의 멕시코 고향집 '카사 아술'이다. 이 집은 '푸른 집'이라고도 불리는데 벽을 아즈텍 궁과 신전들에 칠해진 인디고색으로 칠했기 때문이다.

디에고는 프리다가 가장 좋아했던 장소인 이곳 정원 위쪽에 별채를 지어 아틀리에를 만들어주었다. 프리다는 자신의 방과 아틀리에에서 인형, 가면, 동물 들에 둘러싸여 생활했다. 프리다가 아꼈던 동물은 난쟁이 사슴, 강아지, 고양이, 닭, 독수리 등이다. 그중 거미원숭이 한 마리는 1937년부터 자화상에도 등장한다.

남편 디에고 리베라가 바깥세상에서 일에만 몰두하는 동안에도 프리다는 죽는 날까지 이 '푸른 집'을 떠나지 않았다. 디에고는 프리다가 사망한 뒤 이 집을 멕시코 국민들 소유로 환원했다. 4년 후 이 집은 박물관으로 꾸며져 누구나 출입이 가능한 개방된 장소가 되었다. 1990년 초에 복원 작업을 끝내 '푸른 집'은 본래의 아름다운 모습을 되찾았다.

'푸른 집'에 지금도 남아 있는 디에고의 침실에는 모자, 가방, 구두, 외투 등이 그대로 놓여 있다. 침대 뒷벽에는 니콜라스 머레이가 촬영한 프리다의 사진이 걸려 있다. 프리다와 디에고가 사용했던 식당의 장식장에는 몇 층에 걸쳐 멕시코 고대 유물과 민속공예품들이 진열되어 있다. 안마당의 벽에는 "프리다와 디에고, 이곳에서 살다. 1929년~1954년"이라고 적혀 있는데, 1929년은 프리다와 디에고가 결혼한 해이고 1954년은 프리다가 눈을 감은 해다. 안마당은 프리다 생전의 모습과 다름없이 이국적인 화초들과 고대 멕시코 토우들로 둘러싸인 공간이 자리한다.

2층은 프리다가 대부분의 시간을 보냈던 공간이다. 화실에는 그림도구와 책장, 코르셋이 전시되어 있고 정원이 내려다보이는 작은 방에는 프리다의 침대가 있다. 또다른 방에는 어렸을 때 가지고 놀던 소꿉놀이 도구들과 인형 등 프리다의 어린 시절을 엿볼 수 있는 물건들이 놓여 있다.

■ 코요아칸의 생가 푸른 집.

혁명을 혁명하라

혁명의 땅

남미는 혁명의 땅. 유난히 순박한 얼굴에 퀭한 눈동자를 한 사람들은 잊을 만하면 혁명에 불려나온다. 그래서 그곳에는 어디나 할 것 없이 혁명의 피냄새가 난다. 그중에서도 멕시코의 근대사는 혁명을 빼고는 한 줄도 설명하지 못한다.

차가 둥근 광장 소칼로로 들어서자 저만치 건물 앞에 전통의상의 마리아치들이 서 있는 것이 보인다. 혁명의 땅 멕시코시티. 그러나 그 어디에서도 혁명은 여진 같은 기미로도 느껴지지 않는다. 간혹 바람에 펄럭이는 혁명의 구호 같은 것들이 철 지난 장식물처럼 보일 뿐이다. 그 아래로 쭈그려 앉아 담배를 피우는 떠돌이 빈민층 펠라도들의 모습이 을씨년스럽다. 숨이 턱턱 막힐 정도의 걸쭉하고 탁한 공기 속에서 걷다보면 온몸은 아교질같이 달라붙는 땀의 포로가 되어버리는데 오가는 사람들의 얼굴에는 더위 따위는 아랑곳이 없다. 마냥 평화롭기만 하다.

멕시코인을 역사적 강간의 산물이라고 쓴 자학적 글을 본 적이 있다. 멕시코 정복자 에르난 코르테스가 원주민 정부 마리나와 통정함으로써 멕시코 최초의 메스티소인 마르틴을 낳았기 때문이라는 것. 그래서 마리나는 배반의 어머니로 불린다. 이후로 유전되고 뒤얽힌 종족 간 갈등과 증오 그리고 자기분열은 챙 넓은 모자 솜브레로로도 가려지지 않았다. 멕시코에 유난히 가면이 발달한 것도 어쩌면 그 이유가 아니었을까. 그러나 가리고 싶은 것이 어찌 핏줄의 역사뿐이랴. 누군들 가리고 싶은 오욕의 시간들이 없으랴. 짐승의 나날들이 없으랴. 혁명으로도 안 되는 죄성을 가면으로나마 가리고 싶은 것이 인간이리라.

조금 걷자 햇빛은 더 강렬하고 끈적한 더위는 숨이 막힐 정도다. 그러나 아무리 둘러보아도 청량음료 하나 파는 곳이 없다. 도시는 연기에 부글부글 끓고 있다.

이 도시에서 일찍이 혁명의 빛과 그림자를, 아니 빛보다는 그림자를 외과의사처럼 정확하게 집어내 햇빛 아래 드러낸 지식인이 있다. 바로 여기에서 나고 자란 카를로스 푸엔테스다. 멕시코 대학에서 법학을 전공한 뒤 제네바로 유학하여 국제법을 공부하고 대학교수와 외교관으로 활동했던 이 세계시민의 최종 직함은 그러나 소설가로 남아 있다. 누구보다도 혁명의 이율배반에 대해 싸늘한 시선을 보낸 사람이었다.

열다섯 권에 이르는 그의 작품들은 시간, 영원, 죽음, 소멸을 아우라로 하여 인간의 욕망, 탐욕, 허무, 사랑, 갈등을 환상과 현실, 우화와 패러독스로 섞어 엮어간다. 그의 글들은 멕시코의 원색 벽화처럼 현란하고 강렬하다. "성공하고 나면 혁명은 늘 제 스스로를 배반한다"는 그의 표현에 나는 속으로 '아!' 하고 탄성을 질렀다. 혁명의 패러독스를 그처럼 한 줄로 요약한 말이 또 있을까. 대다수 민중은 혁명가의 분노와 외침이 조만

멕시코의 농부. 땀과 땀을 벗삼아 일해온 그 사람들 속에 멕시코 혁명의 역사가 흐른다.

간 이상사회를 가져다줄 것이라는 환상 속에서 때로 그들이 가리키는 방향을 향해 달려가 기꺼이 목숨을 내놓는다. 그러나 혁명의 열매는 늘 그들이 손을 뻗어도 닿지 않는 곳에 있고, 다만 몇 사람의 달콤한 디저트가 되고 마는 것이다.

이 혁명의 앞과 뒤, 빛과 어둠, 열기와 차가움, 향기와 악취를 그는 소설의 형식으로 엮어간다. 정복과 피탈의 역사에 대한 피해의식 때문일까. 중남미 작가들은 유난히 인간들의 싸움에 관심을 드러낸다. 빼앗으려는 자와 지키려는 자의 싸움은 대개 빼앗으려는 자의 승리로 끝나고 말지만 작가는 빼앗긴 자의 편에 서서 맨발과 빈손으로 구호를 따르다 쓰러져 죽어가는 사람들에 대한 비문을 기록한다. 한없는 연민을 가지고…… 카를로스 푸엔테스, 이 남미의 발자크 또한 예외가 아니었다.

나는 푸엔테스의 자취를 더듬는 대신 광장의 혁명기념탑을 찾아간다.

혁명기념탑의 그림자

시내 중심부에 우뚝 솟아 있는 멕시코시티 혁명기념탑은 주변 건물들에 비해 과도하게 높아 을씨년스러웠다. 그곳에는 혁명 당시 치와와 지구에서 암살당했다는 농민혁명군 대장 판초 비야의 유해가 있다. 고부의 녹두장군 전봉준을 연상케 하는 인물이다.

어쨌거나 수많은 목숨을 가져가고 썰렁한 시멘트탑 하나가 서 있게 된 것이다. 그런데 앞에서 격렬하게 혁명의 구호를 외치던 인물들은 혁명 이후 칠십여 년간 집요하게 혁명의 열매를 따먹어 수많은 부와 권력을 쌓고, 사회는 또다시 그들의 혁명을 요구하는 혁명의 단순재생산이 되풀이

거리의 악사 마리아치 밴드. 그 의상은 화려해도 노랫말은 구슬프다.

된 것이다. 푸엔테스는 이 대목에 주목한다. 그 어떤 다큐멘터리보다도 더 신랄하게 혁명의 썩은 부분을 고발하고 있다는 점에서 그의 소설 『아르테미오의 최후』는 소설로 쓴 혁명 전말 보고서다.

하늘로 뻗은 거대한 혁명기념탑에는 그 흔한 부조나 청동조각 같은 것도 없다. 이 무심하게 서 있는 단순한 기하학적 도형 아래 바쳐진 주검은 그러나 산을 이루었다. 남미에서 혁명은 정치적 잔혹극일 뿐인가. 기념탑 안의 난간 여기저기에서 사람들은 한가히 담소하거나 낮잠을 즐기고 있다. 이 석조 구조물은 그 의미가 탈각된 채 도시 안의 정자가 되고 있었던 것이다. 하릴없이 탑의 난간에 앉아 있다가 그 긴 광장을 걸어나오자니 역사학자 라몬 루이스가 냉소적으로 했던 말이 떠오른다.

"도대체 멕시코 혁명이 남긴 것은 무엇인가. 백만 명이 죽었지만 무엇을 얻었는가. 목숨 대신 남겨진 것은 관광상품으로 남은 벽화 몇 조각들뿐이던가."

광장의 한쪽에서는 열일고여덟 살쯤 돼 보이는 남녀 아이들이 연신 포옹을 하며 입을 맞추고 있다. 혁명보다 저 풍경이 훨씬 아름답다. 광장을 걸어나오며 내가 끄는 긴 그림자를 돌아보다 올려다본 혁명탑은 저 혼자 외롭다.

카를로스 푸엔테스　　카를로스 푸엔테스(Carlos Fuentes, 1928~2012)는 라틴아메리카 문학을 세계적 반열로 올린 1960년대 '붐 세대' 작가 4인방 중 한 명이다. 그는 콜롬비아의 가브리엘 가르시아 마르케스, 페루의 마리오 바르가스 요사, 아르헨티나의 훌리오 코르타사르와 함께 세계적인 주목을 받았다.

　1928년 파나마시티에서 멕시코 부모 사이에서 태어난 그는 외교관인 아버지를 따라 미국, 파나마, 칠레, 아르헨티나 등에서 유년 시절을 보냈다. 애국심이 강했던 그의 부모는 그가 모국어를 잊지 않도록 집에서는 스페인어만 사용하게 했고 멕시코 역사에 관한 책들도 읽도록 가르쳤다. 푸엔테스는 열여섯 살 때 멕시코로 돌아오지만 직접 본 멕시코의 현실은 책에서 본 것보다 더 암울했다. 이후 그는 멕시코인의 정체성을 고민하며 조국의 역사와 문학에 더욱 관심을 갖는다. 1941년 칠레로 가서 작가 호세 도노소를 만나 이때부터 습작을 시작한다. 곧 부에노스아이레스에서 공부하며 영화와 보르헤스를 위시한 환상문학에 몰두한다. 1944년 귀국하여 멕시코 국립대학에서 법학을 전공하는 한편, 발자크와 도스토옙스키, 세르반테스를 읽으며 문학수업을 계속 이어간다. 1955년에는 『멕시코 문학저널』을 창간하고 1958년까지 편집장을 맡는다.

그의 첫 소설 『가장 청명한 지역』과 『아르테미오 크루스의 죽음』은 그를 20세기 라틴아메리카 인문학을 언급할 때 빼놓을 수 없는 중요한 인물로 만들었다. 발표하는 작품마다 완벽한 구조와 실험적인 형식으로 평론가들에게 찬사를 받았으며, 멕시코 국가문학상, 세르반테스 문학상 등 스페인어 작가들이 받을 수 있는 최고의 상들을 휩쓸었다. 매년 노벨문학상 후보로 거명되었던 그는 라틴아메리카의 조이스로 불리며 라틴아메리카를 대표하는 작가이자 지식인으로 알려져 있다.

소설, 희곡, 문학비평, 시사평론 등 다양한 장르를 넘나들며 재능을 발휘했을 뿐 아니라 1965년 이후에는 아버지의 뒤를 이어 런던과 파리에서 외교관으로 활동하기도 했다. 1974년에는 프랑스 주재 멕시코 대사로 임명되었다. 그리고 2012년 향년 84세를 일기로 삶을 마쳤다.

3장

아르헨티나

보르헤스의 시를 통해서는 환상과 현실 사이에 가로놓인 교차로쯤으로, 왕가위의 화면 속에서는 몽환적
인 그리움의 장소로, 피아졸라의 반도네온 선율 속에서는 지쳐 쓰러질 때까지 춤추는 자들의 도시로 연
상되는 부에노스아이레스.

물과 공기의 도시를 노래한 시인

부윰한 안개 저편의 거리

졸음과 진흙이 감도는 이 강을 통해서였을까
범선들이 나의 조국을 창건하러 온 것이
(…)

살랑거리며 찾아드는 전원의 저녁
한 담뱃가게가 장미처럼 향기를 흩뿌렸네
현관들이 있었고 키스를 나누는 연인들이 있었네
단지 길 건너 보도가 아직 생기지 않았을 뿐

부에노스아이레스의 창건이 믿어지지 않네.
이 도시가 내겐 영원한 물과 공기와도 같기에
　　　　　　　　 ─보르헤스, 「부에노스아이레스의 신화적 창건」에서

새처럼 하얀 구름 속을 빠져나온 LAN621편은 명칭 그대로 '좋은 공기'
의 도시에 살짝 내려앉는다. 부에노스아이레스. 조용히 소리내어 불러보
면, 문틈 사이로 사라지는 여인의 옷자락처럼 마음을 가만 흔들고는 흩어
지는 이름. 사람들이 가보지도 않은 채 동경하게 되는 도시가 이 지구상
에는 몇 개쯤 될까. 우리와는 지구의 정반대편에 있는 이 도시는 언제부
터 내 마음속에 자리잡고 날 유혹하기 시작했을까.

에세이사 공항에 내리면서 숨을 깊이 들이쉬어본다. 과연 하늘은 맑고
공기는 부드럽다. 공항에서 도심까지의 거리는 낡았으되 남루하지 않다.
차창 밖 풍경은 이 대륙에 도착한 이후로 거쳐온 몇몇 도시들과는 사뭇
다르다. '남미의 파리'라는 이름답게 오래된 유럽의 어느 도시에 온 느낌
이다. 건물들마다 스페인풍의 외관과 남미의 색채가 묘하게 섞여 있다.

보르헤스의 시를 통해서는 환상과 현실 사이에 가로놓인 교차로쯤으
로, 왕가위의 화면 속에서는 몽환적인 그리움의 장소로, 피아졸라의 반도
네온 선율 속에서는 지쳐 쓰러질 때까지 춤추는 자들의 도시로 연상되는
부에노스아이레스. 이 도시는 그토록 많은 이미지들로 인해 내겐 오히려
부윰한 안개 저편의 거리처럼 아스라했다.

시인 로르카, 발레리노 니진스키와 누레예프, 유진 오닐 등 이 도시를
스쳐간 무수한 예술가들은 이 도시의 무엇에 그토록 사로잡혔던 것일까.
무엇보다도 동시대의 세계로부터 스스로를 격리한 채 환상과 미로 사이
에서 그것을 비추는 거울에 대한 얘기를 들려주기를 원했던 보르헤스가
지독하게 현실적인 자신의 태생지를 그토록 사랑하고 예찬하게 한 매혹
의 정체는 무엇일까.

대문호 보르헤스의 고향답게 부에노스아이레스에는 오래된 서점도 많고 책 읽는 사람도 많다.

책과 밤을 동시에 주신 신이여

이미 생전에 20세기 문학의 신화로 남았던 호르헤 루이스 보르헤스. 지나친 독서와 유전적 요인이 겹쳐 삼십 대부터 서서히 시력을 잃기 시작해 쉰을 넘어서면서 '눈뜬장님'으로 살아야 했지만 그는 자신의 삶 자체를 우주적 아이러니로 긍정한다. 국립도서관장으로 임명된 후 그토록 좋아했던 책으로 둘러싸인 채 살았지만 단 한 줄의 글도 읽을 수 없었던 그. 자신의 처지를 "책과 밤을 동시에 주신/신의 경이로운 아이러니"라고 말하며 그 시의 제목을 '축복의 시'라 이름 지었던가.

이후 오히려 제한된 시각적 체험 속에서 신비로운 연상과 환상의 세계를 펼쳐보이며 자신만의 독특한 문학세계를 꽃피우게 된다. 보는見 세계에서 꿰뚫어보는觀 세계로 나아갔다고 할까. 합리와 과학적 사고방식이 주도하던 20세기에 보르헤스는 사람들이 당연하다고 믿는 것들이 인간이 만들어낸 또하나의 허구일 수도 있다는 깨달음을 제시한다.

사람들은 흔히 보르헤스를 환상문학의 대가라고 부르지만 나는 오히려 그의 문장에서 노장老莊과의 접점을 떠올리게 된다. "어제 나는 하나님을 보았고 하나님이 내게 말하는 것을 꿈꾸었다. 그리고 하나님께서 내 말을 듣는 꿈을 꾼 후 하나님이 꿈꾸는 것을 꿈꾸었다"는 문장에서 나비 꿈을 꾼 후에 내가 나비인가 나비가 나인가 묻는 장자가 떠오르는 건 너무 자연스럽지 않은가. 어둠 속에서 삶의 미궁을 헤매면서 그는 마음의 나라 도처에서 눈뜬 자들이 보지 못하는 심연을 발견한다.

반도네온 소리와 삶을 함께한 늙은 악사.

라틴의 파리, 남미의 문화수도인 부에노스아이레스는 연중무휴로 탱고 공연과 연극 공연, 문학 강좌 등이 열려 예술도시임을 실감케 한다.

끝없이 두 갈래로 갈라지는 길 위에서

우리나라에서는 소설가로 알려져 있지만 이곳에서 보르헤스는 시인과 철학자로서도 사랑받고 있다. 이 도시의 사람들은 그에 대해 이웃사람처럼 얘기하고 그의 시를 즐겨 외운다. 왜 아니겠는가. 이 거리를 그토록 사랑한 그는 시력을 잃은 후에도 날마다 몇 시간씩 지팡이에 의지해 산책했고 그를 알아본 사람들은 길모퉁이에 서 있는 그를 만나면 길을 찾을 수 있도록 도와주곤 했다고 한다. 그의 첫 시집 『부에노스아이레스의 열기』는 부에노스아이레스에 대한 사랑이 듬뿍 담긴 시편들로 가득하다.

그가 살았던 마이푸 가 994번지에는 그의 산책로를 표시한 지도가 붙어 있다. 산책을 하되 볼 수 없었던 이 거리에서 그는 무엇을 느꼈을까.

거리의 소란, 흘러나오는 음식 냄새, 사람들의 목소리, 무엇보다도 '좋은 공기', 생의 기운, 그리고…… 여기까지 생각하다 세상을 늘 색채로 읽어내야 하는 나는 그만 막막해진다. 빛을 잃는다면 그 모든 것이 무슨 소용이 있단 말인가. 소리를 잃은 채 교향곡을 작곡해냈던 베토벤처럼, 시력을 잃은 채 20세기 문학의 스승이 된 보르헤스. 예술은 왜 때로 유인하기에 불가능해 보이는 일들을 인간으로 하여금 이루어내게 하는 걸까.

거리를 가득 메운 사람들은 어디론가 분주히 걸어가는데 나는 길모퉁이에 멈추어서서 낯선 거리의 풍경을 두 눈에 담는다. '끝없이 두 갈래로 갈라지는 길들이 있는 정원' 어디쯤에서 길을 잃은 사람처럼. 저 모퉁이를 돌아 왼쪽 길로 들어서면 돌아올 수 없는 미로 속으로 들어가는 건 아닐까.

부에노스아이레스에서 부딪히는 삶의 이 막막한 불가해여!

갑자기 다디단 빵 한 조각과 독약처럼 진한 커피 한 잔이 간절해진다.

호르헤 루이스 보르헤스   호르헤 루이스 보르헤스(Jorge Luis Borges, 1899~1986)는 아르헨티나의 수도 부에노스아이레스에서 태어났다. 정규 교육을 받지 않고 영국계 할머니와 가정교사에게 교육받으며 영어와 스페인어를 함께 익혔다. 이미 일곱 살 때 영어로 『그리스 신화』를 요약하고, 여덟 살 때 『돈키호테』를 읽고 감명을 받아 단편소설을 쓰기도 하고, 오스카 와일드의 단편소설 「행복한 왕자」를 스페인어로 번역하기도 한다.

그 뒤 시력이 나빠져 변호사직에서 은퇴할 수밖에 없었던 아버지를 따라 유럽으로 이주하게 된다. 보르헤스는 그곳에서 범신론, 불교, 그노시스주의 등을 접하고 프랑스 문학과 독일 문학을 섭렵하며 라틴어를 익힌다.

1921년 아르헨티나로 귀향한 그는 자신만의 소설 이론을 형성해나가며 아르헨티나 문학계에 상당한 영향력을 발휘한다. 새로운 잡지들을 창간해 활동하며 여러 편의 에세이집을 출간한다. 그리고 보르헤스 문학의 정점이라고 일컬어지는 『픽션들』의 1부에 해당하는 「끝없이 두 갈래로 갈라지는 오솔길들의 정원」이 1941년에, 단편소설들을 함께 묶은 『픽션들』이 1944년에, 그리고 열일곱 편의 다른 단편들을 함께 묶은 『알렙』이 1949년에 발간된다. 그후 수많은 국제적인 문학상을 휩쓸었고, 세계의 거의 모든 주요 대학에서 명예박사 학위를 받았다.

1946년 보르헤스는 민주주의를 찬양했다는 이유로 페론 정권에 의해 지방 도서관 사서직에서 해임된다. 이후 페론 정권이 붕괴되면서 국립도서관 관장으로 임명된다.

이미 삼십 대 후반부터 자신의 아버지와 마찬가지로 급격히 시력이 나빠진 그는 오십 대 중반부터 쓰기와 읽기를 하지 못해 주변의 도움을 받아 독서와 집필을 해야 했다. 엘사 아스테테 미얀과 결혼했지만 얼마 지나지 않아 별거하고 그후 침모인 화니 여사와 살았다. 말년에 항상 그의 곁에서 일을 돌봐주었던 제자 마리아 코다마와 재혼했다. 그리고 일 년 후인 1986년 제네바에서 세상을 떠나 그곳에 묻혀 있다.

보르헤스는 평생 장편소설을 한 편도 쓰지 않았으며 새로운 형식의 단편소설들을 발표했다. 그만의 독특한 형식과 주제는 그를 라틴아메리카의 '마술적 리얼리즘'의 선구자, 포스트모더니즘 문학의 거장으로 평가받게 했다.

더듬어 찾는 길

삶을 살아가는 한 방식

생의 한가운데 지점에서 시력을 잃는다는 것은 어떤 것일까. 그것은 기억과 추억만으로 나머지 생을 살아야 하는 것일지도 모른다. 혹은 눈을 감은 채로도 고풍스러운 옛 건축물과 격자창의 섬세한 무늬를 볼 수 있는 것이며, 비 오는 날에도 햇살 아래 전차가 지나다니는 거리의 풍경을 볼 수 있는 일인지도 모른다. 인간의 내면에도 끝없이 무한하고 신비한 우주가 있다는 통찰에 이르게 되는 것일지도 모른다.

그리스의 철학자 데모크리토스는 아름다운 정원에서 자신의 눈을 빼버렸다. 외부 현실의 장관에 마음을 뺏기지 않으려고 초기 그리스 신학자는 스스로 거세를 했다. 보르헤스는 그 사람들의 반열에 자신을 올려놓는다. 그리고 고백한다. 실명失明은 삶을 살아가는 한 방식일 뿐, 전적으로 불행하지만은 않다고. 그가 시력을 잃지 않았다면, 파블로 네루다, 가브리엘 마르케스, 옥타비오 파스, 마누엘 푸익 등 중남미 출신의 문호들에게 예술적 영감을 부여한 그의 환상문학은 꽃을 피우지 못했을지도 모른다. 살아 있는 동안 인간은 끝없이 미로를 헤맬 뿐이라는 통찰에 이르지 못했을지도 모른다.

라틴의 문화수도

보르헤스가 걸었던 길을 따라 부에노스아이레스의 거리를 걸어본다. 햇살과 바람이 살갗에 들러붙는 것 같다. 그가 즐겨 들렀다던 카페 토르토니에서 뜨거운 커피를 한 잔 마시고 그가 태어났던 투쿠만 가 840번지 생가 터로 가보았다. 그의 생가의 모습은 내 예상을 한참이나 빗나간 것이었다. 엉뚱하고 독특한 그의 소설의 결말 같다고나 할까. 인파가 밀려 다니는 번화가 이면도로에 나무 한 그루 없는 상가건물이 그의 생가였다.

지금은 문학카페가 된 이곳 건물 입구에는 '1899년 8월 24일 20세기의 가장 위대한 작가 중 하나인 보르헤스가 바로 이곳에서 태어났다'는 짤막한 표지판이 붙어 있다. 건물을 YWCA가 사용하고 있어 많은 여성들이 들락거렸다. 프로그램을 보니 마침 문학 강연이 있는 날이다. 보르헤스가 태어난 곳에 둘러앉아 그의 문학에 대해 이야기하는 것은 어떤 기분일까. 보르헤스는 먼 곳의 사람들에겐 신화였으나 이곳의 사람들에겐 이웃이었다. 그 집의 지척에는 1903년에 지어진 극장을 개조한 유명한 엘 아테네오 서점이 있다. 이 서점 역시 생전의 보르헤스가 늘 드나들던 곳이다. 맹인이 된 후에도 그는 서점에 들러 독자를 만나고 자신의 책에 정확하고 아름다운 필체로 서명을 해주었다 한다.

그러고 보니 신기한 것은 이 금싸라기 땅에 버젓이 버티고 선 유서 깊

석양의 라플라타 강. 바다 같은 강, 아마존 강 다음으로 세상에서 큰 강으로 불리는
라플라타 강은 문화도시 부에노스아이레스의 젖줄이다.

은 서점들이다. 자그마치 1785년에 문을 열었다는 콜레히오 서점을 비롯해 도무지 장사가 될 것 같지 않은 서점들이 화려한 가게들의 틈에서 오랜 세월 제자리를 고수하며 건재하고 있는 모습은 경외감을 자아내게 한다. 1925년에 출판된 보르헤스의 『루나 데 엔프렌테』의 초판본이 서점 진열대에 누렇게 빛바랜 당시의 고서들과 함께 아직도 꽂혀 있다는 사실만으로도 이 거리의 문화적 저력을 새삼 느끼게 된다. '라틴아메리카의 문화적 수도'라는 애칭이 아깝지 않다는 생각이 든다.

별 하나에 커피 두 잔

도시에 밤이 내린다. 밤의 부에노스아이레스를 걷다보면 보르헤스의 소설 속으로 들어와 있는 느낌을 갖게 된다. 시차 때문일 수도 있을 것이다. 우리나라와는 열두 시간의 시차가 있어 시곗바늘을 돌려놓지 않아도 되는 이곳, 여기에 오기 위해서는 지구를 반 바퀴 돌아야 한다. 너무 넓어 광장처럼 보이는 도로의 끝을 응시해본다.

세계에서 가장 넓은 도로라는 7월9일가街. 근 백 년 만에 완성했다는 폭 140미터의 이 도로는 부에노스아이레스의 심장이다. 극장, 서점, 카페, 고급 브랜드의 상점 들이 늘어선 이 거리는 샹젤리제나 브로드웨이 못지않은 품격과 활기로 넘치고 주의를 기울이지 않으면 지나치는 사람들과 어깨를 부딪칠 만큼 북적거린다. 거리를 오가는 사람들은 대부분 백인들이고 흑인이나 원주민 혼혈은 거의 보이지 않는다. 자그마한 영화관에는 상영중인 영화의 간판이 걸려 있다. 제목은 '별 하나에 커피 두 잔'. 삶은 지독하게 사소한 것들로 이루어진다. 광장 끝에 세워진 67미터 높

예술의 도시 부에노스아이레스의 한 젊은 거리 악사.

이의 저 거대한 오벨리스크가 말해줄 수 없는 어떤 것들이 분명 있을 터이지만 스쳐가는 여행자는 몇 장의 스틸사진을 손에 쥔 채 자기만의 부에노스아이레스를 가슴에 안고 떠날 수밖에 없을 것이다.

왕가위 감독은 이 도시 출신의 소설가 마누엘 푸익의 『부에노스아이레스 어페어』에 매료되어 언젠가 이 도시를 담은 영화를 만들어보겠다고 꿈꿔왔다. 그러나 장국영을 주인공으로 촬영을 마치고 나서야 이 영화가 부에노스아이레스에 '관한' 것이 아니라는 것을 깨닫는다. 그리고는 미리 지어두었던 영화의 제목 '부에노스아이레스'를 버리고 '해피투게더'라는 이름을 붙여야 했다. 누구에게나 이 도시는 그러하지 않을까. 눈으로 보되 파악할 수 없고, 입술 끝에서 흩어지는 그 이름처럼 아스라하게 흩어지는 이미지로 남아 마음 한구석에 들러붙어버리는……

끝없는 이야기꾼이었던 보르헤스는 그래도 이런 말로 여행자를 위로해준다.

"이 도시에서 삶이 박동하는 것을 느끼는 사람은 보르헤스가 느낀 것을 그대로 느낄 것이다."

라틴아메리카의 문화 수도, 부에노스아이레스　　　'좋은 공기
Buenos Aires'라는 뜻을 가진 아르헨티나의 수도 부에노스아이레스는 인구 천삼백
만 명이 살고 있는 거대한 도시다. 한때 세계에서 수위의 경제대국을 자랑하던 아
르헨티나의 역사를 고스란히 간직한 갖가지 역사적 건축물과 유적들, 그리고 노
동자와 하층민 들이 즐기던 탱고는 부에노스아이레스의 진수라 할 수 있다.

시인 가르시아 로르카는 "부에노스아이레스는 생기가 있고, 특별한 것을 가지
고 있다. 뭔가 가슴 뛰는 극적인 것으로 채워져 있고, 다양한 인종들이 살면서도
여행객을 붙잡는 근원적이고, 혼동할 수 없는 그 어떤 것을 가지고 있다. 그것이
나를 환상에 빠지게 한다. 부에노스아이레스의 삶에는 빛깔이 있다"고 했다. 부
에노스아이레스가 가진 특별한 것 중 하나가 바로 탱고다. 탱고는 음악과 춤이 혼
합된 장르로, 구슬프고 애절한 춤이자 노래다. 탱고가 세계적으로 유명해진 것은
춤보다는 노래, 특히 전설적인 가수 카를로스 가르델의 노래를 통해서였다. 그는
아르헨티나 탱고의 황제라고까지 불렸다.

1900년경 부에노스아이레스는 우수 건축물이 있는 세계 12대 도시 중의 하나
였다. 특히 부와 특권을 나타내는 건축물이 많았다. 한때 세계 3대 오페라 극장

중 하나라고 알려졌던 콜론 극장도 이곳에 있다. 사방 백 미터의 넓은 땅 위에 지어진 2490석의 큰 극장이다. 러시아의 무용가 니진스키와 안나 파블로바도 이 극장에서 함께 공연했다.

부에노스아이레스의 대표적인 문인 호르헤 루이스 보르헤스도 빼놓을 수 없다. 그는 "나는 부에노스아이레스를 느꼈다. 내 과거라고 믿었던 이 도시는 나의 미래이고, 또 나의 현재다. 유럽에서 산 날들은 하나의 신기루였고, 나는 항상 부에노스아이레스에 있었고, 또 부에노스아이레스에 있을 것이다"고 말했다.

1936년 노벨문학상을 받은 미국의 극작가 유진 오닐도 한때 부에노스아이레스에서 머물렀다. 유진 오닐은 자신의 부인에게 부에노스아이레스에 대한 이야기를 자주 했다고 한다. 어느 날 그 부인이 내가 당신을 온 유럽으로 다 데리고 다녔는데 왜 그렇게 부에노스아이레스 얘기만 하느냐고 물었더니 그는 유럽도 좋긴 하지만 유럽에는 감동적인 것이 하나도 없다고 답했다고 한다.

■7월9일가의 이면도로인 번화가 마이푸 거리에 있는 보르헤스의 생가와 문화원 사이. 예술의 거리로 명성이 높다.

찻잔 속의 고독

실수로 넘어지면 그게 바로 삶이라오

실수로 스텝이 엉기면 그게 바로 탱고라오
실수로 넘어지면, 그게 바로 삶이라오

영화 〈여인의 향기〉에서 눈먼 퇴역장교 알 파치노가 실수를 두려워하
는 젊은 여성과 탱고를 추면서 들려주는 대사다. 영화의 마지막에서 생을
포기하려던 그를 구한 한 젊은 청년은 이 말을 다시 그에게 되돌려준다.
"실수로 스텝이 엉기면 그게 바로 탱고예요……" 잊고 있던 이 대사는
부에노스아이레스의 거리를 걸어다니는 동안 몇 번이나 떠올랐다.

실수를 용납하지 않는 도시, 오직 세속적 성공과 실패로 인간의 삶을
재단하는 도시에서 온 중년의 사내를 이 도시는 이상한 마력으로 유혹한
다. 온몸을 짓누르는 피곤과 스트레스 속에 하루를 마감하지 않으면 어쩐
지 불성실하게 하루를 보낸 듯한 죄책감마저 느끼며 귀가하던 일상. 떠나

온 지 얼마 되지 않은 그날들이 아득해진다. 여행이 끝나면 나는 그곳으로 돌아가겠지만 넘어진 척하며 이곳에 머무는 사람도 있다. 이곳에서 나를 안내해준 교민 H씨는 말했다.

"이 도시의 공기가 내 옷소매를 잡아끌었습니다."

그가 말하는 공기란 문화를 이르는 것이리라. 이 도시의 문화적 마력은 그렇게 이방인을 주저앉힐 만큼 강력했다. 그는 상사의 주재원으로 이곳에 첫발을 디뎠다. 임기가 끝나고 귀국발령 공문을 받아든 순간 햄릿적인 고뇌가 시작되었다. '돌아갈 것인가 남을 것인가. 연봉 액수와 아파트 평수가 인간의 등급을 정하는 기이한 가치관, 내 이름으로 된 등기문서와 바꾸어야 할 삶의 시간들, 당장 아이들을 집어넣어야 할 입시지옥, 그 안에서 행복할 수 있을까. 아니 미래의 삶을 위해 끊임없이 현재의 삶을 저당잡힌 채 살아가야 하는 날들을 견딜 수 있을까⋯⋯' 그는 모든 걸 정리하고 여기 남기로 했다.

그는 "풍족하진 않지만 학비와 입시 부담이 없고 무엇보다 첨예한 경쟁 속에서 뼈가 삭아내릴 듯한 스트레스가 없어서 좋다"고 하면서 "한국보다 GNP는 낮을지 몰라도 문화와 예술을 사랑하고 지금 자신의 삶을 있는 그대로 사랑하는 이곳 사람들과의 삶이 참 자유롭다"는 말을 덧붙였다.

그의 얘기를 들으며 레콜레타 묘원을 떠나 오월광장 쪽으로 천천히 발걸음을 옮겼다. 자리 하나의 가격이 오억 원을 호가한다는 레콜레타 묘원이지만 누가 거기 누운 자를 부러워하겠는가. 그곳의 영혼들은 오히려 피곤한 발가락을 이끌고 이 거리를 걷는 날 부러워할 것이다.

오월광장은 아르헨티나 역사에 획을 긋는 일들이 있을 때마다 등장하는 곳이다. 혁명의 열기와 함성, 총성과 군중이 파도처럼 지나가는 것을

도서관이자 박물관 같은 분위기의 카페 토르토니는 예술가를 비롯, 다양한 부류의
사람들이 즐겨 찾는 명소다.

견뎌낸 장소다.

광장 가까이 대통령궁 핑크하우스가 보인다. 페론이 저 발코니에 즐겨 나와 군중을 향해 일장연설을 토하던 곳이다. 영화 〈에비타〉에서 마돈나가 '나를 위해 울지 마오, 아르헨티나여'를 열창한 곳도 저 핑크하우스의 발코니다. 제왕들은 발코니에서 백성들을 내려다보기를 좋아했던 것 같다. 열흘 동안 붉어 있는 꽃은 없으며, 열흘을 넘어 붉어 있는 꽃은 더이상 아름답지 않다. 이 광장에 서면 누구라도 권력의 무상을 되뇌지 않을 수 없을 것이다.

보르헤스와 차 한잔을

광장을 에워싸며 세월의 덮개를 쓴 고풍의 건물들이 석양빛을 받고 있다. 그곳에 카페 토르토니가 있다. 아주 오랜 세월 동안 변함없이 부에노스아이레스 문화의 심장이었다는 얘기를 듣고 보면 이곳에서는 확실히 문화가 권력보다 힘이 센 듯하다.

카페 토르토니는 카페인 동시에 카페 이상의 장소. 지하와 위층에 창고 극장과 탱고 극장이 있어 시 낭송회와 문학 강연회, 연주회와 팬터마임 공연 등이 연중무휴로 열리는 도심 속의 문화센터다. 허다한 문예운동이 이곳에서 일어났고 새로운 문예운동을 선보이는 곳도 이곳이다. 그래서 이 도시를 찾아오는 여행자는 도시의 구석구석을 둘러보고는 이곳에 와서 마지막 커피 한잔을 마시고 이 도시를 떠나게 된다.

카페의 실내는 예술가들의 초상과 사진, 조각 들로 빈틈이 없다. 그 목소리가 문화유산으로 등록되었다는 탱고의 전설 카를로스 가르델, 작곡

지상에서 가장 화려한 동네. 탱고의 탯자리인 라보카 지구는 한 화가의 집념에 의
해 지상에서 가장 화려한 동네로 탈바꿈했다.

가 피아졸라부터 남루한 항구 보카 거리를 지상에서 가장 화려한 동네로 바꿔버린 화가 베니토 킨케라 마르틴에 이르기까지 허다한 사람들의 사진과 조각을 지나 보르헤스의 밀랍인형 옆에 자리를 잡고 앉는다. 그가 실명한 후에도 즐겨 드나들며 커피를 마셨다는 자리다. 보르헤스와 차 한 잔을 마신 후 어둑해진 거리로 나왔다.

별들의 고향 카페 토르토니

머나먼 길을 걸어온 여행자의 모습으로 카페를 찾아온 수많은 사람들은 저 밀랍인형들과 말없는 대화 한 줄을 나누기 위해 이곳에 들른 것일까. 영혼도 체온도 없는 저 싸늘한 조각상을 쓰다듬으며 무슨 느낌을 안고 돌아가는 걸까. 사람들은 자신이 사랑한, 그러나 이미 지상을 떠난 그 별들의 체취를 맡고 싶은 것일지도 모르겠다.

부에노스아이레스의 밤이 푸르게 깊어간다. 살갗에 닿는 차가운 공기, 낯선 거리의 냄새 속으로 발을 내딛는다. '실수로 넘어지면 그게 인생이야'라고 중얼거리며.

카 페 토 르 토 니   부에노스아이레스 사람들이 사랑하는 것 중 하나가 바
로 커피다. 그래서인지 거리 곳곳에 오랜 역사를 가진 카페들이 자리하고 있다.
부에노스아이레스 사람들에게 카페는 단순히 커피를 마시러 가는 곳이 아니다.
사람들과 만나고 그들과 함께 이야기하는 사교의 장소다. 카페에 드나드는 사람
들의 이야기와 함께 카페의 역사와 문화도 발전했다. 부에노스아이레스의 유서
깊은 카페 문화는 도시의 문화와 역사, 사회적인 삶을 모두 끌어안고 있다.

그중 카페 토르토니는 부에노스아이레스에서 가장 오래된 카페다. 1858년 프
랑스에서 온 이민자가 문을 연 후 1898년 5월, 지금의 거리가 생기기도 전에 그곳
으로 자리를 옮겼다 하니 이 카페는 부에노스아이레스 문화계의 과거이자 현재인
셈이다.

20세기 초에 들어서면서는 부에노스아이레스의 정치인과 지식인 등 당시의 유
명인사들을 모두 불러모으는 곳이 되었다. 탱고 가수인 카를로스 가르델도 그중
한 명이다. 지금도 카페 한구석엔 그의 흉상과 그림이 있다. 또한 소설가 보르헤
스와 시인 알폰시나 스토르니 역시 이 카페의 단골 고객이었다. 아인슈타인, 가르
시아 로르카, 힐러리 클린턴도 이곳을 찾았다고 한다.

프랑스산 샹들리에의 불빛 아래 붉은색 의자와 낡은 테이블, 유명한 예술가들의 그림과 조각품이 그 멋을 더한다. 또한 카페에서 탱고 공연을 하기도 한다. 아르헨티나 사람들의 지나온 시간이 살아 있는 곳이지만 지금은 관광객들 사이에서 더 유명해진 곳이다.

■ 오랜 역사를 자랑하는 부에노스아이레스의 유명한 예술카페 토르토니에서.

잠들지 않는 죽음

삶보다 화려한 죽음

"이 묘원에서 죽음은 삶보다 더 화려합니다."

교민 H씨는 레콜레타 공동묘지로 안내하면서 아르헨티나에서의 삶과 죽음에 대해 말해준다. 부에노스아이레스에서도 가장 땅값 비싸고 고급스러운 동네 한가운데를 차지하고 있는 이 거대한 묘원은 마치 건축박물관이나 조각공원을 방불케 할 만큼 다양하고 화려한 음택陰宅들과 조각상들로 이루어져 있다. 여기저기 음산하고 기분 나쁜 분위기의 검은 고양이들만 아니라면 어느 대부호의 저택에라도 들어선 느낌이었다.

"죽음은 또다른 삶의 한 형태이고 다만 그 빛깔이 조금 달라지는 것일 뿐이라는 생각이지요."

그 말에 고개를 끄덕이지 않을 수 없는 것이, 묘원의 위치가 워낙 북적대는 시의 한가운데에 있었기 때문이다. 원색의 탱고로 대변되는 삶의 편린과 빛깔은 이 화려한 레콜레타에 그대로 이어지고 있었다. 죽음이 삶의 한 연장 형태인 한, 사람 사는 동네로부터 떨어질 이유가 없다는 것인데, 문제는 무더운 날씨면 은근히 담장을 넘어 풍겨오는 시신 썩는 냄새란다. 그것도 부에노스아이레스의 몽마르트르라는 번화가 한가운데이고 보면 이 악취를 모른 척 넘어간다는 사람들이 대단해 보이기까지 한다. 하긴 악취쯤이야 문제도 아닐 것이 레콜레타 묘원에는 수많은 관광객의 발길이 연중무휴 이어져 시에 뿌리고 가는 달러가 만만치 않기 때문이라는 설명이다.

"어쨌든 사람들로 늘 북적대다보니 레콜레타의 귀신들은 하루도 조용히 잠들 수 없을 겁니다."

우리는 함께 웃으며 어느 기나긴 헌화 행렬에 섞인다.

에비타, 묘원의 여주인

에비타의 묘로 향하는 그 행렬 속에서 H씨는 낮은 목소리로 말한다.

"이곳에서는 혹시라도 함부로 그녀를 폄훼하는 말을 해서는 안 됩니다."

아직도 아르헨티나에는 도처에 페론주의자들과 에비타 숭배자들이 있단다. 무심코라도 에비타를 욕하다가는 먹살 잡히기 십상이라는 것이다. 살아생전 끝없이 열광과 저주의 한가운데에서 성녀와 악녀 사이의 세평을 오르내리던 에비타. 죽어서도 그 논란은 그칠 기미가 없다. 마침내 다다른 그녀의 묘소. 생전 그녀의 화려함과는 달리 뜻밖에 작고 소탈하다. 이 레콜레타의 허다한 부호와 명망가들의 묘를 장식해주는 조각상이나 부조 같은 것도 보이지 않는다. 다만 그녀의 묘 앞에는 다른 데서 볼 수 없는 것이 있었다. 참배객들이 놓고 간 수북이 쌓인 꽃들이었다. 그 꽃들

공동묘지 레콜레타. 흡사 건축박물관이나 조각공원을 연상케 한다.

에 덮여 에비타는 레콜레타에 잠든 그 수많은 귀족들과 부호들에게 싸늘한 미소를 지으며 이렇게 말하는 것은 아닐까.

'잘난 그대들, 왜 그대들의 거대한 무덤은 그리도 적막하고 남겨진 꽃 한 송이 없는가.'

기실 레콜레타의 이 한 뼘 땅 위에 그녀의 가녀린 육신이 눕게 되기까지는 그 생애만큼이나 많은 파란과 곡절이 있었다 한다. 페론이 실각되고 망명길에 오르면서 그녀의 시신 또한 함께 아르헨티나를 떠나 떠돌았던 것. 죽음 이후에도 에비타의 드라마는 계속되었던 셈이다. 페론주의의 부활을 우려한 군부와 민주세력의 반대로 사후 이십사 년 만에야 이 레콜레타에 묻히게 되었다고 한다. 비록 최고권력자의 아내였지만 근본 없는 여자라는 싸늘한 시선은 죽음 이후라고 달라지지 않았던 것이다.

최고의 가문, 최고의 명망가 들만이 묻힌다는 레콜레타 묘원의 벽은 그토록 높았던 것이다. 그러나 오늘날에 와서 이 장엄한 묘원 레콜레타의 주인은 에비타였다. 손에 손에 꽃을 들고 그녀의 묘소로 향하고 있는 수많은 관광객과 아르헨티나의 노동자, 빈민, 여인 들이 그것을 말해주고 있었다. 에비타 혁명은 이 레콜레타에서도 계속되고 있었던 셈이다.

에비타는 잠들지 않는다

때로 삶은 소설이나 연극이 따라잡지 못한다. 에비타의 경우가 그랬다. 그녀는 아르헨티나의 한 시골마을에서 사생아로 태어나 열다섯 살 때 부에노스아이레스로 무작정 상경한다. 미모와 야심의 소유자였던 그녀는 육군대령 후안 페론을 만나고 마침내 영부인의 자리에 오른다. 페론과 함

철의 난초 에비타는 가녀린 양팔과 어깨로 노동자와 빈민, 여성의 삶을 짊어졌다.

께 노동자의 처우개선, 외국자본의 추방, 여성 지위향상과 임금인상 등을 이뤄내 그들의 절대적 지지를 받는다. 이 민중지지의 기반 위에서 무소불위의 힘을 떨치며 유럽과 미국에까지 사교계의 꽃으로 군림한다. 그녀는 그러나 인생의 정점에서 서른네 해의 삶을 접으며 한 떨기 꽃잎처럼 스러져버린다. 꿈같은…… 진실로 지상의 삶은 그러하다고, 지금 에비타의 묘는 말해주고 있었다. 그녀의 묘 앞에 수북한 꽃들이 마치 그녀 생전 열광하던 그 민중들의 아우성과 손짓들로 보인다.

레콜레타. 삶을 사랑하는 만큼 죽음도 가까이 껴안을 수 있어야 한다는 아르헨티나적 삶의 한 방식을 이방인에게 가르쳐준 곳이다. 그 죽음의 집을 나와 나는 다시 부산한 저잣거리로 발길을 옮긴다. 아무래도 이곳에서 삶과 죽음은 일직선상에 놓인 것이기에.

에 비 타　　'에비타'는 '작은 에바'라는 뜻으로 에바 페론(Eva Peron, 1919~ 1952)의 애칭이다. 에비타는 헤네랄 비아몬테에서 태어났고 1935년에 부에노스 아이레스에 왔다. 단역배우로 활동하다가 라디오 연속극에 출연하면서 이름을 조금씩 알리게 되었다. 1944년 산후안 주에서 일어난 대지진 피해자를 돕기 위한 자선행사에서 당시 노동장관이었던 페론 대령과 처음 만나게 된다. 이후 에비타가 출연한 영화가 대성공을 거두자 대중적 인기를 바탕으로 페론의 정치적 활동의 동조자가 된다. 대혁명이 일어난 후 페론과 결혼한다.

　1946년 후안 페론이 대통령으로 당선되면서 에비타는 퍼스트레이디가 된다. 에비타는 시골 청소부의 사생아, 교양 없는 하층민 말투를 쓰는 성우, 매춘부의 과거를 뒤로하고 성녀가 되어 대통령 관저에서 목소리를 내기 시작한다.

　그녀는 1946년부터 1952년까지 한 번도 공식적인 관직에 오르지 않았음에도 큰 정치적 영향력을 발휘한다. 가난한 자들을 위한 구제정책을 펼쳤고 토지를 점유하다시피 했던 상류층의 특권을 박탈하고자 했다. 휴가비 지급, 질병으로 인한 휴직기간 중의 임금지급 등 다양한 제도를 마련했으며 부당해고법 개선으로 기독교 노동조합을 이끌었다. 여성의 권익을 위해서도 노력했다. 1947년 여성의 선거

권을 도입하고 여성 페론당을 창당한다. 에바 페론 재단을 설립해 전국의 자선시설을 감독하고 병원을 설립하고 결핵과 말라리아에 대한 캠페인을 벌이는 등 보건위생제도를 개혁했다. 이렇듯 그녀는 아르헨티나 사람들이 한 번도 누리지 못한 수준의 복지제도 개혁을 통해 노동계층의 우상이 된다.

한편 에비타는 남편의 독재체제를 공고히 했으며 페론의 통치방식을 비판하는 것은 용납하지 않았다. 언론의 자유도 없었다. 그리고 권력의 정점에 있던 1952년 젊은 나이로 세상을 등졌다. 그녀의 마지막 연설 중 한 구절 "아르헨티나여 나를 위해 울지 말아요"는 뮤지컬 〈에비타〉를 통해 전 세계로 퍼져나갔다. 1996년에는 마돈나 주연의 영화 〈에비타〉가 만들어졌다.

아방가르드 탱고의 추억

기념극장 가는 길

"깊어가는 겨울밤 선홍빛 포도주 한 잔을 앞에 놓고 한번쯤 탱고의 진수에 취해보세요. 육체들 사이로 떠오르는 무지개를 보게 될 것입니다."

부에노스아이레스의 심장부 플로리다 거리를 함께 거닐며 교민 H씨는 내게 탱고와 피아졸라에 대해 들려준다.

"다만……" 그가 나를 돌아보며 웃는다. "와인에 취하고 탱고에 취할수록 서울로 가는 비행기는 아득하게 멀어지고 말 것입니다."

실제로 여행자 중에는 탱고에 빠져 떠나지 못한 채 이 도시에 눌러앉은 사람들이 적지 않다고 한다. 하긴 어디선가 읽은 적이 있다. 그 눌러앉은 여행자들이 택시드라이버가 되어 자기와 같은 이방인들에게 단기 탱고 레슨을 해주기도 하는데 이를 '택시댄서'라고 한다는 말을.

인파에 떠밀려 걷는 사이 사이로 극장이며 문화센터 건물들이 경쟁하듯 나타난다. 그중에는 이백 년도 넘는다는 유명한 백화점 파시피코도 보인다.

"이 도시는 영혼과 육체가 가장 잘 조화된 도시입니다."

왜 아니겠는가. 고급 브랜드의 옷가게며 화장품점 사이로 나타나는 서점과 탱고 극장들이 그렇게 말해주고 있었다. 사람들이 빵을 사듯 극장의 티켓을 사고 화장품을 사듯 책을 사는 거리. 그래서 이 거리에 서면 작곡가 아스토르 피아졸라의 이름은 자연스럽게 조르조 아르마니나 피에르 가르뎅 같은 이름과 뒤섞인다.

이야기를 나누는 사이 피아졸라 기념극장이 있는 현대아트센터 건물 앞에 이른다. 자신의 음악으로 세상을 소란케 했던 그의 생애처럼 건물은 활기차고 북적거리는 시장 한곳에 있었다. 20세기 5대 작곡가 가운데 하나로 꼽힌다는 명성이 무색하게, 그의 이름이 붙은 기념관 겸 극장은 주의하지 않으면 지나쳐버릴 정도로 작고 조촐했다. 이 또한 배우의 숨소리까지 잡힐 정도의 작은 극장을 선호했던 피아졸라의 의도를 살린 것은 아닌지.

그의 음반들을 팔고 있는 입구에 들어서자 요요마의 연주로 유명해진 〈리베르탱고〉의 빠르고 경쾌한, 그러면서도 애조 띤 곡조가 귓가에 감겨온다. 벽에는 그가 소년 때 신문팔이로 출연했다는 한 영화의 대형 브로마이드와 장년기의 사진들이 걸려 있다. 모차르트가 저런 모습이었을까 싶게 한결같이 재기 넘치는 표정과 고집스런 눈빛을 하고 있다. 줄무늬 셔츠 같은 요란한 옷을 즐겨 입고 신대륙과 구대륙을 누비며 탱고 폭풍과 탱고 지진을 일으키고 다녔던 풍운아적 면모가 어려 있다.

피아졸라를 규정짓는 단어는 열 손가락으로도 부족하다. 이민노동자의 춤에 불과했던 탱고를 세계화시킨 위대한 작곡가라는 평에서부터 전통 탱고를 부숴버린 불경하고 전복적인 이단자라는 평에 이르기까지, 그에 대한 평가는 늘 극과 극을 달렸다. 생전 그가 택시를 타면 열광자는 요금

대중성과 예술성을 함께 갖춘 탱고는 오늘날 아르헨티나의 주요 관광자원이 되었다.

을 안 받았고 반대자는 승차를 거부했을 정도였다고 하니까.

피아졸라, 탱고를 부수다

탱고는 아르헨티나 사람들에게는 우리의 마당극 같은 것. 이민자들의 애환과 향수를 달래주는 탱고는 핏속에 흘러온 삶의 내력 그 자체이기도 하다. 그래서 누가 시키지 않아도 어둠이 푹신하게 내려앉고 희미한 가로 등이 켜지는 시간이면 노천카페에서건 광장에서건 탱고가 시작된다. 번 듯한 공연장보다 뒷골목 카바레와 댄스홀에서 더 질펀했다.

피아졸라는 그렇게 로컬댄스에 머물러 있던 탱고를 오페라 수준으로 끌어올렸다. 그는 전통 탱고를 클래식에 접목시키는 등의 실험적 창작곡 을 써서 아르헨티나 탱고를 유럽과 미국의 오페라 극장들로 데리고 나갔 다. 그 결과 그의 〈광인을 위한 발라드〉 같은 아방가르드 탱고는 이제 아 르헨티나의 탱고 극장들에서 전통적 레퍼토리가 된 지 오래다.

피아졸라는 약간 짧고 뒤틀린 오른쪽 다리를 가진 채 태어났다. 이 장 애는 스스로 대단한 사람이 되어야 한다는 자기암시의 근원이 되기도 했 고 일생 동안 그의 콤플렉스이기도 했다. 발보다는 귀를 위한 음악을 하 겠다는 그의 신념은 어쩌면 자신의 육체로부터 유발된 것인지도 모른다.

"내게 있어서 탱고는 언제나 발보다 귀를 위한 것이었다."

– 아스토르 피아졸라

그의 생애의 벗은 반도네온. 그의 아버지가 장애를 가진 어린 아들에게

부에노스아이레스에는 예술가들이 모이는 카페가 많다. 카페에 따라 다양한 칵테일이 나온다.

선물했던 이 악기는 평생 동안 그의 음악행로의 나침반이 된다. 뉴욕에서 청소년기를 보낸 후 다시 파리에서의 유학생활을 통해 그는 자신의 음악세계를 정립하고 돌아와 밴드를 결성하여 "들을 귀 있는 자는 들으라"며 당시로서는 혁명적인 음악을 발표한다. 그러나 열정과 관능이라는 탱고의 원형에 고뇌와 철학과 불안의 정서를 더한 그의 음악은 곧바로 스캔들이 되었다. 격렬하고 폭발적인 논쟁이 일어났다. 찬사와 비난, 옹호와 협박, 경멸과 열광의 한가운데로 그는 내던져졌다.

피아졸라, 탱고를 세우다

어린 시절 뉴욕의 마천루와 부에노스아이레스의 자연을 동시에 경험하며 자라난 피아졸라. 이후로 서로 모순되는 것을 결합하는 것이 그의 운명이 되었다. 듀크 엘링턴을 들으며 자란 그는 재즈와 탱고를 결합했고 스트라빈스키와 바흐를 탱고에 접목시킨다. 이 새롭고도 독특한 아방가르드 탱고에 유럽이 먼저 열광하고 카네기홀이 그를 받아들인다. 그리고 맨 나중에 조국 아르헨티나도 문을 열어주었다.

엄청난 다작이었던 그는 삼천여 곡을 작곡해냈다. 차 한 잔을 마시는 동안 곡 하나를 완성하기도 했다. 클래식에서 영화음악에 이르기까지 그의 창작은 거침이 없었다. 평생 비난과 갈채 사이를 비행했던 이 천재는 생애 마지막이 가까워오던 어느 날 한 인터뷰에서 신에게 받고 싶은 선물이 무어냐고 묻자 이렇게 대답한다.

"새처럼 날 수 있는 것."

거슈윈의 음악이 뉴욕의 색깔을 보여주듯 그의 음악은 부에노스아이레스를 상징한다. 그의 선율 속에는 이 도시의 빛과 소리와 색채가 스며 있다. 그의 음악은 폭발하면서 흩어지고, 때로는 심장을 찢을 듯한 음으로 가슴을 파고들며 우리를 어둠침침한 밤의 부에노스아이레스 거리로, 그리고 넓디넓은 라플라타 강의 하구로 데려간다.

그가 꿈꿨던 것은 자신의 음악을 듣는 이들이 반도네온의 선율을 타고 이렇게 새처럼 날아가는 것이 아니었을까.

아스토르 피아졸라　　아스토르 피아졸라(Astor Piazzolla, 1921~1992)는 아르헨티나의 반도네온 연주자이자 탱고 작곡가다. 탱고를 아르헨티나만의 탱고가 아닌 세계적인 탱고로 격상시킨 인물로, 밴드의 리더로 활동하며 삼천여 곡 이상의 작품을 남겼다. 탱고를 클래식화한 그는 재즈를 클래식화한 조지 거슈윈과 비교되어 '아르헨티나의 거슈윈'이라고 불리기도 한다.

1921년 부에노스아이레스의 남쪽 지방 마르델플라타에서 태어난 그는 태어날 때부터 오른쪽 다리가 뒤틀려 있던 장애인이었다. 여러 차례 수술을 거쳐 생활하는 데 지장이 없는 정도가 되었지만 평생 콤플렉스로 작용했다. 이후 피아졸라는 마르델플라타에서 뉴욕으로, 다시 마르델플라타를 오가며 살았다. 피아졸라가 처음 재즈를 접한 곳이 바로 뉴욕이다. 그곳에서 다양한 음악을 접하게 된 그는 이후 부에노스아이레스에서 탱고 편곡과 연주로 생계를 이어간다.

초기에는 클래식 음악을 작곡했으며 작곡대회에서 우승한 것을 계기로 파리 유학길에 올라 탱고 작곡가로 거듭난다. 피아졸라는 시기마다 다양한 형태의 밴드를 결성했다. 반도네온, 피아노, 바이올린, 기타, 더블베이스로 구성된 5중주를 기본으로 6중주, 8중주, 9중주에 이르기까지 다양한 형태를 실험했다. 또한 전자 탱고 밴드를 결성하기도 했다.

피아졸라는 '누에보 탱고', 즉 새로운 탱고를 추구했다. 그의 진보적인 탱고는 사람들의 반감을 샀고 관중들의 야유가 쏟아졌다. 그러던 중 아르헨티나 대통령으로부터 문화사절단으로 미국을 방문해달라는 부탁을 받고 뉴욕 필하모닉 홀에서 연주회를 열었다. 당시 뉴욕타임스는 이들의 연주를 격찬했는데 피아졸라는 자국보다 미국에서 먼저 인정받았다는 사실에 자부심과 동시에 씁쓸함을 느낀다. 그러다 1983년, 콜론 극장에서 공연을 하게 된다. 콜론 극장은 부에노스아이레스에 최초로 세워진 오페라 극장으로 클래식 음악만 연주되던 공연장이었다. 이곳에서 피아졸라가 연주를 했다는 사실은 그가 아르헨티나에서 확고하게 인정받았다는 사실을 말해준다.

그리고 그로부터 7년 뒤인 1990년 파리에서 뇌출혈로 쓰러진 뒤, 1992년 7월 그의 고향 부에노스아이레스에서 숨을 거뒀다.

■ 누에보 탱고의 기수 아스토르 피아졸라의 기념극장.

육 체 로 쓰 는 시

온몸으로 쓰는 시, 탱고

탱고를 '육체로 쓰는 가장 아름다운 시'라 했던가.

온몸으로 쓰는 그 시의 온도는 몇 도쯤이나 될까.

공연 위주의 탱고 극장이나 춤을 추기 위한 탱고바는 물론이고 간혹 거리에서 햇살을 받으며 탱고를 추는 커플들을 보고 있노라면 새삼 내가 탱고 도시의 문맹처럼 느껴진다. 부에노스아이레스에서는 광장을 거니는 사람들의 걸음걸이도, 나무에 기대서서 뜨거운 눈길을 주고받는 연인들의 실루엣도 모두 탱고의 한순간처럼 보인다. 도처에서 나그네의 정처 없음을 붙잡아주는 탱고의 선율들과 만나게 되는 것이다.

탱고의 동반자, 탱고의 영혼으로 일컬어지는 반도네온.

탱고의 두 기둥 미켈란젤로와 콜론 극장

이탈리아 이민자들이 세운 도시답게 이곳에는 이탈리아 문화들도 함께 이민을 와 있다. 유서 깊은 탱고 극장에 미켈란젤로의 이름이 당당히 붙어 있는 것이다. 너무도 먼 곳에 있는 고향에 대한 그리움을 그런 식으로 달랬던 것일까.

일 년 열두 달 연중무휴로 갖가지 공연과 문화행사가 열린다는 이곳에서는 시당국이 매달 찍어내는 문화행사 책자만도 백 페이지를 넘는다 하니 그 저력을 알 만하다. 우리보다 먼저 IMF를 겪었고 대량실업과 살인적인 인플레를 겪으면서도 산텔모 거리의 탱고 극장들은 결코 문을 닫은 적이 없다고 한다. 삶이 어려울수록 위로와 꿈을 찾는 민초들로 극장은 성시를 이루었다는 것. 먹고살 만해야 그다음에 예술을 생각한다는 통념은 부에노스아이레스에서는 여지없이 전복된다. 삶의 신산한 고통과 외로움이 가중될수록 예술을 향한 집중력이 가열화되는 것이다.

고풍스런 건물들로 이루어진 탱고 극장들 중에서도 극장 미켈란젤로와 극장 콜론은 탱고와 오페라를 떠받치고 있는 두 개의 기둥이다. 삼천 석이 넘는 객석을 갖춘 콜론 극장은 세계적인 오페라 극장의 하나로 꼽힌다. 그에 반해 플로리다 165번지의 뒷골목 미켈란젤로는 아담하고 단아한 탱고 전용극장이다. 불세출의 탱고 가수 카를로스 가르델을 비롯하여 무수한 탱고의 별들이 이곳을 스쳐갔다. 원래 이 건물은 유서 깊은 산토도밍고 수도원 건물의 한 자락. 경건과 거룩의 상징인 영혼의 집이 농염한 탱고 공연의 무대가 된 것은 역설적이다. 하긴 수도원이나 탱고 극장이나 고단하고 지친 삶을 위로해주는 장소이긴 하지만.

17세기에 지어진 건물들과 옛 흑인 노예들이 깔았다는 돌길에는 그대

남녀가 뒤엉켜 추는 탱고는 한때 유럽에서 부도덕한 춤으로 낙인찍혀 수입이 금지
되기도 했지만 이제는 아르헨티나를 넘어 세계의 춤이 되었다.

로 역사의 체취와 흔적이 배어 있다. 마차를 타고 온 귀부인들이 좋아하는 탱고 가수를 만나보기 위해 이 돌길 위에서 공연이 끝나고도 돌아가지 않았다니 그 옛날의 우아한 오빠부대의 모습을 상상하기 어렵지 않다.

돔 형태의 이 유서 깊은 벽돌건물에 들어서니 가장 먼저 눈길을 끄는 것이 있다. 조명을 받으며 박물관의 유물처럼 전시되어 있는 오래된 반도네온 하나.

반도네온은 탱고의 영혼, 탱고의 성감대로 불릴 만큼 탱고와는 뗄 수 없는 악기다. 아코디언을 닮았지만 그보다는 훨씬 복잡한 구조로 이루어져 있다. 네모난 긴 주름상자 양끝에 단추 형태의 건반을 갖춘 이 악기는 자신만의 독특하고도 매혹적인 음색을 갖고 있다. 들고 다닐 수 있는 오르간 개념으로 만들어진 이 악기 역시 이민자들과 함께 배를 타고 왔다. 어둡고도 우수에 차 있어 듣는 사람의 마음속에 내재된 슬픔과 단숨에 공명해버린다는 악기. 식량과 갖가지 생필품만으로도 벅찬 짐더미 위에 반도네온을 얹어온 사람은 누구였을까. 빵으로는 해결되지 않는 위로가 필요한 순간이 오리라는 걸 알았던 그 사람은.

지상에서 가장 짧은 연애

공연장. 붉은 조명의 무대가 스멀스멀 움직이기 시작한다. 밤이 깊어가고 실내는 춤, 노래, 연주로 취해간다. 바이올린, 콘트라베이스, 클라리넷, 반도네온과 피아노의 6인조 오케스트라의 주요 멤버는 거의 칠십 대의 노인 주자들이다. 그러나 〈탱고 프리미티보〉 서막이 연주되자 조각 같은 몸매의 젊고 잘생긴 남녀 댄서 탱게로와 탱게라 들이 우르르 나온다.

무대는 아연 그 싱싱한 육체들이 뿜어내는 열기와 빛으로 타오른다. 검은 턱시도, 기름을 발라 넘긴 머리에 살짝 얹힌 중절모, 반짝이는 검정 구두의 탕게로와 육감적 몸매를 아슬아슬 드러내는 검은 드레스에 선혈빛의 하이힐을 신은 탕게라. 저 도저한 관능성이라니. 온몸으로 추지 않는 춤이 있으랴마는 탱고는 서로를 바라보는 눈빛으로 시작한다. 눈빛 안에 유혹과 관능, 격정과 한숨, 슬픔과 원망, 이 모든 것이 담겨 있다. 뜨겁게 얽혀들었다가 싸늘하게 흩어지는 그 눈빛 속에 인생이 녹아들어 있다. 눈물과 이별, 고통과 슬픔마저도 향연이 된다. 길게 찢어진 스커트 아래서 뻗어나온 다리가 탕게로의 다리를 휘감았다가는 스르르 풀어준다. 마리아노 모레스의 애조 띤 음악 속에서 두 몸이 한 몸인 듯 절묘하게 어울렸다가 안타깝게 멀어질 때면 보는 사람의 가슴이 다 아릿해진다.

끈적끈적한 액체 속을 유영하는 듯하던 춤은 〈탱고 컨템퍼러리네오〉 〈판타지아 탱고〉로 숨가쁘게 이어진다. 그러다 어느 순간 산화하는 꽃잎처럼 스러진다. 보는 사람마저 끝없이 목마르게 한다. 청춘의 연애가 그러하듯. 탱고를 왜 '지상에서 가장 짧은 연애'라 부르는지는 눈앞에서 펼쳐지는 공연을 보고 나서야 이해하게 된다. 미켈란젤로의 탱고는 자정을 훌쩍 지나서야 끝이 났다. 밖으로 나와 하늘을 올려다보니 어두운 하늘 가득 남반구의 별들이 꽃잎처럼 뿌려져 있다. 하늘로 비상한 탕게로와 탕게라의 별들인가. 탱고의 노랫말처럼 세월은 또 그렇게 가고 있었다.

반도네온　　탱고를 이야기할 때 빼놓을 수 없는 것이 '반도네온'이다. 값이 비싼 오르간을 대신할 값싼 대용품으로 만들어진 반도네온은 넓게는 아코디언의 일종이라고도 볼 수 있다. 1830년경 독일에서 교회의 종교음악을 연주하기 위해 처음 생겨났고 그후로도 독일에서 주로 생산되었지만, 19세기 후반 독일계 남미 이주민들에 의해 아르헨티나로 전파된 이후 탱고의 대표 악기로 떠오르면서 지금은 아르헨티나 전통악기로 인식되고 있다.

　　반도네온은 양손에 쥐고 폈다 오므렸다 하면서 소리를 내는 게 아코디언과 비슷하다. 하지만 아코디언보다 연주하기는 더 어렵다고 한다. 아코디언은 밝고 날카로운 소리를 내는 반면 반도네온은 어둡고 부드러운 소리를 낸다. 탱고는 반도네온 특유의 풍부하고 애절한 음색과 아주 잘 어울리는 음악이다. 반도네온의 소리를 극대화한 탱고 연주자의 선두에 피아졸라가 있다. 그는 "반도네온을 연주하다가 죽고 싶다"고 말했다고 한다.

　　아코디언과 가장 큰 차이점은 겉모습이다. 아코디언의 오른쪽에는 흑백 건반이, 왼쪽에는 누름단추들이 배치되어 있는 것과 달리 반도네온은 양쪽 모두 누름단추로 이루어져 있다.

1970년대에 독일에서 반도네온 제조가 중단된 이후 아르헨티나, 브라질 등에서 반도네온의 제작을 본격화하려는 움직임이 있었다고 전해지지만, 현재까지 아르헨티나 내에서 반도네온이 대규모로 제작된 경우는 찾아볼 수 없다. 복잡하고 손이 많이 가는 제조과정을 거쳐야 하는 반도네온은 고가의 수공예품이다. 그 때문에 유명한 연주가들이 후진들에게 자신의 악기를 물려주는 것이 아르헨티나 탱고계의 전통이기도 하다. 피아졸라가 연주했던 반도네온도 젊은 시절 그의 음악적 재능을 인정했던 당대 최고의 전설적인 연주가로부터 물려받은 것이라고 한다. 이는 1940년대 말부터 나타나는 탱고의 쇠퇴, 반도네온 연주자의 격감 등과 밀접한 관련이 있다.

■ 탱고 전용극장 미켈란젤로.

지상에서 가장 화려한 동네

삶이 고달플수록 더 강렬해지는 색과 춤

버려진 폐선과 고철 더미 들이 수북이 쌓여 있는 항구. 바람이 불면 누런 흙먼지가 강의 하구로 우우 몰려간다. 적막하고도 스산한 이 풍경을 등지고 돌아서면 거기 지상에서 가장 화려한 동네가 나타난다. 이름하여 라보카. 탱고의 탯자리, 탱고의 자궁으로 알려진 곳이다.

이탈리아인들에겐 색채의 감각이 유전자에 새겨져 있는 걸까. 빨주노초파남보. 원색의 패널 집들, 골목길 카미니토는 흡사 무지개를 잘라서 턱턱 붙여놓은 듯하다. 거인국의 베네통 매장 풍경이 이러하지 않을까. 이민자들이 고단한 첫 짐을 풀었다는 푸에르토 마데로 항. 적막하고 스산한 이 부두는 언젠가부터 원색의 옷이 입혀지면서 전혀 다른 모습으로 태어난다. 원색이 내뿜는 저 기운들은 장엄하기까지 하다. 현란한 색깔들은 처음엔 풍경을 바꾸고, 마침내 '가난쯤이야' 하고 말하듯 삶마저 바꿔버린다. 무기력과 우울은 환희와 기쁨에 자리를 내준다. 이곳에서 가난은

224

여전히 현재진행형이지만 주민들은 그들 집의 벽처럼 환한 색채로 웃을 줄 안다.

그리고 탱고. 라보카는 이탈리아 남부에서 온 하층 이민자들이 처음 뿌리를 내린 곳이다. 탱고는 원래 부두노동자와 도살업자, 그리고 매춘부들이 거칠고 고단한 하루의 끝에 어울려 추던 춤이었다. 음란하고 야만적인 춤이라며 교황은 격노하여 금지령을 내렸지만, 이민자의 외로움을 달래는 제의의 춤처럼 탱고는 밤마다 불길처럼 타올랐다.

색色과 춤. 이 둘은 어쩌면 현실의 삶이 남루하고 고달플수록 더 강렬해지는 것 같다.

색채의 성자

화가 베니토 킨케라 마르틴Benito Quinquera Martin. 그는 색의 성자다. 황량한 무채색의 보카 거리에 어느 날 그가 작업복에 팔레트를 들고 나타났다. 우중충한 집과 골목에 그의 붓이 지나가면 그곳은 거대한 한 송이 꽃으로 다시 피어났다. 잊힌 유물처럼 버려지다시피 했던 거리에 생기가 돌았다. 흙먼지 풀풀 날리던 거리에 사람들이 몰려들기 시작했다. 라보카는 초창기의 명성을 되찾으며 탱고의 거리로 다시 태어난다. 부에노스아이레스판 명예의 전당인 카페 토르토니에는 화가로는 유일하게 그의 초상 조각이 있다. 원색의 거리를 걸어가자니 그의 목소리가 들리는 듯하다.

'너희가 진실로 색을 아느냐?'

해가 지면 춤이 시작되고

라보카의 어느 집이건 삐걱이는 계단을 올라가면 비좁은 방들마다 고달픈 이민의 역사가 복원되어 있다. 연립주택 벽에는 강 쪽을 바라보며 향수에 젖은 사내며, 달빛 아래 탱고를 추고 있는 남녀의 부조나 밀랍인형 들이 보인다. 라보카에서의 탱고는 우리 식으로 보자면 한바탕 질펀한 마당극과도 같다. 조명도 무대도 없이 고단한 삶의 현장에서 추던 탱고. 라보카에서의 탱고는 예술이 아니라 그냥 그대로 삶의 한 순간이다.

해가 지자 라보카의 거리에 탕게로스들이 모여든다. 저만치 노천카페에서 춤이 시작되고 하얗게 분장을 한 사내가 팬터마임을 하는 모습도 보인다. 선술집 앞에는 기타를 멘 사내들이 하나둘씩 모여든다. 거리는 일순 술렁거리며 달아오른다. 새빨간 숄을 걸친 할머니, 빨간 나비넥타이를 맨 할아버지들이 산책을 나온다. 빨간 바지마저도 어색하지 않다. '인생은 불타오르는 것이야, 새빨갛게.' 누군가 그렇게 속삭이는 것 같다.

라보카에 황혼이 내리면 현실은 가물가물 멀어진다. 거리의 탱고는 공연장의 탱고와는 전혀 맛이 다르다. 훨씬 거칠고 도발적이다. 그러나 춤의 품새만은 자로 잰 듯 정확하다. 검은 스커트 사이로 드러나는 여인의 허벅지와 발꿈치에 걸린 유리공예품 같은 빨간 하이힐에 사람들의 시선이 머문다. 기름진 검은 머리의 남자는 그녀를 깃털처럼 가볍게 다룬다. 그 곁에서 반도네온을 연주하는 노인은 바로 이 거리에서 어제인 듯 춤추고 사랑했던 자신의 모습을 회상하는 것일까. 시종 눈을 지그시 감고 있다.

그 풍경에 빠져 있는 내 옷소매를 누군가 잡아끈다. 삼 분짜리 탱고 교습을 해주겠다는 것. 건너편에서 화려한 옷을 입은 육감적 몸매의 여성이 손을 흔든다. 처음 서울 구경을 하는 시골소년처럼 뻣뻣한 몸짓의 나를

탱고 레슨. 라보카에서는 관광객을 위한 길거리 탱고 레슨이 이루어진다.

이끌어 그녀는 능숙하게 몇 개의 포즈를 가르쳐준다. 새빨간 입술과 분냄새에 아득해져 자동인형처럼 움직이다보니 어느새 교습 끝. '육체로 쓰는 가장 아름다운 시'에는 이르지 못했지만 평생 가장 짧고 화려한 춤을 춘 셈이다.

춤의 종착역이라는 탱고. 그 탱고는 춤으로만 끝나는 법이 없다. 탱고는 사람들 개개인이 안고 있는 상처를 대신 보여준다. 격정과 사랑, 상실과 후회의 인생을 이야기한다. 그래서 처음에는 너나없이 무용수의 현란한 몸짓에 빠져들지만 마음속으로는 제 삶의 화두 하나씩을 붙잡고 돌아보게 된다. 그대 사랑을 잃고 있는가, 치유되리라. 쓰라린 상실로 괴로운가, 탱고가 그대를 위로하리라.

라보카 거리는 우울을 용서하지 않는다. 햇빛 쏟아지는 날에는 화사한 원색의 거리가, 석양의 시간에는 거리의 탱고가 헛된 지식과 우울한 사색을 흔적 없이 날려버린다. 내 생에 다시 탱고를 추는 시간이 있으랴만 춤을 추는 그 순간, 삶의 남루함이 비늘처럼 떨어져나가던 기억만은 영원히 남아 있을 것이다.

춤의 종착역, 탱고   탱고는 부에노스아이레스에서 생겨났다. 볼룸 댄스의 일종으로 1880년대에 발생했으며 초기에는 4분의 2박자의 빠른 리듬이었다. 람바다나 살사에 비하면 노골적인 신체 접촉은 없는 편이지만 현란한 다리 동작으로 일명 '다리 사이의 전쟁'이라고 불리기도 한다.

탱고는 라보카 지구나 도시 변두리 빈민촌의 이민자들과 하층민들 사이에서 인기를 누렸다. 가족들을 두고 홀로 떠나온 남성들이 많았던 사회환경 탓에 남녀가 춤추는 것을 보고 즐길 수 있는 곳은 항상 사람들로 넘쳤다.

탱고는 1890년과 1920년 사이에 유럽으로 빠르게 퍼지며 대중예술의 한 장르로서 자리잡게 된다. 독일계 악기인 반도네온과 바이올린 한 쌍, 피아노, 베이스 등으로 연주단을 구성한다. '탱고의 해'라고 일컬어지는 1913년을 계기로 전 세계는 탱고 열풍에 휩싸인다. 국제적 성공 이후 1920년부터 약 삼십여 년간 탱고는 아르헨티나에서 또 한 번 전성기를 맞이한다. 탱고 음악은 가장 사랑받는 대중음악으로 자리잡았으며 탱고를 소재로 한 영화가 만들어지기도 했다.

탱고와 함께 사랑받은 아르헨티나의 가수 카를로스 가르델은 '탱고의 아버지'로 불리기도 한다. 1890년 프랑스에서 태어난 그는 어머니를 따라 부에노스아이레스로 이주한 이후 1913년부터 본격적으로 가수 활동을 시작한다. 1913년을 '탱고의 해'라고 부르는 이유가 바로 카를로스 가르델 때문이다. 그의 노래는 탱고 음악의 새로운 기준이 되었다. 카를로스는 1923년부터 1933년까지 영화에도 출연하는 등 활발한 활동을 계속하다가 1935년 콜롬비아에서 비행기 사고로 객사했다.

이후 1970년대 유럽을 휩쓸었던 탱고 붐과 함께 아스토르 피아졸라가 주도한 아방가르드 운동, 즉 재즈와 클래식을 접목한 신 탱고 운동 등이 그 뒤를 잇고 있다.

탱고의 발상지라고 할 수 있는 부에노스아이레스의 라보카는 오래된 연립주택 동네를 한 화가가 설치미술처럼 원색으로 칠해 이제는 세계적인 관광명소가 되었다.

■ 탱고의 발상지 라보카.

신의 정원에서 노래하는 사람

팜파스, 하늘과 맞닿은 신들의 정원

거칠 것 없는 태양 아래 한가하게 풀을 뜯는 소떼, 대지의 젖어미 라플라타 강, 바람이 불어오면 일제히 몸을 뒤채며 빛을 발하는 초록의 풀. 안데스 산맥의 얼음이 녹아 흐르는 청옥빛 물줄기에 적셔진 대초원 팜파스는 그대로 신의 정원이었다.

그러나 이 거대한 정원의 자락에 깃들어 사는 사람들의 삶은 그다지 목가적이지 못한 것 같다. 국민 수보다 많다는 소떼를 보살피며 들판에서 밤을 보내야 하는 목동들의 고단함과 외로움은 그들만의 노동요를 만들어냈다. 안데스 산맥 기슭에 기대어 사는 원주민 인디오들 역시 제국주의의 말발굽 아래 생의 터전을 위협받으며 힘든 나날을 이어가야 했다.

이 초원의 나라 아르헨티나에 왔다면 '아사도'를 먹어봐야 한다. 야영하며 소를 키우는 목동, 가우초들이 들판에서 고기를 구워먹는 데서 유래했다는 이 음식은 별다른 요리비법이 없다. 그저 쇠고기를 특별한 소스나

아르헨티나의 대초원 팜파스는 유판기 노래의 근원이었다.

양념 없이 굽는 것이다. 무슨 맛으로 먹느냐고 묻는다면 고기맛으로 먹는다고 할 수밖에. 그러나 팜파스가 키워낸 소는 특별한 맛을 지녀, 그냥 굽기만 해도 특유의 맛이 일품이다. 게다가 숫제 세숫대야만한 걸 가져다주니 아르헨티나에선 물리도록 먹을 수 있는 게 쇠고기다.

팜파스가 아르헨티나 사람들에게 준 축복은 쇠고기만은 아니다. 팜파스에 부는 바람은 그들의 마음속으로 흘러들어와 노래를 만들었고, 갈대 구멍 속을 지나 영혼의 소리를 구현하는 피리가 되었다. 부에노스아이레스에 백인 중심의 탱고 문화가 꽃피었다면, 팜파스에서는 인디오의 역사와 삶에 뿌리를 둔 민속음악이 들풀처럼 피어나 척박한 그들의 삶에 녹아든 슬픔과 애환을 대신 노래해주었다.

햇빛과 물과 바람의 노래

이 팜파스의 바람 소리를 노래로 되살려낸 인디오가 있다. 팜파스의 음유시인 아타우알파 유판키. 아르헨티나에 오면 햇살과 바람 속에서도 공기처럼 그의 노래가 묻어난다. 팜파스가 키워낸 소처럼 그는 아르헨티나의 물과 바람과 햇살이 키워낸 가객이다. 안데스 산맥의 척박한 인디오 마을에서 자라난 유판키는 어린 시절 아버지를 잃고, 밑바닥 삶을 체험하면서 인디오의 현실과 슬픔, 그리고 고뇌에 눈뜨게 된다.

그는 바람이 땅에서 솟아나는 모든 소리와 인간과 자연이 내는 진실의 소리들을 보이지 않는 커다란 마법주머니에 빨아들였다가 그 주머니가 너무 무거워 그만 터져버릴 때, 하늘 가득 쏟아져내리는 것이 노래라는 동화 같은 말을 했다. 그에게 노래하는 자는 바람의 소리를 들려주는 자

가객 유판키. 아르헨티나의 바람과 초원과 삶을 노래하는 그는 가장 아르헨티나적
인 가수였다.

였다.

확실히 소박한 기타 선율과 웅얼거리는 듯한 목소리는 광막한 대초원 팜파스를 지나는 바람 소리를 닮았지만, 그의 현실적 생은 그리 서정적이지 못했다. '기타는 총, 노래는 총알'이라는 슬로건을 내건 누에바 칸시온(새로운 노래) 운동을 통해 정치 현실에 대한 저항운동을 펼쳤던 유판키는, 그가 사랑했던 팜파스가 아니라 세계를 유랑하는 망명자의 삶을 살아야 했다.

이름의 운명

사람의 이름이란 운명을 가리키는 손가락일까.

엑토르 로베르토 차베로라는 본명 대신 그 스스로 지은 이름인 아타우알파 유판키는 스페인 정복자에 대항해 마지막까지 싸우다 처형된 잉카 최후의 황제 이름이며, '멀리 와서 노래하는 사람'이라는 뜻을 지녔다. 그 스스로 자기 음악과 자신이 걸어갈 길을 예감하고 있었던 것처럼.

페론 정권 때 국외 추방되어 기타 하나 달랑 들고 파리로 간 유판키는 에디트 피아프와 공연하게 되면서 유럽 사회에 그 이름을 알리게 된다. 처음 접하는 라틴 음악의 신비한 매력에 빠져든 유럽에서 열광적인 사랑을 받지만 그는 내내 척박한 고향땅의 바람 소리를 그리워하다 프랑스에서 눈을 감게 된다.

멀리 와서 노래한 사람

늦은 밤, 우리네 오래된 시골다방 같은 낡은 카페에 들러 그의 노래를 듣는다. 아날로그적인 기타 연주, 중얼거리듯 낮은 목소리. 가사를 몰라도 가슴에 닿아오는 멜로디의 서정성. 유판키의 노래를 듣고 있자니 자연스레 김민기의 노래가 떠올랐다. '검푸른 바닷가에 비가 내리면 무엇이 하늘이고 무엇이 물이요⋯⋯'로 이어지던.

그들의 노래는 음유시인의 낭송처럼 들리고 시대의 아픔을 다루면서도 보편적인 서정을 잃지 않았다는 공통점을 지니고 있다.

열광과 환호에 휩싸이며 망명지를 떠돌다 생을 마감했던 가객 유판키. 그가 가장 원했던 것은, 이곳으로 돌아와 거친 살갗에 따가운 햇살을 받고 맨발로 초록 풀을 밟으며 노래하는 것이 아니었을까.

기타는 유판키의 누에바 칸시온 운동에서 없어서는 안 될 무기였다. 그의 혼이 육
화肉化된 악기 이상의 그 무엇이었다.

음 유 시 인   아 타 우 알 파   유 판 키   아타우알파 유판키(Atahualpa Yupanqui, 1908~1992)는 아르헨티나의 민속가수로 아르헨티나 민속음악을 현대적으로 발전시켜 아르헨티나 음악의 시초를 닦았다고 일컬어진다.

팜파스에서 태어난 유판키는 열일곱 살 때 부모를 따라 투쿠만에 정착하면서 안데스와도 교감을 나누게 된다. 유판키는 투쿠만에 십 년 이상 거주하면서 본격적으로 민속음악인의 길에 접어들었고, 그 시절에 만든 〈투쿠만의 달〉은 국민적인 애창곡이 되었다.

23개 주로 이루어진 아르헨티나에서 투쿠만은 두번째로 작은 주다. '아르헨티나의 정원'이라고 불릴 정도로 자연경관이 수려한 곳으로, 아열대 기후에서 온대 기후까지 다채로운 기후대와 자연풍광을 볼 수 있다. 부에노스아이레스에서 버스로 스무 시간 이상 가야 하는 이곳은 원주민들이 많이 살던 지역이라 안데스 음악이 많이 남아 있는 곳이다. 유판키는 교통이 발달하기 전 최후의 음유시인처럼 아르헨티나 팜파스와 안데스를 돌아다녔다.

아르헨티나에는 초원지대인 팜파스만 있는 것이 아니다. 서쪽과 북쪽에는 굉장히 험준한 안데스가 있다. 유판키는 안데스와 팜파스를 오가며 그곳을 오가는 사람들의 정서를 두루 포괄하게 된다. 팜파스의 정서를 안데스의 정서와 접목시킨 민속음악으로 투쿠만에서 자신만의 음악을 펼칠 수 있었던 유판키는 그렇게 민속음악으로 시작해 명성을 얻는다.

1960년대 아르헨티나의 가수들은 정권에 의해 추방당했고, 세계 각지를 돌며 망명생활을 해야 했다. 그러나 이를 계기로 유판키는 전 세계에 알려졌고 라틴아메리카의 정신을 전 세계에 알린 그의 귀국 공연은 영원히 잊지 못할 라틴아메리카 전 민중의 축제가 되었다.

1967년, 체 게바라가 볼리비아에서 체포되어 처형당했을 때 유판키는 노래로 그를 추모했다. 정치를 직접적으로 노래에 담지 않던 그로서는 이례적인 일이었다. 그는 이렇게 노래했다. "다시 태어나려고 죽는 사람이 있지. 믿지 못하겠으면 체에게 물어보라."

4장

브
라
질

삼바드로모의 카니발은 나흘 동안 눈뜨고 꾸는 황홀한 꿈이다. 그날을 기다리며 일상의 누추함을 견디고, 그날을 준비하며 생의 환멸을 잊는다. 그리고 카니발이 끝나면 그 나흘간의 환희와 열정을 반추하며 다시 일상을 버텨나가는 것이다. 돌아올 카니발을 기다리며.

인생의 바다, 춤의 해일

죽어도 좋아

여행이란 제 마음속의 환상을 찾아가는 것. 환상의 속성이 그러하듯 대개 여행지에서 우리는 짐작과는 다른 현실을 마주하게 된다. 리우데자네이루에 대해 나는 어떤 환상을 품고 떠나왔던가. 코파카바나 해변에 가면, 햇살보다는 토플리스 차림으로 해변을 활보하는 아가씨들 때문에 눈이 시릴 것이라던 지인의 추천사와는 달리 해변의 여성들은 모두 비키니를 단정하게(!) 차려입고 있었다. 오히려 안내해주던 교민 K씨는 무교동에 있던 클럽 '코파카바나'의 안부를 물어온다. 물좋기로는 그만한 곳이 없었다며.

그리고 카니발.

카니발이야말로 여행자의 환상과, 현지인의 환상이 말 그대로 환상적으로 얽혀드는 축제다. 참여하는 사람과 구경하는 사람 모두의 오감을 자극하는 이 축제는 어차피 현실과는 대척점에 있는 환상의 풍경이다.

해변의 도시 리우데자네이루의 인상.

그래서인지 이 카니발에는 부유층보다는 빈곤층의 참여가 절대적으로 많을 수밖에 없다. 코르코바도의 예수상 뒤편에 펼쳐진, 파벨라라고 불리는 세계 최대 빈민촌의 삶은 상상 이상으로 가혹하다. 철거할 때가 한참 지난 듯한, 최소한의 기반시설도 되어 있지 않은 그 열악한 곳에서 아이들은 굶주리며 자라나고 다시 가난의 굴레 속으로 들어가야만 한다. 브라질에서 노예제가 폐지된 지 백 년이 더 지났지만, 기층민의 삶의 수준은 나아진 것이 없다. 열심히 살다보면 좋은 날이 올 것이라는 희망 같은 건 고된 삶의 틈바구니에서 슬며시 사라져버린다. 현실을 바꿀 힘이 없는 그들에게 카니발은 꼭 나흘 동안 눈뜨고 꾸는 황홀한 꿈이며 환상이다. 카니발을 기다리며 일상의 누추함을 견디고, 카니발을 준비하며 환멸을 잊는다. 그리고 카니발이 끝나면 그 나흘 동안의 환희와 열정을 반추하며 다시 일상을 버텨나가는 것이다. 돌아올 카니발을 기다리며.

카니발 기간 동안 그들은 그야말로 목숨을 걸고 논다. 광란의 퍼레이드 도중 무수한 사고가 발생하고 많은 사람들이 죽거나 다치지만 누구도 그런 것에 개의치 않는다. 브라질판 '죽어도 좋아'라고나 할까.

고된 삶의 무게를 이겨낸 이민자들의 한판 축제

삼바드로모. 해마다 삼바 경연대회가 열리는 그 거리를 찾아가면서 K씨가 말한다. "한국에서 오신 분들 중에는 삼바 축제 때 무희들이 정말로 가슴을 다 드러내고 춤추는지부터 묻는 분들이 있습니다. 이파네마나 코파카바나에 가서 옷 벗은 미인들부터 찾듯 말입니다." 속으로 뜨끔해져 있는데, 삼바에 대한 그의 강의가 자못 진지하다. 그는 무엇보다 먼저 지

화려한 의상과 장신구로 치장한 카니발의 무희.

상에 펼쳐진 무지개처럼 극한의 화려함 뒤에 숨어 있는 고통과 슬픔, 한과 저항의 몸짓에 대해 설명한다. 노예선을 타고 짐승처럼 끌려온 흑인들은 사탕수수 농장과 커피 농장에서 하루종일 몸이 부서질 듯 일해야 했다. 밤이면 떠나온 고향에 대한 그리움과 배고픔과 고된 피로가 밀려왔다. 고향에서 가져온 타악기에 맞추어 춤을 추면서 그들은 낯선 대륙에서의 삶의 무게를 이겨내었다. 그 춤과 음악이 삼바가 되었다는 것.

사순절 직전 열리는 삼바 행렬이 해일처럼 휩쓸고 간 삼바드로모는 적막하다. 이 거리는 다만 일 년에 나흘 동안 열리는 카니발을 위해 만들어진 거리다. 관람객을 위한 스탠드는 비어 있고 용암처럼 열기가 흘러내렸을 거리도 텅 비어 있다. K씨는 일 년 내내 삼바 공연을 볼 수 있는 삼바극장 플라타포르마로 아쉬워하는 나를 이끈다.

그 밤의 삼바

공작이 울고 갈 화려함이다. 어느 제후도 써보지 못했을 크고 화려한 관, 번쩍거리고 치렁거리며 온몸에 휘감긴 장신구, 깃털과 스팽글로 장식된 의상, 큼직한 이목구비를 더욱 과장하는 분장 수준의 화장. 웬만한 힘이 아니고서는 거저 주어도 입지 못할 만큼 옷과 장신구의 무게는 만만찮아 보인다. 카니발 시즌이면 전 세계에서 몰려드는 관광객들로 숙소를 구하기가 어려울 지경인데, 그들은 저 화려한 깃털과 반짝이 의상 뒤의 슬픔과 고통의 의미를 살짝 엿보기나 하고 가는 걸까.

공연을 끝낸 무희는 사진을 찍으라며 내 팔을 자신의 허리에 두르고는 활짝 웃어준다. 그 흑갈색 허리는 온통 물벼락을 맞은 듯 땀투성이다.

늦은 밤 밖으로 나오니 리우의 밤에 보름달이 떠 있다. 해변에, 고층건물에, 빈민가 위에도 달빛은 골고루 뿌려진다.

내가 품고 왔던 삼바의 환상은 무엇이었고, 현실은 무엇일까.

대학 시절, 사간동에 있던 프랑스 문화원에서 〈흑인 오르페〉라는 영화를 본 이후 카니발은 내 안의 환상으로 자리잡았다. 백자처럼 흰 피부의 신화 속 인물 오르페우스만 알고 있던 내게 그 영화는 충격이었다. 고단한 전차 운전기사인 갈색 피부의 오르페, 그의 연인 에우리디케, 천상에서 지상으로 훌쩍 내려와버린 그 신화 속 인물들을 영화가 끝날 때까지 집요하게 따라다니는 죽음의 가면, 영화의 배경이 되는 카니발의 풍경과 타악기의 리듬. 왜 화려한 축제 내내 그토록 죽음의 신은 집요하게 그 젊은 연인들을 쫓아다녔을까. 리우의 밤거리에서 나는 그 해답을 조금은 알 것 같기도 하다.

카니발은 한판 굿이다. 나흘간 혼신을 다해 놀고 나면, 모든 것이 사라진다. 그 덧없음, 그게 삶이다. 그렇게 한 번씩 비워내지 않고서야 어떻게 생을 견디겠는가.

삼바 카니발　　카니발은 포르투갈의 가톨릭 문화와 아프리카의 토속문화가 브라질에서 결합된, 라틴아메리카 대중문화의 정수다. 브라질 사람들은 나흘간의 축제기간 중에 카니발에 완전히 몰입한다.

　카니발은 회개하며 예수의 부활을 기다리는 사순절이 시작되기 전 며칠간 벌어졌던 축제에서 유래했다. 지금도 삼바의 도시 리우데자네이루에서는 매년 사순절을 앞두고 나흘 밤낮을 가리지 않고 카니발 경연대회가 열린다. 포르투갈에서 이 축제는 '엔트루두'라고 불렸으며 마을 주민들이 광장에서 밀가루와 물을 던지며 술과 음식을 즐기는 데서 시작했다.

　이후 브라질로 옮겨와 19세기가 끝나갈 무렵에는 춤과 음악이 브라질 사회에 널리 퍼지게 된다. 브라질의 대표적인 대중문화상품이 된 것이다. 드럼과 호루라기 등으로 구성된 악단과 앙골라에서 기원한 춤 룬두는 삼바라는 이름으로 다시 태어난다. 동시에 카니발의 중심은 아프리카 문화권의 빈민가로 옮겨간다.

　시간이 지나 음악과 춤의 중요성이 부각되면서 리우데자네이루의 시내를 행진하는 카니발 조직들이 많이 생겨난다. 이들은 매년 카니발이 열리면 화려한 복장의 무희들과 연주단을 내세워 그해의 주제에 맞는 춤과 노래를 직접 만들어 대규모 퍼레이드로 선보인다. 카니발 퍼레이드는 단순한 축제가 아닌 엄연한 경쟁이기도 하다. 또한 전파를 타고 전 세계로 중계되면서 이제는 국제적인 오락 프로그램으로 성장하기도 했다.

이렇게 음악과 춤이 어우러진 카니발은 사회계급의 경계가 잠시나마 무너지는 기간이다. 그리고 일 년에 한 번 사회적으로 팽배한 긴장을 폭발시키는 분출구이기도 하다.

도시의 피라미드

외롭고 목마른 자여

미지의 땅을 처음 밟는 여행자의 눈에는 그곳의 모든 것이 경이롭고 위대해 보인다. 오죽했으면 꿈꾸던 이탈리아를 여행한 괴테가 이렇게 말했을까. "이탈리아의 모든 것은 위대하다. 유곽마저도."

남미대륙의 거의 절반을 차지한 브라질 사람들은 그만큼 스케일도 크다. 리우데자네이루에는 이런 여행자의 기를 죽이는 거대 조형물들이 유난히 많다. 국민의 팔십 퍼센트가 가톨릭을 믿어서일까. 성상이나 성당 건축의 조형적 다양함과 크기는 상상을 초월한다.

코르코바도의 예수상 아래 섰을 때 까마득히 구름 위로 올려다보이던 얼굴을 보며 그 크기에 놀랐던 나는 메트로폴리타나 대성당 앞에 서서 다시 고개를 뒤로 한껏 젖혀야만 했다. 백 미터에 육박하는 높이의 위용도 대단했지만, 흔히 볼 수 없는 파격적 형식의 성당 내부에도 나는 살짝 주눅이 들었다. 과연 사람들이 코르코바도의 예수상과 함께 리우의 상징이자 자랑으로 내세울 만했다.

십자가 형태의 천창에서 환한 햇살이 쏟아져내린다. 길게 장식된 스테인드글라스가 영롱하게 빛난다. 아득히 높은 천장에서 드리워진 끈에 매달린 십자가 위의 예수상은 마치 공중그네를 타는 곡예사의 인상을 풍긴다. 외롭고 목마른 듯한.

실내에는 여기저기 흩어져 앉아 조용히 간구하며 기도하는 사람들과 관광객이 섞여 있다. 카메라와 수첩을 든 관광객 차림으로 성당에 들어섰던 나는 그 불안정한 느낌의 십자가 고상 앞에 서자 갑자기 누적된 피로에 지친 연약한 여행자가 되어버린다. 이 힘든 여정을 지켜주기를 기도하며 촛불 하나를 밝혀놓는다.

거대한 피라미드를 닮아 피라미드 성당으로도 불리는 이 성당 문을 나서는데 불경스럽게도 언젠가 읽은 짧은 글 하나가 떠오른다. 소설가 테스터튼이 쓴 세 줄짜리 소설이었던가.

"어느 날 대주교가 기도하러 텅 빈 성당에 갔다. 맨 앞자리에 앉아 습관대로 손을 모으고 하느님 아버지, 하고 불렀다. 왜 그러느냐 내가 여기 있다, 하느님이 대답했다. 대주교는 심장마비로 숨졌다."

콘크리트와 철근으로 쓴 서사시

성당을 나와 주변의 거리를 둘러본다. 주위에는 이 성당만큼이나 튀는 건물들이 많다. 흡사 모더니즘 건축물의 박물관 같다. 비행접시 모양의 건물이 있는가 하면 기둥 하나로 지탱하는 삼십이 층짜리 건물도 있다.

나는 이 태양의 도시에서 이토록 독특하고 다양한 건축물들을 만나게 될 줄은 짐작하지 못했다. 잘 알려지지는 않았지만 브라질은 건축 강국이다. 리우에서 태어나 백 세가 넘은 지금까지 현역으로 활동하고 있는 오스카르 니에메예르는 모더니즘 건축의 산증인이다. 르코르뷔지에와 유엔 본부를 공동 작업했던 그는 파리, 이탈리아, 알제리 등 세계 곳곳에 점을 찍듯 자신의 건축물을 남겼으며 여전히 도처에서 작업을 진행중이다. 그가 설계와 건설을 주도했던 계획 수도 브라질리아는 도시 전체가 하나의 입체적인 건축 교과서로 꼽힌다. 매우 유려하고 아름다운 곡선으로 이루어져 있는 그의 건축들은 콘크리트와 철근으로 쓰인 서사시라 부를 만하다.

스스로 코뮤니스트라고 말하는 니에메예르는 세계적 프로젝트를 진행하면서도 자신의 고향 리우의 가난한 이웃들을 위해 기꺼이 자신의 재능을 사용한다. 공립학교를 설계하고 광장을 만들었으며 삼바 페스티벌 거리를 만들었다. 빈곤한 어린 시절을 보낸 그에게는 이런 프로젝트들이 오히려 더 내밀한 기쁨을 주지 않았을까. 그는 늘 그렇게 말해왔다. "내게 중요한 것은 철근과 콘크리트의 건축이 아니라 삶과 친구, 그리고 좀더 나은 세상을 위해 싸우는 것"이라고.

여성의 몸에서 늘 건축의 원형을 발견한다는 그는 건축적 영감을 위해서인지 삼십팔 세 연하의 비서와 최근에 결혼을 했다. 백 세에 삶도 건축도 현재진행형이라니. 아무렴. 브라질의 태양 아래서는 열정이 본능이 되어버릴 테니까.

삶과 건축의 사이

대학 시절 신림동 쪽방 동네에서 혼자 살던 날이 있었다. 바람이 몹시

가난한 산동네에도 축복처럼 달빛은 넘쳐난다.

불던 어느 날 아침, 너무 환해서 눈을 떠보니 부엌 쪽 하늘이 바로 보였다. 지붕이 날아가버린 것이다. 망연자실해서 골목으로 나가봤더니 아주머니 하나가 얼굴을 내밀며 물었다. "총각, 지붕 찾수? 저기 개천에 떨어져 있던데."

그곳에 살 때는 그곳의 삶이 힘들다는 생각을 하지 못했다. 청춘의 기운 탓이었을까. 가슴속 꿈의 푸르른 서슬 덕분이었을까. 가난의 모습은 어찌 이리 닮았는지 이곳의 빈민촌 파벨라를 바라보며 나는 어쩔 수 없이 그 시절을 떠올렸다.

거대한 피라미드처럼 하늘을 찌르는 대성당이 있는 이 도시에는 너무 가난하여 성모상 하나를 살 처지가 못 되는 사람들이 무리지어 사는 판자촌도 있다. 사람들은 늘 자신의 삶을 프리즘으로 하여 하나님을 해석한다.

극심한 빈곤 상태에서 자라나는, 티 한 점 없는 이곳 아이들의 눈동자를 들여다보면 포퓰리즘과 해방신학의 태생지가 될 수밖에 없었던 남미의 아픔과 고민이 생생하게 다가온다. 스쳐가는 여행자로서는 그저, 저 산정의 예수상과 거대한 대성당이 이들의 삶을 위로해줄 수 있기를 바랄 수밖에.

오스카르 니에메예르   오스카르 니에메예르(Oscar Niemeyer, 1907~2012)는 리우데자네이루에서 태어났다. 1929년부터 1934년까지 국립 미술학교에서 공부한 그는 1936년 세계 최초로 국가 지원을 받아 모더니즘적 마천루인 리우데자네이루의 교육 공중보건성 건물을 디자인한 건축가 팀에 합류한다. 르코르뷔지에가 참여한 이 팀은 이후 니에메예르가 지휘를 맡는다.

1940년부터 1943년에는 새로운 교외지역이었던 팜풀랴 인공호숫가에 상프란시스쿠 데 아시스 레저 단지를 선보인다. 이 작업으로 니에메예르는 자신의 독창성에 대한 확신을 갖게 된다. 이후 1950년대에는 라틴아메리카의 산업과 금융의 최고 중심지인 상파울루 한가운데에 5천 명의 주민이 입주할 수 있는 40층짜리 건물 에디피시오 코팡을 세운다. 또한 새 수도이자 근대적 도시인 브라질리아의 건축설계 주임으로 임명되어 중요 공공건축물을 설계한다. 이것은 브라질의 새 시대를 알리는 일이었다. 1959년 대통령 관저를, 1960년 의사당을 완성한다. 그가 설계한 새 수도 브라질리아의 주요 건물들은 상징적인 특징이 두드러진다. 예컨대, 의사당 건물은 사무국을 중앙에 높이 솟은 두 개의 고층건물로 만들고 그 좌우에 상원과 하원을 길게 펼쳐진 플랫폼 위에 특이한 모양으로 만든 식이다.

1964년에는 브라질에 군부독재 정권이 들어서면서 유럽으로 망명한다. 그 기간 동안에도 미학적으로 도전적이면서 구조적으로 과감한 건물들을 만들어낸다. 밀라노 인근 세그라테의 몬다도리 본부는 그의 가장 위대한 업적 가운데 하나로 평가받는다. 1980년대 민주주의가 회복되어 브라질로 돌아온 이후에는 단순히 아름다운 건축을 넘어, 한층 더 민주적인 건축을 향해 나아갔다. 그는 도시의 공공공간을 시민권 발현을 위한 근본 요소로 중요하게 생각했다.

2007년 백 세 생일을 맞이한 그는 고령에도 불구하고 건축계에서 활동하다가 2012년 세상을 떠났다. 생전에 600채 이상의 건물을 디자인한 그는, 세상을 떠나기 전 2014년 브라질에서 열리는 FIFA 월드컵 축구대회의 경기장 건설에 참여하고 싶다는 뜻을 밝히기도 했다.

니에메예르는 위대한 건축가들 중에서도 독보적인 자리를 차지한다. 그의 건축은 브라질의 토착 전통과 열대의 전경에 뿌리를 둔 것으로, 깨끗한 흰 벽과 직선, 직각 등 유럽의 전통적인 건축 방식의 지배에 도전했다. 결과적으로 브라질에 맞는 새롭고 대담한 건축을 일으켰다.

그 발에 입맞추려네

산정의 예수

톱니바퀴에 몸을 걸며 힘겹게 올라가던 기차가 하늘을 가린 나무들의 터널을 막 지난다. 해발 칠백십 미터의 코르코바도 산. 기차에서 내려 다시 케이블카를 타고 올라간다. 마침내 도달한 정상. 오래전부터 얼마나 와보고 싶었던 곳인가. 리우데자네이루 어디에서나 볼 수 있다는 예수상이 오히려 여기서는 전모를 쉽사리 보여주지 않는다. 사람들로 붐비는 전망대 끝으로 나서서 고개를 한껏 젖혀 위를 올려다본다. 구름과 안개에 가린 채, 십 층 건물 정도의 높이에 있는 얼굴이 아득히 멀다.

주름진 성의聖衣 자락 위로 활짝 펼쳐든 팔은 하늘을 향하지도, 땅을 향하지도 않는다. 무한히 뻗어나갈 듯 수평으로 펼쳐든 그 팔은, 천상과 지상을 한몸으로 연결해야 하는 단독자의 외로움의 크기를 안고 있다. 그리고 백인도 인디오도 아닌, 혹은 백인과 인디오의 풍모가 묘하게 융합된 그 얼굴. 왈칵 눈물이 쏟아지려 한다. 루마니아의 한 공원에서 만났던 예

도시를 내려다보고 있는 산 위의 예수.

수상 이래로 이토록 지독하게 외로워 보이는 예수의 얼굴을 만나기는 처음이었다.

해안으로부터 산정을 향해 끊임없이 흘러온 구름이 코르코바도 산을 스쳐갈 때마다 그 얼굴 표정은 시시각각 달라진다. 때로는 자애롭고 때로는 수심에 잠긴 듯하다. 연민과 슬픔, 외로움과 고뇌가 느껴지는 것은 보는 사람의 마음이 투사된 까닭일까. 그러나 아무리 올려다보고 있어도 끝내 그 얼굴에서 환한 기쁨의 기색을 읽어내지는 못하겠다.

말하기 좋아하는 사람들은 저 예수의 벌린 팔이 리우의 부촌을 향하고 있고 그 등뒤엔 가난한 달동네가 펼쳐져 있다고도 하지만, 가난이 어찌 물질적인 가난만을 이르는 것이랴. 산정의 예수는 어쩌면 영혼이 가난한 자들을 더 아프게 내려다보는지도 모르겠다.

1월의 강, 리우데자네이루

몸을 돌려 서면 앞쪽으로 도시의 풍광이 한눈에 들어온다.

푸른 하늘 아래 펼쳐진 리우데자네이루 항을 보자, 중고교 시절 지리시간에 무작정 외웠던 세계 3대 미항이라는 낱말이 떠오른다. 그 시절 내가 꿈꾸던 리우의 풍경은 어떤 것이었을까. 상상 속의 풍경과 실제는 얼마나 다른가. 거대한 블루 사파이어처럼 빛나는 코파카바나와 이파네마의 물빛이 가슴을 친다. 나폴리의 물빛이 구대륙의 연륜과 우수를 머금은 듯한 음영을 가졌다면, 리우의 물빛은 눈부시게 투명하고 건강하다. 깊숙이 휘어들어온 만을 따라서 이름 붙여진 해변만도 수십 개가 되는 곳이 또한 이곳이다.

해안 가까이 '설탕 덩어리'라는 뜻을 가진, 이름도 모양도 장난스러운 슈거로프 산이 개구쟁이처럼 우뚝 서 있다. 뭉툭한 낙타 등 모양의 돌덩어리 산에 설탕 덩어리라는 이름을 붙인 브라질 사람들의 낙천성이 느껴진다. 하기는 이토록 막무가내로 쏟아져내리는 태양 아래 우울과 염세라는 생의 곰팡이가 깃들 곳은 없어 보인다. 카니발 준비할 돈이 없으면 침대를 팔아서라도 사나흘 화끈하게 카니발을 즐긴 후 맨바닥에서 잠들 수 있는 게 '삶에 대처하는 브라질 사람들의 자세'라고 한다. 삶이 시든 배추처럼 축축 처지는 일상에는 햇볕만한 약이 없으리라.

리우데자네이루는 '1월의 강'이라는 뜻. 16세기 초에 아메리고 베스푸치가 처음 이곳에 상륙한 것이 1월이었고, 파도 없이 깊숙이 들어온 만을 강이라 생각하고 붙인 이름이란다. 정복자의 오만함이 지어낸 지명이긴 하지만 리우데자네이루라는 이름은 그 자체로 묘한 매혹을 발산한다.

우리의 삶은 설탕 덩어리

옷을 입고 있는 것이 불편한 곳이 있다.

코파카바나 해변.

구릿빛 여인의 피부가 순도 높은 태양빛을 튕겨내며 바다를 향해 달려간다. 다양한 인종, 다양한 피부색의 사람들이 모래 위 곳곳에 누워 생선 굽듯 천천히 몸을 돌려가며 살갗을 그을리고 있다. 이곳 여자들은 몸 크기와 상관없이 비키니는 똑같은 사이즈를 입는 모양이다. 터질 듯한 몸매 어느 구석에 걸쳐진 손바닥만 한 천조각을 찾는 일이 쉽지 않다. 나는 양말만 벗고 모래 위를 걸어본다. 슈거로프 산에서 흘러내린 설탕가루인 듯

리우데자네이루에는 아름다운 해변들이 많고 해변은 늘 선남선녀들로 붐빈다.

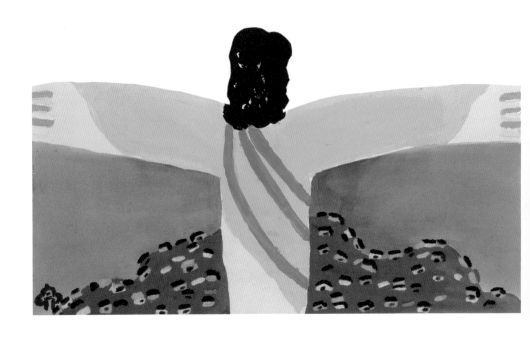

팔 벌린 예수. '수고하고 무거운 짐 진 자들아, 다 내게로 오라'고 말하는 듯하다.

발가락 사이로 빠져나가는 가늘디가는 모래는 도넛 위에 뿌려진 슈거파우더처럼 나를 간지럽히고 나른하게 만든다. 어쩌면 나를 간질이는 건 모래가 아니라 저 여인네들이 폭죽처럼 터뜨리는 관능인지 모르겠다.

어둠 속의 예수

어둠의 자락은 첨단 건물이 늘어선 부촌이나 달동네에나 골고루 내리덮인다. 지상이 어둠 속에 엎드리는 시간이면, 산정의 예수상은 허공으로 둥실 떠오른다. 흡사 승천하는 예수의 모습이다. 밤이면 조명을 받은 예수상은 희게 빛나며, 도시 어느 곳에서나 보이는 거대한 십자가로 변한다. 그 압도적인 광경을 올려다보는데, 어디선가 수만 개의 타종 소리가 들려오는 듯하다. 환청일까. 죄 많고 슬픔 많은 세상을 향해, 비둘기처럼 고요히 내려앉는 종소리. 두려움과 염려와 수고는 이제 내려놓으라고, 달래듯 종소리가 퍼져나간다. 불빛마저 흐릿한 빈민촌이 엎드린 언덕과 골짜기마다 그렇게.

해변의 도시 리우데자네이루의 인상.

코르코바도 예수상　　　오랜 옛날부터 브라질 사람들이 생각하는 리우데자네이루의 중심은 바로 코르코바도 언덕이었다. 이 언덕에 리우데자네이루의 상징이자 세계적인 명소인 초대형 예수 그리스도상이 있다. 1931년 브라질 독립 백주년을 기념해 제작한 이 예수상은 브라질 미술가 에이토르 다 실바 코스타와 폴란드계 프랑스 조각가 폴 란도프스키가 설계했다.

공사는 1926년부터 1931년에 걸쳐 이루어졌으며, 그리스도가 두 팔을 넓게 벌리고 서 있는 모습으로 만들어졌다. 신체 부분을 각각 따로 조각해 결합하는 방식으로 제작되었고, 외관은 하얀 빛깔의 납석을 발라 마감했으며, 기단 내부에는 150명을 수용할 수 있는 예배당이 있다.

높이 38미터, 양팔 너비 28미터, 무게 1145톤에 이르는 이 예수상은 도시 전체를 내려다보며 도시를 감싸안는 형상이다. 예수상 앞의 전망대에 서면 왼쪽은 센트로의 모습이, 오른쪽은 호수 지역과 이파네마 지역이 보인다. 1931년 만들어진 후 포르투갈의 브라질 발견 오백 주년을 기념해 2000년 대대적인 보수공사가 이루어졌다. 브라질의 대표 문화유산이라고 할 수 있는 이 예수상은 2007년 세계 신新 7대 불가사의 중 하나로 선정됐다.

빛나는 육체의 방

공 차는 아이들

공 하나가 허공으로 떠오른다. 공중에 머무는 동안 공은 주위의 모든 시선과 호흡과 마음을 빨아들인다. 블랙홀이다. 시간이 잠시 정지한다. 호흡을 멈춘 사람들은 질식이라도 할 듯한 표정으로 공을 노려본다. 그 작은 크기로 그토록 크나큰 중력을 발휘하는 게 축구공 외에 또 무엇이 있을까.

브라질에서는 공을 차는 아이들이 있는 풍경에 금세 익숙해져버린다. 넘어지면 무릎이 깨질 듯한 거칠고 붉은 흙바닥의 공터에서, 사람들이 오가는 골목길에서, 어둠이 내린 해변에서 웃통을 벗어던지고 갈색 피부와 맨발로 공을 차는 사내아이들을 어디서나 만날 수 있다.

허공에 떠오른 공을 바라보는 아이들의 표정은 하나같이 반짝이고 있다. 이 아이들에게 공은 무엇일까. 축구는 무엇일까. 가만히 바라보고 있으면, 더할 나위 없는 놀이 같기도 하고 인생을 배우는 교실 밖 학교 같기

브라질 소년들은 축구공 위에 저마다의 꿈을 올려놓는다.

도 하다. 아이들은 둥근 공을 온몸으로 다루며 육감과 창의력을 발달시켜
나간다. 지금 패색이 짙어도 언제든 인터셉트를 해서 바람처럼 달려나갈
수 있음을 알기에 아이들은 절망의 순간에도 꿈을 잃지 않는 환한 생의
본능을 깨우쳐간다.

세계는 둥근 공이다

축구를 빼고 라틴의 열정을 말할 수 있을까. 특히나 브라질 사람들의
삶이며 문화에 대해 한 줄인들 앞으로 나갈 수 있을까. 라틴아메리카에서
축구는 생활이고 예술이며 인생 그 자체다. 문명과 야만이 야누스처럼 한
몸에 뒤섞인 브라질에서는 더욱 그러하다.

대척점에 있는 것들이 기묘하게 조립되어 이루어진 이 나라. 인디오와
백인이 함께 어울려 사는 땅. 국토의 절반에 이르는 아마존 밀림은 지구
산소의 이십 퍼센트를 공급하는 지구의 허파지만 대도시에서는 고층빌딩
이 숲을 이루고 자동차 매연에 숨이 막힐 지경인 나라. 중산층 없이 극소
수의 부유층과 대다수의 빈곤층으로 나누어지는 나라. 법이 가까운 낮의
정부와 주먹이 먼저인 밤의 정부가 따로 있는 나라.

그 다양한 브라질의 얼굴을 하나로 그려낼 만한 물감이 내게는 없다.
그러나 이런 브라질을 하나로 묶어주는, 보이지 않는 두 개의 끈이 있다.
아니, 두 개의 종교다. 가톨릭과 축구. 하늘에는 그리스도요, 땅에는 축구
다. 사람들이 천상의 그리스도를 바라보듯 허공의 둥근 공을 바라보는 것
은 땅의 삶이 그만큼 고달파서이기도 할 것이다.

머리에 꽃을 꽂은 브라질 소녀.

브라질, 축구의 팍스로마나

월드컵 우승국에 수여되는 트로피를 다섯 번이나 거머쥐었고 나라 안에 팔백 개의 프로 구단과 만 명 이상을 수용할 수 있는 축구장만도 오백 개가 넘는 브라질. 이 축구의 종주국에서는 지나가는 누구라도 붙잡고 축구에 대해 물어보면 금세 얼굴에 빛이 난다. 축구는 이 나라 사람들에게 중독성 강한 아드레날린 주사다. 백발노인에게 축구 얘기를 꺼내보아라. 그는 눈을 가늘게 뜨고 가쁜 숨을 몰아쉬며 1950년 마라카낭에서 열린 월드컵을 회상할 것이다. 이십만 가까운 군중이 몰렸다는 브라질과 우루과이의 그 드라마를. 그때가 언제인가. 우리가 동족 간의 전쟁으로 피를 흘리고 있을 때, 이들은 이 거대한 축구장을 지었단 말이던가. 지긋한 중년층이라면 어찌 펠레를 말하지 않을 수 있겠는가. 단숨에 세계 축구를 평정해버린 빈민가 출신 소년의 무용담을 엊그제 헤어진 고향친구 얘기하듯 말해줄 것이다. 반면 젊은이들은 호나우두와 호나우디뉴의 연봉과 러브스토리에 대해 떠들어대지 않을까.

그렇다. 이곳에서 축구는 공놀이가 아니다. 땅의 고달픈 삶을 어루만지고 다양한 인종과 삶을 하나로 묶는 땅의 사도다. 이 땅에서 축구공은 날개를 달고 있지 않은 천사다. 이 작고 둥근 천사는 지독히 가난한 동네에 즐겨 찾아와 아이들을 불러낸다. 햇빛 쏟아지는 공터로 쏟아져나온 아이들은 공을 차며 쑥쑥 자라난다. 펠레와 호나우두를 꿈꾸며.

삶의 비상을 꿈꾸는 자들의 성지

브라질 사람들에게 마라카낭은 단순한 경기장이 아니다. 엄청난 크기와 위엄 있는 스타디움의 형상 때문만은 아니다. 축구를 사랑하는 사람들에게 이곳은 성지와 같다. 허다한 사람들이 경기가 있을 때뿐 아니라 없을 때에도 이곳을 찾아온다. 안으로 들어가면 브라질 축구사를 빛낸 스타들의 사진이 진열되어 있다. 그 벽을 지나며 나 역시 군살 하나 없는 그 눈부신 육체들에 매혹되고 만다. 땅을 박차고 오르는 발길들과 허공에 포물선을 그리는 날렵한 몸짓들, 그리고 번들거리는 땀과 꿈틀대는 근육에서, 아마존 밀림 속 맹수의 외침을 듣고야 만다.

축구장 바깥에는 펠레와 지코, 가린샤와 호나우두 등 세계를 두 발로 평정한 스타들의 발도장이 찍혀 있다. 수많은 사람들이 북적대는 틈에서 내일의 호나우두를 꿈꾸는 소년은 몰래 자신의 발을 그의 발 위에 겹쳐볼 것이다. 떠나갈 듯한 환호 속에 야생동물처럼 그라운드를 달려나갈 자신의 미래를 꿈꾸면서. 어디 선수를 꿈꾸는 소년들뿐이랴. 무기력하고 나른한 삶을 박차고 달려나가고 싶은 사람들마다 뼈와 근육의 형상이 만든 그 발자국 위에 자신의 발을 겹쳐볼 것이다. 삶의 비상을 꿈꾸며.

브 라 질 축 구 사　　축구는 19세기 말에 라틴아메리카의 브라질, 아르헨티나, 우루과이 등에 소개되었다. 초반에는 상류층의 스포츠로 알려졌지만 점차 노동자들이나 실업자들 사이에서도 유행하기 시작했다. 당시 브라질에서는 대중이 즐길 만한 마땅한 스포츠가 없었다. 게다가 도시개발 붐을 타고 새로운 빌딩들을 건설하기 위해 마련되어 있던 공터는 경기장을 대신하는 최적의 공간이 되어주었다.

브라질 축구는 1940년 이후부터 성장하기 시작했다. 각종 국내외 대회가 열렸고 각 지방에 축구 클럽팀들이 만들어지면서 국가대표팀도 모습을 갖추기 시작했다.

1950년 재집권한 바르가스 대통령은 국민의 지지를 끌어내기 위한 수단으로 축구를 후원함으로써 정권의 안정을 확보하려 했다. 리우데자네이루에 세계 최대의 마라카낭 경기장을 건설한 것도 그가 재임하고 있을 때였다. 마라카낭 경기장의 정식 명칭은 에스타디오 마리오 필료다. 1950년 브라질 월드컵대회를 위해 건설했으며 수용인원이 20여만 명에 이른다. 브라질 월드컵 당시 19만 9854명의 관중이 입장해 역대 최다 관중 기록을 보유하고 있는 브라질 축구의 상징이라고 할 수 있다.

브라질 축구의 또다른 상징이라고 할 수 있는 축구선수 펠레는 15세 때 공식 경기에 처음 출전하여 선수생활을 시작했다. 이듬해 국가대표로 발탁되어 1958년 스웨덴 월드컵에서 브라질 팀이 우승하는 데 결정적인 역할을 했다. 이후 세계적인 축구 스타가 된 펠레는 인종과 계층을 초월해 수많은 이들의 사랑을 받았다. 펠레는 현역에서 활동하는 동안 세 차례나 월드컵 우승을 했고, 이십 년의 선수생활 동안 성공시킨 득점만 해도 1282골에 이른다. 그는 1977년 서른일곱의 나이로 현역에서 은퇴했다.

흔히 브라질 축구는 삼바 리듬과 스포츠의 혼합체라고들 한다. 경기가 진행되는 동안 삼바 드럼이 계속 연주되고 관중은 리듬에 맞춰 춤을 추고 선수들은 그 리듬에 맞춰 공을 찬다. 축구라는 경기의 역동성과 브라질 삼바의 화려함이 어우러진 브라질 축구는 세계 최고의 기량을 갖춘 것으로 평가되고 있다.

희고 거대한 물의 기둥

수국水國의 밤

작고 아담한 숲속의 도시 '이구아수'.

검은 나무들 위로 휘영청 달이 떠오른다. 끊임없는 풀벌레 소리 위로 가끔 내지르듯 우는 새소리가 겹쳐진다. 두터운 어둠 위로 별들이 빽빽하다.

내일은 '큰 물' 이구아수 폭포를 만나는 날. 문명의 때가 묻은 옷과 마음일랑 이쯤에서 벗어두어야 한다. 이구아수는 옛 과라니 인디오의 영지. 그리고 보니 포르투갈과 스페인에 의한 학살의 역사가 있었던 땅이 아니던가.

이곳의 원주민을 짐승처럼 사냥해 팔아넘기던 한 사내에 관한 영화가 있었지. 천 길 폭포를 배경으로 펼쳐지던, 롤랑 조페의 〈미션〉의 장면들이 토막난 흑백필름처럼 머릿속에 재생된다. 선교를 위해 구대륙에서 건너온 예수회 수사들을 폭포 속으로 밀어버리던 인디오들, 열강의 이권다

'큰 물' 이구아수 폭포. 그 희고 거대한 물기둥의 인상.

톰 속에서 인디오들을 살육하던 침략자들. 그리고 그 비극적인 풍경 위로 흐르던 오보에의 애절한 선율. 그 유려한 오보에 소리는 죄를 모르는 자의 목소리, 원죄가 없는 이의 목소리와 닮았다고 생각했다.

과라니족을 몰살시킨 폭력의 발자국이 찍혔던 18세기 이래, 서구 문명은 끊임없이 이 생명의 시원과도 같은 땅을 노리며 밀려들었다. 나 또한 이 원시의 땅에 때묻은 발자국을 찍고 떠나갈 문명으로부터의 침입자일 뿐. 일찍 잠자리에 들었지만 침대 모서리까지 밀려와 넘실대는 달빛에 좀체 잠이 오지 않는다.

창세기의 풍경 속으로

한적한 숲길을 차로 이십여 분이나 달렸을까.

이구아수 국립공원 근처에 내리니 아기를 업은 인디오 아낙들과 소년들이 다가와 기념품을 사라며 펼쳐 보인다. 관광지에서 만나는 인디오 아이들의 까만 눈동자와 푸른빛을 띤 흰자위는 볼 때마다 가슴을 저릿하게 한다. 무지갯빛 앵무새를 친구 삼아 밀림 속 열매를 따먹으며 살았을 옛 인디오의 후예는 한 줌의 조악한 기념품을 손에 쥔 채로 이방인의 뒤를 따라다닌다. 너무 간절해서 슬퍼 보이는 눈빛 속에는 정글 속을 날렵하게 누비던 숲의 영웅들의 신비한 광채는 더이상 찾을 수 없다.

그곳에서 다시 장난감 같은 기차에 올라 정글 속으로 난 협궤철로를 달린다. 창문도 없이 덜컹거리며 달리는 꼬마기차에 앉아 있자니 흡사 마차를 타고 달리는 것 같다.

얼마쯤 달렸을까. 원뢰遠雷처럼, 하늘 저편에서 무언가가 으르릉대며

장려한 낙조와 이국의 생명체로 가득한 아마존 강.

아마존의 원숭이 섬 마나우. 이곳에는 수많은 종류의 원숭이들이 서식하고 있었다.

우는 소리가 들려온다. 기차에서 내리자 투명한 물방울의 미립자들이 내 몸을 포위해버린다. 보이지 않는 비를 맞는 느낌이다. 천지가 우는 듯한 소리가 점점 커진다.

이구아수 폭포. 하늘 한쪽이 무너져내리는 듯한 굉음이 먼저다. '큰 물'을 보는 순간 아찔한 현기와 함께 내 영혼의 일부가 까마득한 저 아래로 수직낙하한다. 이름하여 '악마의 목구멍'.

폭포가 시작되기 직전까지도 평온한 흐름을 유지하다가, 배를 타고 내려오던 인디오들을 단숨에 삼켜버렸다 해서 생겨난 이름이란다. 거대한 구멍은 그야말로 지구의 목구멍처럼 보인다. 폭포의 풍경은 카오스다. 물은 까마득하게 곤두박질치면서 목구멍 속으로 떨어져내리고 동시에 강을 이룬 포말이 끓어오르듯 수직으로 상승한다. 물보라는 비옷쯤은 우습다는 듯 내 온몸을 흠씬 적셔버린다.

머릿속이 아득해진다. 캄캄해지거나 하얗게 바래거나. 굉음에 가까운 물소리는 인간의 오만 가지 감탄사를 간단히 삼켜버린다. 아아, 오오, 감탄사는커녕 눈조차 제대로 뜨고 있기가 어려운 지경이다. 소리의 기세에 딛고 서 있는 땅이 곧 허물어져버릴 듯하다. 두려움과 경외. 흔치 않은 두 가지 느낌 속에 굳어버릴 것만 같다.

저 거대한 물을 홀린 듯 바라보다 하얀 포말 속, 검은 목구멍으로 몸을 날려버리는 사람들이 심심찮게 있다 하니, 그들은 황홀한 죽음을 꿈꾸었을까, 아니면 나머지 삶에 더이상의 황홀은 없으리라 생각했을까.

희고 거대한 물기둥을 보고 있자니 천지가 창조되던 창세기의 풍경 속으로 들어와 있는 건 아닌가 싶다. 혼돈 속에서 물과 물이 나누어지던 시간. 게다가 물보라가 옅어지는 곳에 떠 있는 이토록 낮고도 가까운 무지개라니.

우린 모두 죄인이니

어떤 장소 앞에서 사람은 자신을 되돌아보게 된다. 그곳의 무엇이 그렇게 만드는지는 잘 알 수 없다. 이구아수에서의 이틀 동안 나는 사계절을 겪었다. 쨍쨍한 햇살이 내리쬐는가 싶으면 구름이 몰려와 어둑해지고, 더운가 싶으면 서늘한 바람이 불어왔다. 새벽에는 또 지독한 한기에 몸을 떨어야 했다. 이구아수에서 단 이틀을 묵었을 뿐이지만 나는 지난 내 인생의 계절들을 돌아보게 되었다.

왜일까. 하얀색은 왜 늘 거울처럼 죄를 되비추는가.

나는 희고 거대한 물의 기둥 앞에서 예기치 못하게 왈칵 눈물을 쏟고 만다. 비늘처럼 붙어 있는 마음속 죄가 씻겨나가기를 기도하며 눈을 감는다. 풍경이 사라지고 물소리만이 성수처럼 내 몸을 가득 채운다. 물소리는 기억 속의 오보에 멜로디로 변한다. 눈을 감은 채, 나는 물에 잠기듯 나지막한 오보에 소리에 잠겨든다.

이구아수 폭포   이구아수 폭포는 나이아가라 폭포, 빅토리아 폭포와 함께 세계 3대 폭포로 꼽힌다. 이구아수 폭포가 서양에 널리 알려진 것은 16세기 중반이지만 약 1억 2천만 년 전부터 존재해왔다고 전해진다. 옛 원주민에게는 성지로 추앙받던 곳이었다. 1897년 이후 브라질군의 장교인 에드문두 데 비루스가 이곳을 국립공원으로 조성하기 위해 주변을 정리하면서 사람들에게 널리 알려졌다고 한다.

이구아수 폭포는 브라질과 아르헨티나 국경에 위치하고 있다. 양국 모두 이곳을 '이구아수 국립공원'으로 지정해 보존하고 있다. 폭포는 대부분 아르헨티나에 속해 있지만 브라질 쪽에서 보는 게 더 아름답다고 한다. 높이 74미터, 너비 3킬로미터로, 나이아가라 폭포와 빅토리아 폭포를 합한 것보다 규모가 크다. 274개의 크고 작은 폭포가 말굽 모양으로 굽이치며 거대한 폭포군을 이룬다. 길이는 총 4킬로미터에 이르며, 우기에는 초당 1만 3천 톤의 물이 쏟아진다. 폭포 주변은 습윤 아열대 삼림으로 둘러싸여 있다. 삼림에는 큰 수달, 재규어, 왕개미핥기, 퓨마, 큰부리새 등의 열대 동물들이 살고 있다.

'이구아수'는 원주민어인 과라니어로 물이라는 뜻의 '이'와 놀랄 만큼 크다는 뜻의 '구아수'가 합쳐진 말로 '엄청나게 큰 물'이라는 뜻이다.

거대한 단층운동에 의해 경사가 바뀌면서 폭포가 형성된 이곳은 1986년 유네스코 세계유산으로 지정되었다.

■ 이구아수 폭포 앞에서.

■ 흙탕물 속에서 사금을 캐는 아마존 푸에르토알도나도 강의 채광장.

5장

칠
레

낮엔 후텁지근하다가 밤이면 싸늘해지는 산티아고. 어둠 속에 하얗게 빛나는 안데스 때문에 더 그럴 것
이다. 도시는 거대한 빙벽에 갇힌 것처럼 춥다. 얼음과 불의 도시를 실감케 한다. 정적 속에서 희미한 가
로등이 비추고 있는 밤의 마포초 강이 저 혼자 소리를 내며 흘러간다. 어찌 보면 숨죽여 우는 수만 개의
울음소리처럼 들리기도 한다. 귀기울여보면 물소리는 이렇게 바뀐다. '용서하라, 용서하라. 잊으라, 잊
어버려라.'

산티아고 내 영혼의 집

안데스의 땅

산티아고는 어느 방향에서 보아도 안데스의 품 아래 있는 도시다. 나는 지금 안데스의 영봉靈峯으로 가는 버스 안에서 멀리 하얀 산에 눈길을 던지고 있다. 산이 가까울수록 얼음 녹은 청옥색 계곡물 소리도 우렁차다. 그러나 햇빛 환한 푸른 포도밭 가에서 경찰이 차를 막는다. 믿어지지 않지만 턱으로 산 쪽을 가리키며 지금 폭설이란다. 그러고 보니 산마루턱에서 고개를 넘으려던 대형 트럭 수십 대가 길가에 묶여 있다. 길은 외통수 산길이어서 이틀이고 사흘이고 거기 머물며 눈이 그치기를 기다려 갈 수밖에 없다 한다.

그러나 정작 그 안데스의 백설 파노라마를 구경한 것은 산티아고를 떠나 부에노스아이레스로 가는 비행기에서였다. 칼 같은 바위들 위로 위태하게 날아가는 LAN621기 아래 눈 덮인 봉우리들이 끝없이 파도를 치고 있었다. 나는 그토록 격렬한 흰색을 본 적이 없었다. 환쟁이인 내게 흰색

기타 치는 여인. 여인의 연주곡에는 안데스의 바람과 신화가 담겨 있다.

은 늘 수줍고 소극적인 색이었다. 그러나 천상에서 바라보는 그 흰색은 사나웠다. 눈의 입자들은 수만 개 사금파리들처럼 반짝였고 흰빛은 빛을 내뿜으며 태양빛과 다투고 있었다. 그리고 그 하얀 영봉들이 끝나는 지점부터는 달의 표면 같은 광야. 다시 광야가 끝나는 지점부터는 일망무제의 초원으로 이어졌다. 잠시 천국의 한 모퉁이를 돌아보고 온 느낌이었다. 넓도다 땅끝 나라의 대자연이여, 깊도다 그 오묘함이여. 환상처럼 떠 있는 하얀 산, 그 안데스로부터 흘러내리는 눈 녹은 물은 드넓은 초원을 적시고 다시 시내로 흘러들어 도시의 젖줄이 된다.

낮엔 후텁지근하다가 밤이면 싸늘해지는 산티아고. 어둠 속에 하얗게 빛나는 안데스 때문에 더 그럴 것이다. 도시는 거대한 빙벽에 갇힌 것처럼 춥다. 밤과 낮의 분위기가 이토록 다를 수 있을까. 얼음과 불의 도시를 실감케 한다. 정적 속에서 희미한 가로등이 비추고 있는 밤의 마포초 강이 저 혼자 소리를 내며 흘러간다. 어찌 보면 숨죽여 우는 수만 개 울음소리처럼 들리기도 한다. 귀기울여보면 물소리는 이렇게 바뀐다. '용서하라, 용서하라. 잊으라, 잊어버려라.' 도시를 가로지르는 이 작은 강은 말이 강이지 복원한 청계천보다 그 폭이 약간 큰 정도. 그러나 안데스의 눈 녹은 물이 흘러 수량이 풍부한데다 물살은 놀랍도록 급하다. 제법 파도를 치며 흘러간다. 강우량이 적은 산티아고에 마포초는 고맙기 그지없는 어머니의 강이다. 그러나 그 어머니의 강은 한때 피로 물들고 강 위로는 별빛 대신 총소리들이 가로질렀다.

소설과 현실 사이

어릴 땐 소설을 읽느라 밤을 지샌 적이 종종 있었다. 그러나 언제부턴가 밤새워 소설을 읽어본 적이 없다. 소설보다 재미있는 것이 너무 많기에, 아니 현실이 소설보다 더 소설적이기에. 『영혼의 집』. 그야말로 오랜만에 밤을 홀라당 새우며 읽은 책이다. 마지막 책장을 덮을 때, 창 쪽이 희부윰해졌고 그 위로 가본 적 없던 산티아고가 눈앞에 펼쳐졌다. 그런데 직접 와서 보고 속으로 놀랐다. 책장을 덮을 때 내 눈앞에 떠올랐던 풍경들과 현실의 풍경이 하나로 겹쳐지고 있었던 것이다.

『영혼의 집』은 시위와 투옥과 고문, 쿠데타로 정권을 잡은 군인들의 거친 군화 소리, 비명과 총성이 흡사 칠레판 〈모래시계〉를 보는 것 같았다. 1970년 남미 최초로 선거에 의해 대통령으로 당선되었던 살바도르 아옌데가 그 권좌에 오르면서부터 아이로니컬하게도 대통령의 육친이었던 이사벨 아옌데의 비극은 시작된다. 우익과 군부와 배후의 미국이 함께 동원된 군사 쿠데타로 대통령궁은 폭격을 당하고 수많은 지식인들이 끌려가 고문 끝에 죽임을 당하거나 실종되어버린 것이다.

실제로 산티아고 시내의 국립운동장 내 극장에 수많은 반체제 인사들을 몰아넣고 문을 잠근 후 기관총으로 난사하여 새벽이면 내다버린 시체들이 마포초 강변에까지 나뒹굴었다는 얘기들이 떠돌 정도였다 한다. 어쩌면 소설은 이 현실을 따라잡기에도 버거웠을 것이다. 그러면서도 소설은 현실 너머의 환상과 신비로 가득차 있다. 미래의 일을 예지하며 눈길로 유리잔을 이동시키는 신비한 능력의 클라라의 무기巫氣 짙은 이야기들은 마르케스의 『백년 동안의 고독』을 연상시키기도 한다.

그러나 『백년 동안의 고독』이 부엔디아 가문의 7대에 걸친 남성 중심

가족사인 데 반해 『영혼의 집』은 일종의 페미니즘 소설인 셈이다. 니베아, 클라라, 블랑카, 알바로 이어지는 여인 4대는 극우 보수주의자에 가부장적 기질의 에스테반 트루에바, 소작인의 아들 페드로 테르세로, 게릴라의 우두머리 미겔 등의 남성들과 엮이면서 한결같이 상처받고 아픔을 당하지만 결국에는 모성의 위대함을 발휘한다. 심한 고문을 받고 강간으로 누구의 아이인지도 모르는 아이를 임신한 알바는 그러나 외할머니 클라라의 글을 읽고 나서 복수 대신 용서를 택한다. 그 땅에 흐르는 저주와 분노의 고리를 사랑으로 끊으려 한다. 끔찍한 고문, 총성, 군홧발 소리 속에 초현실적 신비한 분위기가 뒤섞이지만 이 지극히 자전적인 소설은 결국 모성적 세계로 종결된다.

굴곡 많은 회한의 지난 삶을 누군가에게 들려주는 듯한 대화체에 여성 특유의 섬세한 문장, 카메라가 훑고 지나가듯 싸늘한 시선으로 바라보는 현실의 빛과 그림자들, 그리고 무엇보다 아슬아슬 대중성을 비켜가며 이어지는 재미……

처녀작 『영혼의 집』 이후 자전적 이야기체 소설로 이사벨 아옌데는 세계적으로 가장 널리 읽히는 작가의 한 사람이 된다. 파란의 역사를 살아온 우리네 옛 할머니나 어머니들이 "내 얘기 보따리를 풀어놓으면 소설로도 몇 권이나 될 것"이라고 말한 것처럼 격변기에 조국 칠레를 떠나 라틴아메리카 이곳저곳을 떠돌다 미국인과 재혼하여 캘리포니아에 살고 있는 그녀의 삶 자체가 다분히 소설적인 것이었다.

그러나 이런 아픈 역사가 언제 있었냐는 듯 낮 동안의 대통령궁 앞은 모든 것이 천연덕스럽다. 푸른 잔디가 깔려 있는 아담한 광장 한쪽에는 피노체트의 유혈혁명에 의해 실각된 아옌데의 동상이 서 있다. 광대 차림의 분칠한 사내가 퍼포먼스를 벌이는 광장에는 그를 구경하려는 사람들

정치적 격변으로 인한 신산한 삶도 칠레 여인들의 선한 영혼만은 건드리지 못했다.

이 원을 만들어 둘러서 있다. 비둘기떼가 날아오르고 왁자한 웃음이 터져 나온다. 어디에도 그 피로 얼룩진 역사의 흔적을 찾을 수 없다. 햇빛 환한 현실의 알리바이는 천연스럽기만 했다.

민중가수 빅토르 하라의 영혼이 떠도는 국립운동장

어두운 밤. 광고탑 네온 하나도 보기 어렵다. 그 어둡고 텅 빈 거리에 아주 이따금씩 지나는 자동차 헤드라이트가 유일한 불빛일 뿐. 사람이라 고는 거의 찾아볼 수 없어 거리는 마치 계엄령이라도 선포된 듯한 분위기 인데 개 한 마리가 어슬렁어슬렁 큰 거리를 가로질러간다. 학살의 현장 칠레 국립운동장을 찾아가는 내 발걸음은 무겁다. 금방이라도 대로변 어 디에선가 집총한 군인이 나와 앞길을 막아설 것 같지만 가도 가도 그런 일은 없다. 한참을 걷다가 빈 택시를 타고 약도를 보이니 잠시 후 휑한 대 로변에 나를 세워준다.

밤의 운동장은 여느 나라 그곳과 전혀 다름이 없다. 다만 조명이 거의 없어 군데군데 희미한 불빛만이 다를 뿐이다. 그러나 내 눈에는 그 살해 의 현장에 무언가 싸늘한 기운이 감도는 것만 같다. 담 저쪽으로부터 원 혼들의 울부짖음이 들려오는 듯하다. 기나긴 운동장 담을 따라 걸으며 이 부근 어딘가에서 살해되었다는 민중가수 빅토르 하라의 그 해맑은 얼굴 을 떠올린다. 그가 마지막 남긴 노랫말도.

우리들 중 여섯이
별나라로 사라졌지

한 명이 죽고, 한 명은 믿을 수 없을 정도로 맞았지

(…)

신이시여! 이것이 당신이 만든 세상입니까

경이로운 칠 일간의 일이 이것을 위한 것이었습니까

이 네 개의 벽에는

멈춰진 숫자만이 하나 있네

천천히 더 많은 죽음을 원할 테지

산크리스토발의 성모상

나는 다시 산크리스토발 공원의 수많은 돌계단을 걸어올라 시내를 한눈에 바라보는 흰 성모상 앞에 선다. 시내의 야경은 한마디로 조명으로 성글게 모내기를 해놓은 형국이다. 명멸하는 고층건물의 광고탑 같은 것을 볼 수 없어 도시는 평야와 같다. 그리고 그 평야는 줄로 이어놓은 듯한 조명으로 하늘의 별밭이 되고 있었다. 하얀 대리석의 성모상은 자애롭게 그 시내를 굽어보고 있다. 적막한 도시는 오직 평화와 고요뿐. 언제 그토록 잔혹한 피의 역사가 저 도시에 있었는가 싶다. 하지만 올려다본 하얀 성모상만은 그 모든 것을 다 보았다는 듯한 모습이었다. 그래 내가 다 보았다. 그 한 맺힌 피의 외침들을 다 보고 들었다. 순결한 영혼의 죄 없는 죽음들을 다 보았다. 보고 말았다라고.

이 사 벨 아 엔 데 와 소 설 『영 혼 의 집』   이사벨 아옌데(Isabel Allende, 1942~)는 칠레 외교관이었던 아버지의 근무지인 페루의 리마에서 태어났다. 아버지가 행방불명된 이후 어머니와 함께 칠레로 돌아와 외갓집에서 외조부모와 외삼촌의 도움을 받으며 자랐다. 이후 어머니가 재혼하고 역시 외교관이었던 새아버지를 따라 여러 나라의 도시를 돌아다니며 성장한다. 열일곱 살 때 산티아고에 정착한 뒤 대학에 진학하는 대신 저널리스트의 길을 선택하고 텔레비전 프로그램을 진행하는 등 언론인으로서 활동한다.

삼촌 살바도르 아옌데가 대통령에 선출되지만 그의 좌파 연합정부는 미국의 지원을 받은 피노체트가 쿠데타를 일으키면서 무너지게 된다. 이사벨 아옌데는 쿠데타가 일어난 뒤에도 칠레에 머물면서 군부에 쫓기는 사람들을 숨겨주거나 그들의 망명을 도와주었다. 이사벨 아옌데 자신도 정부의 블랙리스트에 오르면서 활동에 제한을 받게 되자 결국 1975년 가족과 함께 베네수엘라로 망명한다.

1981년 외할아버지가 위독하다는 소식을 듣고 외할아버지에게 편지를 쓰는데 이 글이 소설 『영혼의 집』의 토대가 되었으며, 1987년 『영혼의 집』을 발표하면서 세계적인 명성을 얻는다. 1990년 칠레가 민주화되면서 십오 년 만에 귀국한다.

이후 1993년에는 소설을 원작으로 한 영화도 만들어졌는데, 제레미 아이언스와 위노나 라이더가 주연을 맡았다.

칠레의 현실을 그대로 쓴 이 소설은 인민정부가 들어서기 직전인 1930년대부터 피노체트 군사 쿠데타가 일어난 1973년까지의 칠레 근대사를 4대에 걸친 한 집안의 역사 속에 담아내고 있다. 칠레의 근대사를 가장 현실적이고도 가장 환상적으로 그려냈다고 평가되는 이 작품으로, 이사벨 아옌데는 가르시아 마르케스 이후 라틴아메리카 최고의 작가라는 명성을 얻게 되었다. 더불어 라틴아메리카 여성해방의 역사를 제시하고자 한 페미니즘 작가로도 널리 알려져 있다. 이후에도 『영혼의 집』과 3부작을 이루는 『운명의 딸』 『세피아빛 초상』을 발표했다.

시가 내게로 왔다

느닷없이 타인들 틈에서

아바나에서 여덟 시간. 지나친 태양의 열기와 여독에 지친 나는 비행기에 오르자 깊은 잠에 빠져들었다. 긴 비행이었다. 해발 육백여 미터의 산티아고. 비행기 바깥으로 나오자 서늘하다 못해 한기가 들며 온몸에 소름이 돋아난다. 사람의 몸은 왜 이리 연약한 것인지. 태양이 너무 뜨겁다고 아우성이더니 하루 사이 갑자기 낮아진 기온에 처량하리만큼 위축되고 만다. 밤의 산티아고는 계엄하의 거리처럼 적막하고 교교하다. 태양이 눈부시고 음악 소리 가득한 도시를 떠나온 탓에 마치 환각에서 현실로 돌아온 느낌이다. 낮고 짙게 가라앉은 스모그 사이로 보이는 딱딱하고 직선적인 도시의 풍경이, 언젠가 늦은 밤에 도착한 동유럽의 어느 도시의 풍경과 닮았다.

지구의 반대편, 지구상에서 가장 긴 나라, 이 칠레의 한 도시까지 나를 허위허위 이끌어온 것은 무엇이었을까.

바다와 여인. 그녀의 귀는 파도와 그리움과 사랑의 소리에 귀기울인다.

그러니까 그 나이였어…… 시가 나를 찾아왔어

나는 몰라, 그게 어디서 왔는지

겨울에서인지, 강에서인지

언제 어떻게 왔는지 모르겠어

아니야, 그건 목소리는 아니었어

말도, 침묵도 아니었어

하여간 어느 거리에선가 날 부르고 있었어

밤의 가지에서, 느닷없이 타인들 틈에서, 격렬한 불길 속에서

-파블로 네루다, 「시詩」에서

그랬다. 이곳까지 나를 불러온 건 파블로 네루다라는 시인이었고, 바로 이 「시」의 구절들이었다. 나는 이 「시」가 어디서 나를 찾아왔는지 알고 있다. 오래전, 영화 〈일 포스티노〉를 보던 그때 네루다는 내 영혼 속으로 걸어들어왔다.

네루다가 망명지 이탈리아의 카프리 섬에서 우정을 나누었던 한 시골 우체부의 이야기를 그린 이 영화의 끝장면으로 기억한다. 카메라가, 바위에 부딪쳐 풀어지는 포말을 비추며 지나가고, '그러니까 그 나이였어'로 시작하는 구절이 흘러나오는 순간이었다. 그 시는 내 머릿속으로 느닷없이 흘러들어와 내 기억 속에 단단히 자리를 잡아버렸다. 카프리 바닷가는 아니어도 지극히 아름다운 풍경 앞에 서면 나는 조용히 소리내어 그 시를 외워보곤 했다.

불과 얼음의 시인

　자애로운 인상의 하얀 성모상이 시내를 내려다보고 있는 산크리스토발 공원에 들렀다 내려오는 길. 잡아탄 택시를 세워두고 거리에서 보초를 서고 있는 군인에게 네루다의 집을 물어본다. 사람 좋게 생긴 두 젊은이는 토론까지 해가며 내가 내민 수첩에 친절하게 약도를 그려준다.

　골목을 빙빙 돌아 찾아간 네루다의 생가는 평범한 골목에 자리잡은 이층 양옥. 그의 집에서 두 블록쯤 떨어진 곳에 있는 레스토랑 '네루디아노'부터 들렀지만 주인은 웃으며, 이곳은 십 년 된 식당인데 그냥 네루다 집 근처여서 붙인 이름일 뿐이란다.

　흰색과 푸른색이 섞인, 묵직한 목조 문이 인상적인 그의 집은 기념관으로 꾸며놓았다. 구석마다 손에 잡힐 듯한 시인의 흔적이 남아 있다. 집 앞으로는 그리스의 원형극장을 닮은, 여섯 개의 돌기둥과 돌계단, 의자가 놓여 있다. 지친 다리도 쉴 겸 거기 앉아 기다리면 파이프를 입에 문 노시인이 나무문을 밀고 나와 먼 곳에서 온 손님을 반갑게 맞아줄 것만 같다.

　'파블로'라는 이름을 가진 사내들은 모두 내면에 활화산을 하나씩 품게 되는 것일까. 엄청난 양의 작품도 작품이려니와 이글거리는 눈빛 속에 주체할 수 없는 카리스마가 넘쳤던 파블로 피카소. 내로라하는 첼로의 대가들을 어린애처럼 여기게 만들어버리는 첼로의 전설 파블로 카잘스. 그리고 이 남자, 파블로 네루다까지.

　이름 탓인지, 그는 칠레를 넘어 세계에서 가장 많은 팬을 지닌 시인의 한 사람으로 우뚝 선다. 좌파와 우파, 청년과 노인, 남자와 여자, 부유한 자와 가난한 자가 그의 시를 같이 암송하고 사랑한다. 특히 그의 시집 『스무 편의 사랑의 시와 한 편의 절망의 노래』는 온 세계의 젊은이들이 줄줄 외우고 다닐 정도였다.

〈일 포스티노〉에서는 정치적으로 핍박받아 객지를 유랑하는 불우한 민중시인으로 그려졌지만, 실제로 그는 무척이나 다복한 사람이었다. 젊은 시절에는 외교관으로 세계 곳곳을 다니며 다양한 삶과 인간을 체험했고 칠레 국민들로부터도 뜨거운 사랑을 받았다. 프랑스 대사로 재직중엔 노벨문학상을 받게 된다. 연애는 원도 한도 없이 했다. 공식적인 결혼 세 번에 알려진 애인만 다섯 명. 애인인지 친구인지 경계가 모호한 여성은 부지기수였다나. 그의 생애의 마지막 거처이자 그의 묘소가 있는 이슬라 네그라의 집에 이르면, 어쩌면 네루다는 가장 호사스러운 인생을 살다 간 시인이라는 데 누구도 이의를 제기하지 못할 것이다. 광활한 태평양의 파도를 내려다보는 바닷가 언덕에서 책을 읽고 사랑을 하고 시를 쓰던 그는, 이제 바닷바람과 햇살이 끊임없이 속살거리는 그 언덕에서 영원히 잠들어 있다. 지상에서 가장 아름다운 묘소라고나 할까.

열아홉의 나이로 문단에 나와 사십여 권의 시집, 삼천오백여 편의 시를 불꽃처럼 터뜨린 그 에너지는 어디서 나왔을까. 관능, 환상, 대자연, 인간 등 그의 시가 다루지 않은 것이 없었다. 저항시와 연애시를 동시에 쓸 수 있었던 그 정서의 토양은 무엇이었을까. 가난한 철도공무원의 아들로 태어나 어린 시절 어머니를 잃고 칠레 남부 테무코의 거칠고 황량한 자연 속에서 자라난 그를 그토록 사랑받는 시인으로 키운 힘은 무엇이었을까.

산티아고 시내 어디에서나 고개만 들면 바라보이는, 만년설을 이마에 얹고 장엄하게 펼쳐져 있는 안데스의 영봉이 눈과 가슴을 동시에 아득하게 만들어버린다. 저 안데스의 얼음덩이와 시인의 가슴속에 꺼지지 않고 타오르던 활화산의 불이 뒤엉기는 지점, 바로 그곳에서 네루다의 그 독하고 강렬하고 관능적인 시어가 뚝뚝 떨어져내렸을 테지, 아마.

안데스 자락의 목초지에서 바라본 산티아고 풍경.

파블로 네루다와 영화 〈일 포스티노〉 파블로 네루다(Pablo Neruda, 1904~1973)는 남칠레 국경 지방에서 철도노동자의 아들로 태어났다. 네루다는 열 살 때부터 시를 쓰기 시작했으며 같은 동네에 살았던 시인 가브리엘 미스트랄의 서재에서 톨스토이와 도스토옙스키를 접했다. 1921년 산티아고의 사범대학 불어교육과에 입학한 네루다는 본격적인 창작활동을 시작한다. 열아홉 살이던 1923년 첫 시집 『황혼의 노래』를 발표해 사람들을 놀라게 했으며, 일 년 만에 두번째 시집 『스무 편의 사랑의 시와 한 편의 절망의 노래』를 발표해 대중적인 사랑을 받으며 남미 전역에서 가장 유명한 시인이 되었다.

1926년 버마의 랑군(오늘날의 양곤) 주재 명예영사로 임명되면서 세계 곳곳을 여행하는 등 견문을 넓혔다. 아시아에서 네루다는 실존적 고뇌를 담은 『지상의 거처』를 썼다. 1935년 마드리드 주재 영사로 부임했다가 이듬해 바르셀로나로 옮겨 스페인 내전을 경험한 것이 그의 공산당 입당의 계기가 되었다.

공산당에 입당하기 전 상원의원에 당선되면서 본격적인 정치행보를 시작한 그는, 1946년 대통령에 취임한 곤살레스 비델라 대통령이 공산당과 체결한 협약을 파기하자 격렬하게 비판했다. 이에 대법원은 국가원수 모독죄로 체포영장을 발급

했고, 네루다는 안데스 산맥을 넘어 아르헨티나로 탈출한다. 그후 파리, 폴란드, 헝가리를 거쳐 멕시코에 체류한다. 세계 곳곳을 거쳐 1952년 카프리 섬에 거주하고 있을 때 칠레 정부는 네루다의 체포영장을 철회한다. 1969년 칠레 공산당 중앙위원회가 네루다를 대통령 후보로 지명했으나, 이듬해 살바도르 아옌데를 단일 후보로 추대하고 후보에서 사퇴한다. 1970년 9월 4일 살바도르 아옌데가 대통령에 당선되면서, 네루다는 파리 주재 칠레 대사로 임명된다. 그리고 1971년 노벨 문학상을 받았다.

1973년 아옌데 정권이 피노체트 군사 쿠데타로 무너지고 아옌데 대통령이 피살된다. 네루다는 그로부터 십여 일 후인 9월 23일 세상을 떠났다. 그리고 십여 년 후, 칠레의 작가 안토니오 스카르메타가 파블로 네루다와 우편배달부 소년의 우정을 통해 네루다의 시세계에 눈을 떠가는 어린 소년의 이야기를 그린 소설 『네루다의 우편배달부』를 발표한다. 이 소설은 1994년 이탈리아에서 〈일 포스티노〉라는 영화로도 만들어져 널리 알려진 바 있다.

■파블로 네루다가 망명의 길을 떠났던 안데스.

6장

페루

'배꼽'을 의미한다는 잉카제국의 옛 수도 쿠스코. 이곳에서 천상과 지상은 한 뼘의 차이. 나는 지금 세상의 배꼽 위에 있다. 신화와 전설의 잉카제국은 여전히 이곳에 살아 숨쉬고 있다. 석벽을 쓰다듬으며 한 줄기 마알간 슬픔과 만난다.

석벽을 쓰다듬으며

배꼽도시

이곳에서 천상과 지상은 한 뼘 차이. 장난감처럼 작은 비행기는 그 사이를 낮게 날아간다. 하늘은 유난히 파랗고 붉은 땅은 발치 아래 어지럽다. 공중을 둥글게 감아 돌던 비행기는 한적한 시골학교 운동장 같은 마당에 내려앉는다. 겹겹이 쌓인 민둥산 속의 공항. 달랑 단층집 한 채에 보이는 것은 작은 비행기 한 대가 전부다. 어느 부호의 산속 주말별장 같은 이곳은 내가 본 것 중 세상에서 가장 작은 공항. 그래도 눈 들어보니 국제공항이라고 씌어 있다.

'배꼽'을 의미한다는 잉카 제국의 옛 수도 쿠스코. 나는 지금 세상의 배꼽 위에 있다. 이미 오래전 멸망했다는 신화와 전설의 잉카 제국은 여전히 이곳에 살아 숨쉬고 있었다. 시간은 이곳에서 흘러가는 것이 아니라 고여 있는 그 무엇이었다. 나무 한 그루 풀 한 포기 보이지 않는 이 표고 삼천사백 미터의 황량하고 은밀한 산속 도시에 문명이 앗아가지 못한 잉

304

카의 시간이 고스란히 남아 있었던 것이다. 푸르스름하게 이끼 긴 채로.

16세기 중반까지 안데스 일대를 지배한 대제국 잉카의 혼불이 타오르던 이곳을 통해 대부분의 순례객들은 마추픽추로 향한다. '오래된 봉우리' 마추픽추에 가기 전 '오래된 도시' 쿠스코를 지나는 것이다. 특히 한 시대를 이끌었던 라틴의 지도자들은 마추픽추에 가기 전 쿠스코에 들러 옛 태양의 신전 코리칸차의 석벽을 쓰다듬으며 라틴의 통합과 부흥을 꿈꾸었다. 그리하여 쿠스코를 지나간 사람들은 마추픽추의 산꼭대기에서 느닷없는 감동의 정점을 맞게 되는 것이다.

체 게바라와 쿠스코

파블로 네루다의 시를 줄줄 암송하고 다니면서 그 자신이 때때로 시를 쓰기도 했던 혁명가 체 게바라. 그 역시 아직 의대생이었을 때 마추픽추로 가기 전 쿠스코 땅을 밟는다. 잉카의 옛 수도 쿠스코의 박물관을 둘러보면서 그는 잉카인들이 이집트인에 버금가는 문명을 누렸다는 확신을 갖게 된다. 특히 의사인 그의 눈길을 잡아끈 것은 옛 잉카인들이 뇌수술을 했다는 고고학설의 증거. 쿠스코야말로 앳된 의대생 체 게바라가 혁명가의 길을 가게 한 거점도시였던 셈이다.

뛰어난 데생 실력으로 스치는 풍경과 사람들을 그리기도 한 그는 마추픽추에서의 한밤이 그의 생애 중 가장 아름다운 추억이었다고 술회한다. 그곳에서 그는 "돌계단 위에서 멈춰버린 도시여……"로 시작되는 네루다의 시를 암송한다. 쿠스코와 마추픽추 여행이 체 게바라에게는 혁명가로서의 삶의 한 단초가 되었으리라는 짐작을 하게 한다.

잉카의 혼이 서린 쿠스코. 옛 영화의 한 자락을 도시의 석벽은 보여준다.

돌의 의미

비단 체 게바라뿐이었을까.

쿠스코에 오는 사람들마다 놀람과 연민 사이를 오가는 감정의 진폭을 경험하게 된다. 아르마스 광장에 서면 누구라도 스페인 정복자에 의해 능멸된 그 거리에 두 문화가 불편하게 동거하며 함께 숨쉬고 있음을 느끼게 된다. 건너편 산언덕의 스페인 돌집들과 잉카의 석벽 건축들이 그대로 혼재되어 착잡한 마음을 갖게 되는 것이다. 에콰도르에서 남하한 스페인 군대는 잉카의 십삼 대 황제 아타우알파를 살해하고 쿠스코에 도착하여 태양의 신전 코리칸차의 황금들을 가져간다. 스페인 침략군의 총과 칼에 대항하여 오직 돌을 쌓아 자신을 지켜야만 했던 잉카인들. 그들에게 본디 돌은 공격이 아닌 평화와 신성과 영원의 상징이었을 뿐이다. 거우 자기방어의 수단이었을 뿐이다. 특히 쿠스코 동쪽 요새 사크사우아만의 거대한 삼백여 미터 석벽 앞에 이르면 연민이 더한다. 전설에 의하면 삼만여 명이 동원되어 축조되었다는 이 지그재그 엇박자의 삼층 석벽마저도 스페인의 무기 앞에 속절없이 무너져갔던 것이다.

차가 아르마스 광장에 들어서면 무엇보다 먼저 우르르 달려드는 것은 아이들. 색실로 짠 천이며 가죽모자나 목걸이 같은 가내수공품을 들어 보인다. 그 무리들 속에는 새끼 알파카를 품에 안은 아이도 보인다. 안데스에서는 어디에 가든 품에 짐승을 안은 아이들을 쉽게 만날 수 있다. 어린 라마나 닭, 거위까지. 산에서 함께 자란 그 목숨붙이들 사이에는 사람과 동물의 차별성마저 없어 보였다. 페루인의 순박하고 고즈넉한 눈망울, 그 평화투성이의 모습, 싸울 줄 모르는 심성은 모두 자연 속에서 길러진 것들이리라.

장터의 아낙. 장터의 풍경은 어디나 비슷하다. 사람 사는 일은 고달파도 그 인정만
은 흐뭇하다.

잉카의 옛 복장 그대로 긴 가죽모자를 쓰고 머리를 땋아내린 오색 망토 차림의 아낙들이 아이를 들쳐업고 혹은 보퉁이를 등에 메고 가는 모습들이 보인다. 어쩌면 이럴까. 비록 건물은 부분적으로 바뀌었지만, 삶의 풍경은 잉카인의 옛 모습 그대로였다. 나는 눈동자가 까만 소년에게서 가죽 수제품의 스케치북 하나를 산다. 그리고 페이지를 넘겨 종이 위에 연필을 움직인다.

'황금 있는 곳'이라는 의미의 태양의 신전 코리칸차를 비롯, 이제는 교회와 수도원이 되어 있는 옛 유적지와 높은 석벽의 골목들을 거닐며 계속 감탄하게 되는 것은 돌 그 자체였다. 정밀하게 잘린 사각형 돌들이 지그재그로 쌓이며 이루어지는 건물과 담을 보면서 나는 거기에 깃든 신성을 보았다. 그것은 단지 바람과 비를 막는 수단이 아니었다. 그 쌓아올려진 돌덩이 하나하나는 침묵의 역사가 녹아 있고 절대를 향한 의지가 담겨 있는 잉카인의 말없는 언어들이었다.

밤의 쿠스코

고산지대인 밤의 쿠스코는 기온이 급랭한다. 옷가게에 들러 서둘러 스웨터 하나를 사 입었지만 한기는 사방에서 엄습한다. 그런데 세상에! 아르마스 광장 한쪽 모퉁이에 눈길이 간 나는 깜짝 놀라지 않을 수 없었다.

아랫도리를 벗은 너덧 살 되는 사내아이가 그 누이와 땅바닥에 앉은 젊은 엄마 곁에서 구걸을 하고 있는 모습이 보였기 때문이다. 금방 살얼음이라도 얼 것 같은 밤이었다. 그릇에 동전 몇 개를 담아주고 돌아서는데 사내아이가 한사코 따라오며 뭐라고 한다. 아주 귀엽게 생긴 아이였다.

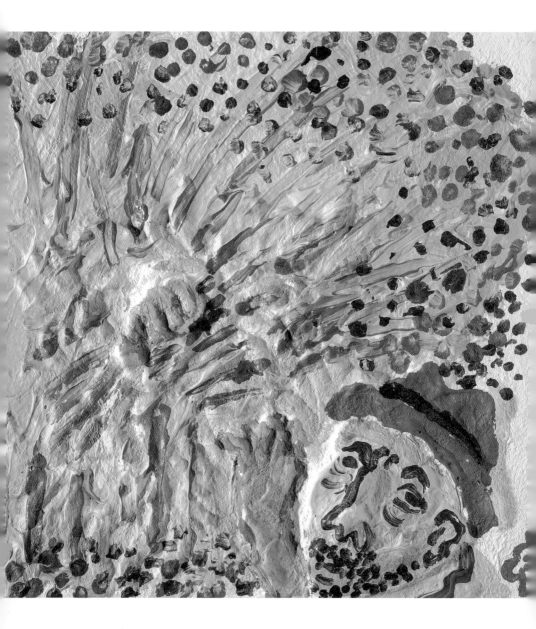

페루의 농부. 삶의 신산함이 그 주름마다 아로새겨져 있다.

내 손에 든 것을 달라는 것이다. 마침 호텔로 가기 전 캔콜라 하나를 사들고 있었는데 그게 먹고 싶었나보다. 콜라 대신 돈을 준다고 내밀었지만 싫단다. 눈을 내리깐 채 상체를 좌우로 흔들며 길을 막고 한사코 그 콜라를 달라고 칭얼댄다. 할 수 없이 주었더니 좋아라 달려가 엄마 곁에 있는 누이와 나눠 마시고 있다. 이 추운 날씨에 차가운 콜라라니. 더구나 옷마저 입지 못한 채. 걷다가 돌아서 보니 일가족은 추운 밤 캔콜라 하나를 주거니 받거니 마시고 있었다.

그 가난한 일가족 뒤로 밤의 쿠스코는 장엄하게 떠올라 있다. 오오! 사라진 왕국이여, 그 옛 영화여. 문명의 조락만큼이나 더 가슴 아픈 것은 길거리를 떠도는 잉카의 후예들이었다.

잉카 제국의 옛 수도, 쿠스코   라틴아메리카에는 마야, 아즈텍, 잉카의 3대 문명을 필두로 수많은 유적지들이 남아 있다. 그중 잉카는 15세기부터 16세기 초까지 남아메리카의 중앙 안데스 지방을 지배했던 고대 제국의 이름이다. 현재의 에콰도르, 볼리비아, 칠레 북부까지 이어지는 지역이다.

잉카의 수도였던 쿠스코Cuzco에서는 열두 명의 황제가 잉카 왕조를 이어갔다고 한다. 최고지도자인 잉카는 '태양의 아들'을 의미했다. 그중 아홉번째 군주였던 파차쿠티가 쿠스코 시가지를 재건축하고 도로망을 건설한 장본인이다.

호전적인 잉카인들은 타 부족의 족장을 잔인하게 죽이는 방식으로 영토를 넓혀나갔다. 그 결과 쿠스코는 인구 이십만 명이 넘는 도시로 성장했고 잉카로드를 중심으로 수많은 유적을 남겼다. 그러나 오늘날 쿠스코는 잉카의 고도라기보다 유럽풍의 분위기가 풍기는 스페인의 도시에 더 가깝다. 자신들의 문화를 이식하고자 했던 스페인의 파괴로 잉카 신전과 건축물 대신 광장과 대성당이 그 자리를 차지하고 있기 때문이다. 하지만 지금도 여전히 잉카 제국의 흔적이 곳곳에 남아 있다.

쿠스코는 사방이 산으로 둘러싸여 있는 해발 삼천삼백 미터의 고산 도시다. 그 덕에 지형상 자연적인 요새를 형성하고 우루밤바 강이 흐르는 농경지를 확보할 수 있어 잉카 제국의 수도로 맞춤했던 곳이다. 잉카로드는 수도 쿠스코를 중심으로 사방으로 뻗어 있다. 잉카 전성기에는 이 길이 약 사만 킬로미터에 이르렀을 것으로 추정하고 있다. 계곡을 건너기 위한 다리와 산사태를 대비한 축대, 쉼터 등이 곳곳에 있는 이 길은 그러나 아무나 이용할 수 있는 것이 아니었다. 이 길을 독점하는 것이야말로 잉카 제국을 유지하는 데 가장 효과적인 수단이었던 것이다.

■ 잉카의 후예들이 살고 있는 쿠스코.

슬픈 성지

엘 콘도르 파사

쿠스코를 떠난 버스는, 느린 파도처럼 일렁이는 옥수수의 물결과 협곡 사이를 누비며 힘겹게 산마루를 기어올라간다. 엎드려 감자밭을 일구는 농부들의 몸피와 옷차림이 두툼하다. 버스에서 내리자, 둘러선 민속악단이 연주하는 음악이 귀에 와서 감긴다. 〈엘 콘도르 파사〉. '철새는 날아가고'라는 제목으로 우리에게도 익숙한 이 멜로디는 원래 페루의 작곡가 로블레스가 만든 기타곡이다. 안데스를 지키는 검은 신, 잉카인들의 영혼의 새, 콘도르. 그 콘도르가 떠나버린 텅 빈 산맥을 노래하는 피리 소리는 애간장이 끊어질 듯 구슬프게 계곡 사이로 퍼져나간다. 작은 몸집, 검은 머리, 낮은 코의 인디오들은 우리네와 놀랍도록 닮아 있다. 다만 계곡물을 닮은 그 흰 눈자위는 왜 그리 안쓰럽도록 시려 보이는지.

마추픽추에 오르기 위해서는 다시 작은 기차를 타고 잉카 트레일을 따라 올라가야 한다.

계곡을 흐르는 세찬 물살이 어깨를 나란히 하고 흘러간다. 우루밤바 강이다. 만년설이 녹아 내려온 물은 짙푸른 잉크빛이다. 기차는 지친 짐승처럼 신음을 내뱉으며 구비를 돌고, 커다란 배낭을 메고 산정을 향해 걸어가는 트레킹족들이 멈추어서서 손을 흔들어준다. 차를 타고 가는데도 숨이 가쁠 만큼, 잉카의 마지막 유적지는 높고 아득한 산정山頂에 숨어 있는데, 며칠이라도 걸어서 오르겠다는 장한 결심을 한 그들의 젊음이 부럽다. 푸른 깃발 같은 그들을 뒤로하고 기차는 하늘에라도 닿을 듯 끊임없이 위로 오른다.

라틴의 성지, 마추픽추

나선형으로 위태롭게 산길을 감아 돌던 차가 드디어 멈춘다. 해발 이천 사백여 미터. 차에서 내리는데 가벼운 현기가 느껴진다. 맑고 푸른 하늘이 이마 위로 얹힌다. 눈 덮인 안데스의 산맥이 눈 닿는 곳마다 아스라이 펼쳐진다. 하늘빛도, 공기도 싸하다. 청정한 웃음의 인디오 아가씨가 작은 이파리 하나를 내민다. 잉카의 제국으로 들어갈 수 있는 비표라도 나눠주듯. 코카 잎이란다. 질겅질겅 씹다 뱉으면 두통과 현기증이 달래질 거라며. 이 어지러움이 다만 희박한 공기 때문일까. 손마디 하나만한 이 파리로, 수세기의 시간을 건너뛰어야 하는 어지러움까지 같이 달래질까. 코카 잎은 쌉쌀한 풀비린내를 풍기며 입안에서 으깨어진다.

마추픽추에서 만난 원주민 소년. 먼 곳을 바라보는 그 눈망울에는 잉카의 빛이 어려 있다.

공중도시, 마추픽추.

허다한 항공사진 속에서 보아온, 눈을 감고도 떠올릴 수 있는 풍경. 눈으로 직접 보는 유적은 차라리 비현실적이다. 어지러움인지 슬픔인지 모를 저릿함에 사로잡혀 나는 오래된 돌들의 도시를 망연히 바라본다. 돌로 된 회랑 사이를 거닐며 귀를 기울인다.

노래와 눈물, 열광과 비탄의 목소리, 살육당한 자의 고통스러운 비명이 흔적 없이 사라졌을 리가 없다. 어느 돌 위에서 그들은 신을 향한 찬가를 불렀을까. 어느 돌 위에서 누군가를 사랑하고 아이를 낳고 감자를 쪄 먹었을까. 가장 건장하고 잘생긴 젊은이를 뽑아, 산 채로 가슴을 열어 심장을 꺼내 산 제물로 바쳤다는 곳은 어디쯤일까.

매끄럽고 반듯하게 다듬어진 돌들은 높이가 예사로 육 미터를 넘고 두께도 일 미터 반에 달한다고 한다. 큰 것은 한 개의 무게만도 몇 톤이 된다는 이 돌들을 잉카인들은 어디서 어떻게 여기까지 옮겨왔을까. 게다가 두부모 자르듯 이토록 빈틈없이 자르고 짜맞추었을까. 거대한 돌과 돌 사이에는 면도날 하나 들어갈 틈도 없어 보인다. 문자가 없었는데 측량술과 건축술은 어떻게 알게 되었을까. 문명은 지속적으로 발전하기는 하는 것인가.

번성하던 잉카 제국은 황금을 찾으러 온 스페인의 침략자들에게 멸망당한다. 오랫동안 저 홀로 풍화되어가던 마추픽추의 유적지는 미국인 하이럼 빙엄에게 20세기 초에야 발견되었다. 신전과 주거지와 농지와 묘지가 조화롭게 어우러진, 이 지붕 없는 유적지는 이후로 잉카인의 자긍심 그 자체이자 라틴을 하나로 묶는 성지 역할을 한다. 체 게바라나 민중가수 빅토르 하라 같은 라틴의 걸출한 인물들은 이곳을 순례한 후 거듭난 영혼으로 산을 내려가 자신들의 삶의 패러다임을 바꾸게 된다.

소녀와 말. 생명은 서로의 온기를 그리워한다. 비록 사람과 짐승 사이일지라도.

네루다의 마추픽추 산정

> 나와 함께 태어나기 위해 오르자, 형제여
>
> (…)
>
> 농부여, 직공이여, 말없는 목동이여
>
> 가파른 벌판을 오르내리던 미장이여
>
> 안데스의 눈물을 나르던 물장수여
>
> 손가락이 짓이겨진 보석공이여
>
> 씨앗 속에 떨고 있는 농부여
>
> (…)
>
> 나의 핏줄과 나의 입으로 달려오라
>
> 나의 말과 나의 피로 말하라
>
> — 파블로 네루다, 「마추픽추 산정」에서

오랜 유럽 체류에서 돌아온 네루다는 1943년 10월, 나귀를 타고 마추픽추에 오른다. 하이럼 빙엄이 눈앞에 펼쳐진 유적지를 보며 비명을 삼킨지 삼십 년 만이었다. 이곳에서 네루다는 자신의 세계관과 시의 전환점을 맞는다. 네루다는 "나는 여태 세상을 읽을 줄 몰랐고 오직 나 자신만을 읽었을 뿐이다"라고 고백한다. 그의 뜨거운 언어가 개인적 서정과 낭만의 경계를 박차고 날아올라 라틴 전체를 아우르는 「모두의 노래」를 향해 나아가는 계기가 된 것이다. 그는 고백했다.

마치 나 자신의 손이 아득한 어느 때에 그곳에서 밭을 갈고 바위를 다듬으며 일했던 것만 같았다. 나는 내가 칠레인이요, 페루인이요, 아메리카인임을

잉카의 영화를 꿈꾸는 마추픽추.

느꼈다. 그 험준한 산정에서, 그 찬란한 유적 사이에서.

하필이면 이 까마득히 높은 산 위에, 왜, 라는 질문은 차라리 무의미하다. 쌓여 있는 것은 시간이기도 하고 돌이기도 하다. 햇살이 돌의 살갗을 어루만진다. 키 작은 풀들이 돌 틈에서 희고 붉은 꽃들을 피워올렸다. 아, 눈앞에 펼쳐진 이 지독한 비현실을 견딜 수 없어 나는 손바닥으로 돌을 자꾸만 쓰다듬는다.

마 추 픽 추　　마추픽추Machu Picchu는 페루의 상징이자 잉카 문명의 대표적인 유적지다. 마추픽추는 1911년에 발견되기 전까지 산세 깊숙한 곳에서 잠자고 있었다. 스페인 정복 이후 대부분 파괴된 잉카 제국의 유적들과 다르게 원형에 가깝게 보존된 채로 발견되어 커다란 반향을 불러일으켰다.

　마추픽추는 '늙은 봉우리'라는 뜻으로 '잃어버린 도시'라고 칭하기도 한다. 발견 전까지 그 누구도 이런 도시가 존재한다는 사실을 몰랐기 때문이다. 지금까지도 수많은 학자와 관광객이 몰리는 것도 이곳이 '잃어버린 도시'였기 때문이다.

　잉카인들이 마추픽추를 세운 목적에 대해서는 스페인 침략 이후 침략자들을 피해 황금을 가지고 건설한 최후의 도시였다는 주장과 종교적인 목적의 도시였다는 주장 혹은 단순히 잉카 왕족의 여름 피서를 위한 별장이었다는 주장 등 다양한 설이 제기되고 있다. 다만 잉카의 군주였던 파차쿠티의 지시로 만들어져, 그가 하늘을 관찰하고 농경과 관련된 시기를 파악하기 위해 만들어졌다는 설이 가장 유력하다.

　주변에 없는 돌을 이곳까지 옮겨 당시 유일한 도구였던 청동끌과 돌망치를 이용해 다듬고, 회반죽을 전혀 쓰지 않고도 완벽하게 이어붙인 잉카인들의 석재 기술은 단연코 최고였다. 도시는 신전지역과 사제나 귀족의 거주지역, 일반 거주지역과 농경지역으로 나눠져 있다. 광장과 신전, 거주지를 비롯한 140여 개의 건축물과 계단식 농경지가 조화롭게 자리잡고 있고, 각 건축물들 사이는 수많은 우물과 수로, 거대한 돌로 세워진 계단들이 잇고 있다.

마추픽추 유물은 1912년부터 1916년까지 대거 미국으로 건너갔다. 예일 대학이 연구를 목적으로 대여 형식으로 빌려간 것이다. 계약기간은 18개월이었지만, 대학은 백 년이 넘도록 약 5천여 점의 유물을 반환하지 않았다. 2007년 일부 반환이 결정되었고, 2011년 마추픽추 발견 백 주년을 앞두고 1세기 만에 유물 전부를 돌려받았다.

■ 마추픽추 정상에서.

■ 마추픽추에 오르기 위해서는 다시 작은 기차를 타고 잉카 트레일을 따라 올라가야 한다.

그 짙은 안개 바다

새들은 페루에 가서 죽다

낮게 가라앉은 하늘. 검푸른 바다. 자욱한 이 해무海霧는 어디서 이렇게 끊임없이 밀려오는가. 안개 사이로 뚫고 날아온 흰 바닷새의 날갯짓이 무겁다. 깃털에 습기와 피로를 매단 새들이 검은 돌자갈 위에 지친 듯 내려앉는다.

세계의 끝, 리마의 북쪽 해안.

하긴 이 둥근 지구에 끝과 시작이 어디 있겠는가. 다만 나는 한 남자가 세계의 끝이라고 이름 붙인 곳에 서 있을 뿐이다. 모든 희망을 버린 자들이 모여드는 곳. 사랑이, 고독이, 끝내는 절망마저 끝나는 곳이라고 했던가.

황무한 해안 언저리의 검은 바위들 위에 하얀 새들이 바다를 향해 나란히 앉아, 바다 저편을 아득한 눈으로 응시하고 있다. 태평양의 끝, 물빛은 그 자체로 추워 보인다.

바다에 뛰어드는 사람과 새. 라마 해변의 인상.

리마로 오는 밤 비행기 안에서 나는 청년 시절 읽었던 로맹 가리의 「새들은 페루에 가서 죽다」 속 장면들을 머릿속으로 한 장 한 장 그리고 있었다. ……리마에서 북쪽으로 십 킬로미터 떨어진 해변에서 카페를 운영하며 살아가는 사내. 아침이면 해변에 수북이 떨어져 죽어 있는 새들. 마지막 파도가 밀려오면 곧 바닷속으로 사라질 듯 자살을 시도하는 초록빛 스카프의 여인. 해안으로 날아와 죽음을 맞는 무수한 새들 중 한 마리처럼, 젖은 날개를 떨며 자신에게 다가온 여인을 안는 사내.

마흔일곱이란 알아야 할 것은 모두 알아버린 나이이며, 고매한 명분이든 여자든 더이상 아무것도 기대하지 않는 나이라고 스스로 냉소하며 생을 환멸하던 이 사내는 그러나 다시 희망에의 유혹에 빠져든다. 어쩌면 수십 년간 이어온 고독이 바스러질지도 모른다는. 다음날, 여인은 자신을 찾으러 온 늙은 남편과 이곳을 떠나간다. 맨발로, 죽은 새들의 한가운데로 걸어가 모래언덕 위에서 마지막으로 뒤돌아본 카페에는 아무도 없었다.

나선생과 로맹 가리

"한낮에 웬 안개가……"

내 혼잣말에, 여기까지 동행해준 리마의 나선생이 손을 내젓는다. "말도 마세요. 이곳의 바다 안개는 정말 지독합니다. 문을 닫아도 틈새로 밀려든다니까요."

그는 재미있는 사람이다. 한국에서 세칭 일류 기업체에 근무했지만 "그대로 있다가는 그만 부서질 것 같아" 사표를 내고 무작정 파리로 갔단다. 그곳에서 한참을 지내다 반들반들한 그 도시가 싫어져 이번엔 원시의 에너지 넘치는 케냐로 갔지만 그곳도 자신에게 맞는 곳은 아닌 것 같아 다시 지도를 펼쳐놓고 반대편에 한 점을 찍었다. 페루의 리마였다. 머물던 곳마다 아이를 하나씩 낳아 자녀가 셋이란다.

그는 페루가 좋다. 정이 많고 '너무' 순박해서 바보같이 느껴지는 사람들, 그리고 무어라 설명할 수 없는 땅의 기운까지도. 뭘 해서 먹고사냐니까, 뜬금없이 풍천장어 얘기를 한다. 여기 사람들이 바다뱀을 어떻게 먹냐며 버리는 붕장어를 한국에 수출한 적이 있다고 했다. 형편없이 싼 가격이었다. 그런데 한국에 가보니 그 냉동 붕장어에 풍천장어라는 상표가 붙어 있었단다. 뒤편에 아주아주 작은 글씨로 '페루산'이라고 적혀 있긴 했지만. 한국 사람의 식성 때문에 이곳의 붕장어 가격이 그 뒤에 엄청 뛰었다나 어쩐다나.

로맹 가리 역시 페루 출신이 아니다. 그는 왜 하필 이 황량한 바닷가에서 죽기 위해 먼바다를 날아오는 새들에 대해 쓰게 되었을까. 모스크바에서 태어난 유대인으로 프랑스에서 살았던 로맹 가리. 그가 소설 속에서 언급한 세상의 끝에 서고 보니, 어쩌면 '리마 북쪽 십 킬로미터'는 소설 「무진기행」의 '무진'처럼 실재하지 않는 곳이라는 생각이 든다. 파리에서 권총자살로 생을 마감한 로맹 가리에게 리마의 바닷가는 권태와 절망의 포화상태에 이른 자들이 마지막으로 찾아오는 상상 속의 해변이 아니었을까.

검은 사제복의 새 한 마리

갑자기 나선생이 바다 쪽으로 뻗어나온 큰 바위를 가리킨다.

검은 사제복을 입은 한 남자가 그 '높고 쓸쓸한' 바위 위에 서 있다. 아득한 수평선 쪽을 잠시 응시하던 그는 한순간 바다 위로 몸을 날린다. 보

검푸른 바다와 머리에 꽃을 단 여인. 그녀의 눈길이 머무는 곳은 어디인가.

고 있는 내 가슴이 같이 바닷속으로 추락한다. 물은 차고 파도는 거세다. 바위와 바위 틈새로 뛰어내리는 일은 위험천만해 보인다. 한참 만에 수면으로 떠오른 남자가 바위를 기어올라 해변으로 나온다. 입술은 시퍼렇고 몸은 와들와들 떨고 있다. 나선생이 다가가 몇 마디 이야기를 하자 키가 훌쩍 큰 사내는 날 쳐다보며 사람 좋은 웃음을 보낸다.

엘라로데 페르난도.

그는 이곳에서 이십구 년째 죽음의 점프를 해오고 있다. 밤에는 자신을 보기 위해 찾아오는 사람을 위해 횃불을 밝혀놓고 바다로 몸을 날린단다. 죽음의 이벤트로 삶을 이어가야 하는 인생이라니.

페르난도가 뛰어내리는 바위의 이름은 자살바위. 못다 이룬 사랑에 대한 전설이 서려 있는 곳이라 한다. 한 청년과 아름다운 처녀가 사랑에 빠졌다. 그러나 알고 보니 그녀는 이복누이. 청년은 수도원으로 들어가지만 못내 여인을 잊지 못하고 돌아오는데, 여동생이자 연인은 배를 타고 떠나버린다. 청년은 여기서 멀어지는 배를 바라보며 바다로 몸을 날린다……

사람들은 페르난도를 보기 위해 이곳으로 찾아온다고 했다. 이루지 못한 사랑의 아픔을 지닌 이들이 이 땅끝 초리초스의 바다를 찾아와 제 사랑의 종말을 반추하는 것이다.

사람들이 세계의 끝을 찾아오는 건, 다시 돌아가기 위한 것. 자욱한 해무 속에서, 이십구 년 동안이나 차가운 바닷물 속에 뛰어들어야만 하는 것이 인생임을, 상처 없는 인생은 없다는 그 뻔한 사실을 확인하고서야 사람들은 비로소 안도하며 일상으로 돌아가는 것이다.

새들이 왜 먼바다의 섬들을 떠나와 리마에서 북쪽으로 십 킬로미터 떨어져 있는 해변으로 와서 죽는지, 끝내 아무도 설명해주지 못한다. 안개의 틈으로 자잘하게 부서지는 햇살이 내려앉는다.

로맹 가리   로맹 가리(Romain Gary, 1914~1980)는 모스크바에서 태어난 유대계 프랑스인이었다. 그의 어머니는 하숙집 관리인으로 일했는데 아들에 대한 애정이 지극했다고 한다. 억척스러웠던 그의 어머니는 성공하고 행복해지려면 유대인임을 잊고 프랑스인이 되어야 한다고 강조했다. 연약했던 어린 시절에 대한 이야기는 그의 자전적 소설 『새벽의 약속』에 잘 나타나 있다. 파리에서 법학을 공부했으며 여러 잡지에 단편소설을 기고하다 1945년 『유럽의 교육』으로 비평가상을 수상하며 본격적인 작가생활을 시작했다.

그후 1956년 『하늘의 뿌리』로 공쿠르상을 수상했다. 당시 볼리비아 주재 프랑스 대사관 대리대사였던 그는 이 소설로 정계와 예술계의 열렬한 환영을 받았으며 동시에 대중의 인기를 얻게 된다. 1959년 할리우드에서 당시 21세였던 영화배우 진 세버그를 만나 함께 파리로 돌아와 정착한다. 그녀와 함께 살면서 로맹 가리의 내면은 변화했고 인생의 새로운 전환점을 맞게 된 것으로 보인다.

1962년 단편 「새들은 페루에 가서 죽다」로 미국에서 최우수단편상을 수상하면서 프랑스 문단에서 확고한 명성을 구축했다. 그후 자신에 대한 외부의 기대와 선입견에서 벗어나기 위해 예순 살이 되던 1974년 에밀 아자르라는 가명으로 『그로

칼랭』을 발표하게 되는데, 이 소설은 프랑스 문단에 큰 화제를 불러일으킨다. 다음해 같은 이름으로 『자기 앞의 생』을 발표해 다시 한번 공쿠르상을 수상한다. 이같은 모험은 세계 문학사에 유례없는 일이었다. 1977년, 로맹 가리의 이름으로 신작을 발표하지만 평론가들은 에밀 아자르를 표절하려 든다고 혹평했다고 한다.

1980년, 몇 달 동안 집필을 중단했던 그는 자신이 에밀 아자르라는 사실을 밝히는 유서를 남기고 권총자살로 생을 마감했다. 1981년 발표된 『에밀 아자르의 삶과 죽음』을 통해 이 사실이 세상에 알려지면서 전 세계 문학계는 다시 한번 충격에 빠졌다. 그는 한 작가에게 두 번 주지 않는다는 공쿠르상을 중복 수상하는 전무후무한 기록을 남겼다.

■ 안개 자욱한 자살바위에서 죽음의 점프를 실연해 보이는 검은 사제복의 페르난도.

화첩기행 4
ⓒ 김병종

1판 1쇄 2014년 1월 17일
1판 4쇄 2023년 9월 18일

지은이 김병종
책임편집 박영신 | 편집 이명애 박지영 고선향 | 모니터링 이희연
디자인 김이정 이주영 | 저작권 박지영 형소진 최은진 서연주 오서영
마케팅 정민호 서지화 한민아 이민경 안남영 왕지경 황승현 김혜원 김하연
브랜딩 함유지 함근아 박민재 김희숙 고보미 정승민 배진성
제작 강신은 김동욱 이순호 | 제작처 영신사

펴낸곳 (주)문학동네 | 펴낸이 김소영
출판등록 1993년 10월 22일 제2003-000045호
주소 10881 경기도 파주시 회동길 210
전자우편 editor@munhak.com | 대표전화 031) 955-8888 | 팩스 031) 955-8855
문의전화 031) 955-2696(마케팅), 031) 955-1905(편집)
문학동네카페 http://cafe.naver.com/mhdn
인스타그램 @munhakdongne | 트위터 @munhakdongne
북클럽문학동네 http://bookclubmunhak.com

ISBN 978-89-546-2370-4 04800
     978-89-546-2366-7 (세트)

* 이 책의 판권은 지은이와 문학동네에 있습니다.
  이 책 내용의 전부 또는 일부를 재사용하려면 반드시 양측의 서면 동의를 받아야 합니다.
* 잘못된 책은 구입하신 서점에서 교환해드립니다.
  기타 교환 문의: 031) 955-2661, 3580

www.munhak.com